Nina Sadowsky, geboren in New York, war jahrelang Vorsitzende einer Filmproduktionsfirma und unterrichtet heute in Los Angeles Skriptentwicklung. Sie hat bereits zahlreiche Drehbücher geschrieben und Filme produziert und legte mit »Be My Girl« ihr packendes Thrillerdebüt vor. »Die Erlöserin« ist ihr zweiter Roman. Sie ist verheiratet und hat vier Kinder.

Außerdem von Nina Sadowsky lieferbar:

Be my Girl (10004)

Besuchen Sie uns auf www.penguin-verlag.de
und Facebook.

NINA SADOWSKY

DIE ERLÖSERIN

Thriller

Aus dem amerikanischen Englisch
von Juliane Pahnke

PENGUIN VERLAG

Die amerikanische Originalausgabe erschien 2018
unter dem Titel »The Burial Society« bei Ballantine Books,
an Imprint of Random House, a division of
Penguin Random House LLC, New York.

MIX
Papier aus verantwortungsvollen Quellen
FSC® C014496

Verlagsgruppe Random House FSC® N001967

PENGUIN VERLAG

1. Auflage 2019

This translation published in agreement with
Ballantine Books, an imprint of Random House,
a division of Penguin Random House LLC
Umschlag: Favoritbüro, München
Umschlagmotiv: Lord Runar / Getty Images
Redaktion: Andrea Brandl
Satz: Uhl + Massopust, Aalen
Druck und Bindung: GGP Media GmbH, Pößneck
Printed in Germany
ISBN 978-3-328-10366-0
www.penguin-verlag.de

Dieses Buch ist auch als E-Book erhältlich.

Dieses Buch ist meinen wunderbaren Kindern
gewidmet, Raphaela und Xander
(die beide nichts von den Figuren haben,
die darin vorkommen).
Ihr inspiriert mich immer und auf
jede erdenkliche Weise.

Begräbnisgesellschaften gibt es in vielen Kulturen.

Ihre Mitglieder haben sich dazu verpflichtet, zu gewährleisten, dass der Tod und die Begräbnisrituale in einer Gemeinschaft mit Würde und Mitgefühl vorgenommen werden.

Die Pflichten der Gesellschaft werden als ultimative Akte der Nächstenliebe betrachtet und können auch beinhalten, im Falle eines Todes anwesend zu sein, über den Leichnam zu wachen, ihn zu säubern und einzuhüllen, ihn während der Bestattung zu begleiten, das Begräbnis zu vollziehen, ohne dafür eine Gebühr zu berechnen, sowie der Familie des Verschiedenen Unterstützung zu bieten.

Teil 1

Annäherung

Könnte ich die Geschichte anders erzählen, es wäre eine Geschichte über Mut. Über Ehre und Loyalität. Opfer und gerechte Rache.

Und Liebe. Natürlich Liebe.

Aber ich will erzählen, was tatsächlich geschah.

Catherine

Konzentration

Ich kann das tun. Und ich werde es tun.

Ich habe es schon viele Male zuvor getan. Und unter widrigeren Umständen, versichere ich mir. Ich habe das Timing und das Vorgehen berechnet, die Beseitigung und die Flucht. Es wird riskant, vielleicht sogar tödlich – sofern mir nicht gnädigerweise Glück und perfektes Timing zugutekommen.

Aber das hat der Kunde nun einmal bestellt, und der Kunde hat immer recht. Und die Bezahlung? Riesig. Das Geld ist mir eigentlich egal, es gibt andere Dinge, die hier für mich herausspringen.

Warum bin ich so nervös?

Ich hasse die Warterei. Dadurch habe ich viel zu viel Zeit zum Nachdenken. Mein Herz hämmert.

Konzentration.

Ich lasse den Blick über die Straße schweifen.

Zwei dünne Amerikaner, mit Rucksäcken beladen, die Hände verschränkt, saugen jedes noch so kleine kostbare Pariser Detail auf: Ein kleiner Junge von vielleicht drei Jahren, der noch unsicher auf seinen knubbeligen Beinen läuft, wackelt hinter seinen sorgfältig gekleideten, heftig zankenden Eltern her. Eine zartgliedrige Verkäuferin, die gerade ihre Schicht beendet hat und auf deren Miene sich die Verachtung für die zahllosen chinesischen Touristen abzeichnet, die sie am heutigen Tag bedient hat. Tatsächlich drängt gerade eine Gruppe dieser Chinesen zurück in ihren quietschbunten Reisebus, bewaffnet mit ihrer Ausbeute von Ralph Lauren, Hugo Boss, Façonnable, Gerard Darel. Ein teuer gekleideter Rockertyp mit einem flauschigen Zwergspitz an einer schicken Glitzerleine weicht dem Pulk aus und beschimpft wütend seinen Hund (oder vielleicht auch die Chinesen).

In diesem Teil von Paris herrscht so etwas wie ein Hunger vor, trotz der breiten, von Haussman geplanten Boulevards, der eleganten Geschäfte, der Bäume. Das Geld, die Designerlabels, die Gier nach Status, sie alle füttern einen habgierigen Rachen, der ständig verzweifelt nach »mehr« verlangt, der keine Sättigung kennt. Und dann sind da all jene, die die Überreste dieser Gier beseitigen, die Verkäuferinnen und Türsteher, Chauffeure und persönlichen Assistentinnen, die Bettler und Diebe. Der Boulevard Saint-Germain mag wie der Inbegriff diskreten Wohlstands und unaufdringlichen Luxus wirken, aber ich weiß es besser. Ich kenne die Dunkelheit, die sich hinter der schillernden Fassade verbirgt.

Nur weil mein Kunde wohlhabend ist, finde ich mich hier wieder. Paris ist seit etwas mehr als drei Jahren mein Zuhause, aber dieses Arrondissement ist nicht mein üblicher Tummelplatz. Dennoch sehe ich heute so aus, als gehörte ich dazu – ich trage Skinny Jeans aus schwarzem Leder von Givenchy, ein 400-Euro-Shirt im Knitterlook, Plateauschuhe von Robert Clergerie, habe meine hellbraunen Haare zu einem strengen Pferdeschwanz zurückgebunden, in meinen Ohren glitzern Brillantstecker, meine Augen werden von einer übergroßen Chanel-Sonnenbrille verdeckt… ein angeberischer Look, aber zugleich bin ich unsichtbar. Wo immer ich bin, wer auch immer das Ziel ist, ich muss mit dem Hintergrund verschmelzen wie ein Chamäleon.

Ich mache das schon so lange, dass ich mich nicht daran erinnere, wer ich überhaupt bin, an mein reales Ich, jenes Ich, das ich zurückgelassen habe. Aber darüber später mehr. Jetzt muss ich mich auf mein aktuelles Ziel konzentrieren.

Konzentration.

Ich habe meine Hausaufgaben gemacht. Die Fakten geprüft. Die erste Rate, eine Überweisung an ein Schweizer Bankkonto, wurde bestätigt. Ich bin meiner Zielperson zwei Wochen lang gefolgt, ohne entdeckt zu werden, habe ihre Tagesabläufe und ihre Gewohnheiten ausgekundschaftet und, was vielleicht wichtiger ist, auch die des Bodyguards, der sich nie weit von ihr entfernt. Ich habe Delphine als Fahrerin für heute engagiert, bin ihr dankbar für ihr verlässliches stillschweigendes Einverständnis mit Plänen und Bezahlung.

Ich bringe mich in Position. Das Schaufenster von Sonia Rykiel ist wie immer sehr ansprechend. Hinter der makellosen Glasfront stehen die Holzregale, vom

Boden bis zur Decke mit Hardcovern bestückt. Die kräftigen Farben der Buchrücken spiegeln sich in den kunstvollen, über glatzköpfigen Alabasterpuppen drapierten Ensembles. Schichten komplexer Stickereien auf teuerster Seide, Fransen und Pelze, Pailletten, die unter den kunstvoll ausgerichteten Strahlern funkeln. Es dämmert, und während der Tag der Dunkelheit weicht, beginnen die Schaufenster zu strahlen.

Ich schinde etwas Zeit, indem ich ein Päckchen Gitanes aus meiner Louis-Vuitton-Handtasche nehme.

Der pummelige Knirps und seine streitenden Eltern überqueren vor mir die Straße. Der kleine Junge stolpert, landet auf seinem gut gepolsterten Hinterteil, während seine Eltern weitergehen, ganz in ihren erhitzten Streit vertieft. Sein kleiner Mund formt sich zu einem empörten O, während er kurz blass wird.

»Netter Sturz!«, lobe ich das Kleinkind auf Französisch. »Das nächste Mal solltest du dafür sorgen, dass deine Eltern es sehen, damit du mehr Aufmerksamkeit bekommst.«

Der Kleine mustert mich mit feuchten Augen. Soll er losheulen? Angst bekommen? Er ist unentschlossen. Dann wirft er mir ein verschmitztes, fröhliches Grinsen zu, rappelt sich auf und läuft zu seinen Eltern, nur um vor ihnen dramatisch auf den Boden zu plumpsen und aufzuheulen, den Mund weit aufgerissen, die Augen fest zugekniffen. Ich unterdrücke ein Lachen.

Und plötzlich ist sie da. Sie verlässt die Boutique. Meine Zielperson. Hohe slawische Wangenknochen, dichtes, glänzend blondes Haar, ein voller Mund und ein kräftiges Kinn, das ihrem Gesicht einen Hauch von Herablassung verleiht. Elegant gekleidet, Alexander McQueen. Himmelhohe Stilettos. Atemberaubend schöne Cabochon-Smaragdohrringe. Angespannt, trotz der Eleganz und der teuren Klamotten. Wie ein hochgezüchtetes Vollblut, das auf das Signal der Startglocke wartet.

Sie hat leere Hände, aber natürlich werden die Einkäufe dieses Tages in ihr Apartment in der Avenue Montaigne geliefert. Als hätte sie stets erwartet, nach Hause zu gehen. Ebenso wie er.

Der Bodyguard, stiernackig und mit leerem Blick, folgt ihr nach draußen.

Meine Nervosität lässt nach. Ich bin eiskalt, wie immer im entscheidenden Moment. Schon besser. So mag ich mich. Jetzt gibt es nur noch Aktion und Reaktion, wohlkalkuliert und souverän. Skrupellos.

Ich tue so, als müsste ich in meiner Handtasche nach einem Feuerzeug oder Streichhölzern wühlen. Nähere mich ihr. Ich frage auf Französisch, ob sie Feuer hat. Ich halte ihr mein Päckchen Zigaretten hin, als Einladung.

Sie sieht mich unter dichten schwarzen Wimpern an. Ich weiß, dass sie heimlich raucht, wenn sie sich unbeobachtet glaubt. Ich habe sie in den letzten vierzehn Tagen siebenunddreißig Mal dabei beobachtet. Dies ist das achtunddreißigste Mal.

Hinter ihr macht der Bodyguard einen beschützenden Schritt nach vorne, doch sie winkt ab. Ich bin niemand, den sie fürchten muss, nur ein anderes reiches, verwöhntes Luxusgeschöpf, das dringend eine Dosis Nikotin braucht.

Sie greift in ihre Handtasche und zieht ein Feuerzeug von Cartier heraus, nimmt eine Zigarette aus meinem Päckchen. Wir beugen unsere Köpfe über die Flamme, und meine Hand umschließt ihre. Die Tür zu dem Van hinter uns gleitet auf.

»Leisten Sie keinen Widerstand«, flüstere ich auf Englisch. Ihr Blick trifft mich. Sofort ist sie alarmiert. Ich verstärke den Griff um ihr Handgelenk, stoße sie mit einem brutalen Ruck in den Van und schnipse meine brennende Zigarette in das Gesicht des Bodyguards. Mit einem bellenden Laut schlägt er die glühende Asche weg, ist einen Moment lang zu abgelenkt, um den zielstrebigen Tritt meines Plateauschuhs in seinen Unterleib abzuwehren. Er stolpert nach hinten, taumelnd, fluchend, während ich in den Van steige.

Ich ramme die Spritze mit Fentanyl in den Hals meines Zielobjekts, als sie ihren schönen Mund öffnet, um zu schreien. Sie wird in meinen Armen schlaff. Ich schlage die Tür zu.

Routiniert lenkt Delphine den Van über den Boulevard. Ich sehe den Bodyguard, der außer sich vor Wut hinter uns herrennt und dabei sein Handy hervorzieht. Aber darauf sind wir vorbereitet.

Drei rasche Kurven, und wir halten in einer engen Gasse, verfrachten unsere bewusstlose Zielperson in ein wartendes Taxi. Delphine schwingt sich hinters Steuer, und wir brausen davon, tauchen anonym im fließenden Verkehr unter. Unterdessen schiebe ich die schlaffe Zielperson auf dem Rücksitz so gegen den Polstersitz, dass sie es bequem hat, schnalle sie an, streiche ihr eine blonde Strähne von dem markanten Wangenknochen. Ihr Leben ist die Hölle gewesen. Aber jetzt ist diese Hölle vorbei.

Natalie

Bluterguss

Natalie Burrows dreht sich um die eigene Achse und betrachtet den Horizont. Sie schaut auf ihr Handy und prüft die Uhrzeit. Er kommt spät.

Der Parc Monceau ist geradezu magisch: Schwere Tore mit schmiedeeisernen Gittern und goldenen Spitzen, weitläufige, sorgsam gepflegte Rasenflächen, üppig blühende Wildblumen. Der hübsche, im 8. Arrondissement gelegene Park bietet eine Miniaturpyramide, eine holländische Windmühle, eine große Rotunde und eine klassische Kolonnade mit Blick auf einen künstlich angelegten See, in dessen Mitte eine Insel mit einer majestätischen Trauerweide aufgeschüttet wurde. Der als »Verrücktheit de Chartres« bekannte Park war im späten 18. Jahrhundert angelegt worden, wobei die Details vor allem Freude machen und überraschen sollten, was dank der verschlungenen Wege, der üppigen Blumenfelder und der außergewöhnlichen Bauten hervorragend gelingt.

Es fühlt sich gut an, wieder in Paris zu sein. Natalie liebt dieses Juwel von einem Park, und sie liebt das nobel eingerichtete Apartment in der Nähe, das Brian für den Sommer angemietet hat. (Sie hat gerade erst damit begonnen, ihren Vater »Brian« zu nennen. Selbst in ihrem Kopf fühlt sich das seltsam und ungewohnt an. Aber mit achtzehn ist sie jetzt erwachsen und will ausprobieren, ob es funktioniert.)

Natalie entdeckt die kleine Windmühle, deren Blätter sich zuerst müßig, dann schneller drehen, als der Wind auffrischt. Ein Lächeln spielt um ihre Mundwinkel, als sie an Derek denkt, den englischen Rucksacktouristen, mit dem sie die letzten Tage (und Nächte) in Amsterdam verbracht hat. Da sage noch einer, die Engländer wären leidenschaftslos und teigig! Derek hatte Power ohne Ende, verbrachte den ganzen Tag mit Sightseeing, zog bis in die Puppen durch die Klubs und hatte dann noch wilden Sex mit ihr, während die Sonne aufging. Vielleicht hat Derek sich ein ganz klein wenig in sie verliebt.

Dabei weiß er noch nicht einmal, dass sie in Wahrheit Natalie heißt.

Ihr Lächeln wird breiter, als sie sich im Geiste von »Carolyn Somers« verabschiedet, der Vorzeigestudentin im zweiten Jahr an der University of Chicago. Zuerst hatte sie behauptet, Carolyn würde Internationale Beziehungen mit Wirtschaft im Nebenfach studieren, doch beim Anblick von Dereks panischer Miene hat sie ihn liebevoll angestoßen und gemeint: »War bloß ein Scherz. Kunstgeschichte.« Zum Glück hat sie ein bisschen Ahnung von Kunstgeschichte.

Natalie weiß nicht, warum sie sich dazu hinreißen ließ, Derek anzulügen. Sie kannten beide die Parameter ihrer Affäre, seit sie sich das erste Mal in einer Kneipe begegnet waren: Vier Tage. Tulpen und Windmühlen und Hering aus dem Foodtruck. Grachten und das Anne-Frank-Haus, Radtouren, Cannabis und Coffeeshops. Nachtklubs und ein Ausflug ins Rotlichtviertel unter viel Gekicher und Gelächter. Ein letzter zärtlicher Kuss, ausgetauschte Nummern (wobei Natalies logischerweise nicht stimmte) und dann der Abschied. Es hat sich wunderbar angefühlt, jemand anders zu sein. Befreiend. Obwohl es nur für ein paar Tage war.

Aber jetzt ist sie zurück. Sie ist Natalie Burrows, aufgewachsen in Westport, Connecticut, wohnhaft zuletzt in New York, über den Sommer in Paris. Ab Herbst geht sie an die Rhode Island School of Design in Providence. Tochter von Brian. Schwester von Jacob. Zweites Kind von Mallory Armstrong Burrows (vermisst und vermutlich tot). Eine dunkle Wolke schiebt sich vor die Sonne, und Natalie fröstelt.

Wo steckt Jake? In Amsterdam haben sie vereinbart, sich nach ihrer Rückkehr im Park zu treffen und gemeinsam in das Apartment zurückzugehen. Brian braucht nicht zu wissen, dass sein kleines Mädchen leidenschaftlichen Sex mit einem Fremden hatte. Und Natalie braucht nicht zu wissen, was ihr Bruder in der Zwischenzeit getrieben hat. Trotzdem. Sie müssen sich ein wenig abstimmen, damit ihre Geschichten für Dad plausibel klingen. *Brian.*

Natalie blickt wieder auf ihr Handy. Inzwischen ist Jake definitiv zu spät dran. Sie runzelt die Stirn. Das ist untypisch für ihn. Gerade als sie ihm eine Nachricht schreiben will, tut sich die dunkle Wolke über ihrem Kopf auf, und dicke Regentropfen prasseln auf sie herab. Natalie steckt ihr Handy in die Tasche und läuft los. Es ist immer noch sonnig, selbst dann noch, als der Regen schlimmer wird. Natalie lacht vor Begeisterung über den Guss, den blauen Himmel, als sie aus dem Park hinaus und in Richtung des Apartments in der rue Murillo läuft. Ihre Sneakers klatschen auf das nasse Pflaster. Regentropfen fallen von ihrer Nase. Sie legt den Kopf in den Nacken und fängt sie mit der Zunge auf.

Als sie sich dem Wohnhaus nähert, taucht plötzlich eine Frau auf. Sie hat ihr hellbraunes Haar zu einem hohen Zopf frisiert und trägt einen kakifarbenen Trenchcoat mit festgezurrtem Gürtel. Unter ihrem Arm klemmt eine schwarze Tasche. Sie verströmt diesen lässigen Chic, wie ihn die Französinnen so scheinbar mühelos erlangen. Die Frau schlägt den Mantelkragen hoch und läuft durch den Regenschauer, fort von Natalie. Obwohl Natalie sie noch nie gesehen hat, fühlt sie sich merkwürdig von ihr angezogen. *Herausfinden, ob die Frau in unserem Haus wohnt. Mit ihr anfreunden. Lernen, mich so zu stylen wie sie,* denkt sie.

Natalie bleibt kurz unter dem kleinen Vorsprung vor der Haustür stehen und lässt den Rucksack von ihren Schultern gleiten. Schwarze Regenschirme werden überall auf dem Bürgersteig aufgespannt. Die Fußgänger, die von dem plötzlichen Schauer überrascht werden, stoßen spitze Schreie und Flüche aus. Ein fuchsiafarbener Regenschirm öffnet sich auf der anderen Straßenseite, genau in der Sekunde, als ein Regenbogen am Himmel erscheint.

Denk daran, dankbar zu sein, denkt Natalie. *Für jeden einzelnen Tag.*

Okay. Fest steht, dass sie nicht wie eine Vollidiotin hier draußen im Regen herumstehen kann. Sie wird Jake eine Nachricht schicken und ihm erklären, er solle sagen, er hätte auf dem Weg zurück ins Apartment noch etwas erledigen müssen. Dann können sie Erschöpfung vortäuschen und haben Gelegenheit, ihre Notizen zu vergleichen, bevor sie morgen früh Brian von ihrer Reise erzählen. Natalie schickt die Nachricht ab und schließt die Haustür auf.

Sie läuft die Stufen hinauf. Dieser blöde Rucksack. Sie macht die Wohnungstür auf.

Das Sommerapartment atmet förmlich Geschichte: Elegante Räume mit hohen Stuckdecken und strahlend weißen Wänden, Fischgrätparkett und Bleiglasscheiben in den Fenstertüren. Überall hängen Gemälde (zumeist öde Motive) in schweren, verschnörkelten Rahmen, dazu eingebaute Bücherregale, kostbare Antiquitäten und dicke cremefarbene Vorhänge. Natalie liebt es, sich Geschichten über die früheren Bewohner des Apartments auszudenken; ihr Skizzenbuch ist voll imaginärer Szenen, die sich einst hier abgespielt haben könnten.

»Brian«, ruft sie. »Ich bin zu Hause!«

Keine Antwort. Hmmm. Dad hat gesagt, er wäre bestimmt da, wenn sie zurückkämen. Vielleicht wurde er bei der Arbeit aufgehalten. Das löst zumindest das Problem mit Jakes Verspätung.

Natalie schlüpft aus ihren nassen Sneakers, lässt den Rucksack und die nasse Windjacke fallen und trottet auf feuchten Socken in ihr Zimmer, wobei sie sich das T-Shirt über den Kopf zieht. Ihr Blick fällt auf ihren halb nackten Körper in dem goldgerahmten Spiegel an der Wand. *Ich bin superheiß*, beschließt sie, und der Spiegel wirft denselben verlangenden Blick zurück, mit dem sie Derek bedacht hat.

Sie studiert ihre schmale Taille, ihre zarten Schultern, ihre Brüste. B-Körbchen. Nicht zu klein und nicht zu groß. Ihre Rippen sind kaum sichtbar unter der straffen Haut, ebenso wenig wie die Knochen ihres Rückgrats, als sie sich umdreht. Sie wendet sich wieder dem Spiegel zu und betrachtet ihr Gesicht. Sie ist zufrieden mit ihrem Gesicht. Sie hat das Beste von ihrer Mutter mitbekommen – einen vollen Mund, weit stehende graue Augen, scharf geschwungene Augenbrauen – und auch das Beste von Brian – eine ausgeprägte Adlernase und ein kantiges Kinn, das ihrem Gesicht etwas Entschlossenes verleiht.

Zu schade, dass dieser Blick gelegentlich irreführend ist.

Ist da etwa ein Fettpölsterchen über ihrer linken Hüfte? Prüfend kneift Natalie die Haut, während sie den Blick von dem Mädchen im Spiegel abwendet. Sie knetet ihr Fleisch, bis es sich dunkel verfärbt.

Angewidert untersucht Natalie den Schaden, den sie verursacht hat, kneift ein letztes Mal heftig in die gerötete Haut. Sicher nicht das Schlimmste, was sie sich bisher angetan hat. Trotzig starrt sie erneut in den Spiegel. *Ich kann damit aufhören. Ich schaffe das.*

Denk daran, dankbar zu sein. Für jeden einzelnen Tag.

Catherine

Marseille

Wir sind seit sieben Stunden unterwegs. Delphine fährt in Richtung des Vieux Port. Ich schaue aus dem Fenster, sehe jedoch nur verschwommene Umrisse im pechschwarzen Dunkel; trotzdem kann ich mir denken, wo wir gerade sind: Mietskasernen, in denen die unzähligen Einwanderer untergebracht sind. Synagogen und Moscheen und griechisch-orthodoxe Kirchen. Weitläufige Baugrundstücke zur »urbanen Totalsanierung«, die schon vor ihrer Vollendung grauenvoll aussehen. Und dann, etwas freundlicher, die Oper, öffentliche Gärten und boomende Industrieparks.

Ich schließe kurz die Augen, kämpfe gegen die Erschöpfung, die mich zu überwältigen droht. Sobald ich meine Zielperson abgesetzt habe, werde ich mich in einem Hotel einmieten und den Schlaf der Gerechten schlafen. Oder zumindest den Schlaf der Gerechtfertigten.

Ein leises Stöhnen lässt mich aufschrecken. Ich öffne die Augen. Meine Zielperson regt sich, hebt zitternd ihre elegante Hand und berührt ihre Stirn. Sie stöhnt erneut.

Ich betrachte ihr Gesicht. Vor ihrer Hochzeit war sie

Model, war mit nur vierzehn Jahren aus ihrer Heimatstadt Wologda zu einem offenen Casting nach Moskau gereist, eine gertenschlanke blonde Schönheit mit einer Ernsthaftigkeit und Tiefe in ihren kobaltblauen Augen, die eine alte Seele widerspiegelte. Aus meinen Recherchen weiß ich, dass sowohl der Flug nach Moskau als auch ihr vorsichtiges Lächeln auf das Konto ihres Stiefvaters gehen, ein Regierungsbeamter, der aufs Heftigste ihre Anschuldigung bestritt, er hätte sie seit ihrem elften Lebensjahr sexuell missbraucht.

Sie wurde von einer internationalen Model-Agentur unter Vertrag genommen und reiste die folgenden sieben Jahre rund um den Globus, von einer Modenschau und einem Fotoshooting zum nächsten. Sie lief in Paris, Mailand, New York, São Paulo und Tokio über den Laufsteg, war in der Bikini-Ausgabe von *Sports Illustrated* abgebildet und zweimal auf dem Cover der *Vogue*. Sie versuchte sich in der Schauspielerei und spielte eine Version von sich selbst in einem Actionfilm in Hollywood. Sie verdiente eine Menge Geld und gab es auch großzügig wieder aus. Die Paparazzi machten gnadenlos Jagd auf sie, und ihre Liebesgeschichten (von denen einige in einer Katastrophe endeten) wurden zum lüsternen Vergnügen der Leser von Klatschblättern überall auf der Welt seziert. Und all die Jahre blieb dieser wachsame Ausdruck in ihren Augen.

Ihren Mann lernte sie während eines Urlaubs auf Ibiza kennen. Er war ebenfalls Russe, älter, schwerreich, charmant, intelligent. Er erzählte ihr, er würde Maschinen herstellen. Es war die erste vieler Lügen.

Nach einer kurzen, heftigen Romanze folgte die opulente Hochzeit in London. Die Klatschblätter berichteten, der Empfang hätte mehr als eine Million Pfund gekostet. Exklusive Fotos wurden für Hunderttausende an das Magazin *OK!* verkauft. Die drei Kleider, die sie im Laufe des Abends trug, ernteten das Lob sämtlicher Mode-Bloggerinnen, die sie zu ihrer geschickten Auswahl beglückwünschten, mit der sie drei ihrer Lieblingsdesigner ehrte: Monique Lhuillier für die Trauung, Stella McCartney für den Cocktailempfang und Reem Acra für das Abendessen und die anschließende Party.

Das Paar verbrachte die Flitterwochen auf der Jacht des Bräutigams, eine sechswöchige Kreuzfahrt zu den griechischen Inseln, die vor allem durch das Foto Bekanntheit erlangte, das die Braut splitternackt beim Sonnenbaden zeigte (wobei sie wohl glaubte, sie wäre gänzlich ungestört).

Verstehen Sie jetzt, warum es mir Sorgen bereitet, diese Frau verschwinden zu lassen? Ihr Gesicht und ihr Körper gehören zu den bekanntesten des Planeten.

Natalie

Aufheulen

Die Dusche ist herrlich, dampfend heiß. Eingehüllt in eine Jasminwolke, tritt sie heraus und schlüpft in ihren flauschigen rosa Bademantel. Sie wischt den beschlagenen Badezimmerspiegel ab und putzt sich die Zähne. Es ist ein herrliches Gefühl, so sauber zu sein. In dem übergroßen Bademantel sieht sie genau so aus, wie sie sein will: klein, fast elfenhaft. Sie zieht den Gürtel fester.

Wo steckt Jake? Und wo ist ihr Vater? Langsam ist Natalie etwas besorgt. Sie verlässt das Badezimmer und ruft nach den beiden. Vielleicht sind sie ja zurückgekommen, während sie gerade unter der Dusche stand.

Natalie kommt an der Tür zum Schlafzimmer ihres Dads vorbei und bemerkt aus dem Augenwinkel seine Aktentasche. »Brian?«, fragt sie und öffnet die Tür vollends.

Gedämpftes Licht fällt durch das Oberlicht und taucht den Raum in gräuliche Schatten. Brian liegt ausgestreckt auf dem Bett. Sein Gesicht ist aschfahl, fremd. Seine Augen starren leer nach oben. Sein Kopf ist merkwürdig verdreht.

Getrocknetes rostfarbenes Blut klebt an der cremefarbenen Tagesdecke.

Natalie sinkt zu Boden, während ein gequältes Heulen aus ihrem Mund dringt.

Catherine

Rettung

Die Lider meiner Zielperson flattern. Sie leckt ihre trockenen Lippen.

Ich hole eine Maske aus der Tasche neben meinen Füßen und ziehe sie mir über den Kopf. Es ist ein Alienkopf, der in der Dunkelheit leuchtet, mit schrägen, mandelförmigen Augen, einem Schlitz als Mund und nur der Andeutung von Nasenlöchern. Sie sieht albern aus, und darunter ist es unangenehm warm, doch sie bietet den Vorteil, dass sie meine Stimme verzerrt und zugleich meine Gesichtszüge verdeckt. So nahe an der Zielperson kann ich mich nun einmal nicht unsichtbar machen.

»*Elena*«, knurre ich leise. »*Bist du wach?*« Mein Russisch ist ganz brauchbar.

Langsam schlägt Elena die Augen auf. Sie ist benommen und blinzelt. Bei meinem Anblick schreckt sie zurück.

»*Trink etwas Wasser*«, befehle ich und reiche ihr eine Flasche. Sie trinkt sie gehorsam aus.

»*Hab keine Angst*«, fahre ich fort. »*Es wird alles gut, solange das Lösegeld bezahlt wird.*«

Ich sehe die Panik in ihren Augen aufflackern. Sie blickt zur Tür; ich weiß, sie schätzt die Geschwindigkeit des Wagens ab, die Möglichkeit einer Flucht. Ich packe ihr Handgelenk fest.

»Denk nicht mal daran«, murmele ich und ramme ihr noch eine Spritze in den Hals. Sie weiß es noch nicht, aber ich bin ihre Rettung.

Nun wissen Sie es: Ich bin die Begräbnisgesellschaft.

Jake

Waisen

Natalies zerbrechlicher Körper liegt zusammengerollt in einer Ecke ihres Betts, ihre Atemzüge sind endlich gleichmäßig, wenn auch flach. Der Arzt hat ihr ein Beruhigungsmittel verabreicht.

Jake wacht über ihren Schlaf. Er weiß, dass der von dem Medikament verschaffte Frieden nur von kurzer Dauer ist.

Brians Leiche wurde inzwischen weggebracht, sein Schlafzimmer überprüft und versiegelt. Zwei Gendarmen warten im Salon auf ihn. Jake ist sich nicht ganz sicher, warum sie noch hier sind; er hat ihnen alles erzählt, was er wusste. Er kam nach Hause, fand seine Schwester völlig hysterisch und seinen Vater tot vor.

Er kann hier nicht länger bleiben. Der junge Polizist mit dem von Aknepickeln übersäten Gesicht wollte ihn sogar in Natalies Zimmer begleiten, aber Jake hat ihm versichert, es würde nur eine Minute dauern, er wolle sich lediglich davon überzeugen, dass Natalie endlich schlief. Jetzt fragt Jake sich, ob der Polizist weniger besorgt um sein Wohlergehen war, sondern sich vielmehr gefragt hat, was er vorhaben könnte. Als könnte er Natalie jemals wehtun! Seine Schwester ist der einzige Mensch auf Erden, den er vorbehaltlos liebt ... der einzige Mensch, der ihm bleibt.

Wir sind jetzt Waisen. Das Wort kommt ihm altmodisch vor. Es ruft Bilder von Arbeitshäusern und Oliver Twist hervor, von zerrissener Kleidung und traurigen Gesichtern, hohlwangig vor Hunger.

Ist Natalie wieder zu dünn? Wo ihr Rückgrat unter der buttergelben Decke auftaucht, kann er die scharf konturierten Knoten ihrer Wirbelsäule erkennen. Er hätte sie niemals mit diesem Jungen in Amsterdam allein lassen dürfen. Doch gleichzeitig ist ihm bewusst, wie irrelevant der Gedanke ist. Der junge Brite hat Natalie nicht verletzt; es ist diese neuerliche Katastrophe, die sie brechen könnte.

Jakes Gedanken überschlagen sich: Können Nat und er in dem Apartment bleiben? Sollten sie das überhaupt tun? Wie lange? Wenigstens heute Nacht, denn Natalie schläft endlich. Aber sicher nicht darüber hinaus. Wo sollen sie hin? Wie viel Geld haben sie? Können sie Zugriff auf die Konten ihres Dads bekommen? O Gott, werden sie jetzt wieder von der Presse gejagt? Scheiße. Sollte er Onkel Frank anrufen? Brauchen sie einen Anwalt? Einen Übersetzer? Sollte er die Botschaft kontaktieren? Wie sollen sie Brians Leiche nach Hause überführen? Hat er ein Testament hinterlassen? Eine Verfügung für seine Bestattung? Wie kommt es, dass Jake diese Dinge schlicht nicht weiß?

Dann sind da die Gedanken, die ihn noch mehr quälen. Was werden die Leute über ihn und seine Schwester denken, nachdem ihre beiden Eltern ermordet wurden? Werden sie sie noch mehr bemitleiden? Jake hasst Mitleid. Werden die Leute glauben, dass etwas mit ihnen nicht stimmt? Dass eine Art Fluch auf ihnen lastet? Ist es so? Ist seine ganze Familie in eine Verkettung von Tragödien verstrickt? *Wie konnte das nur passieren?* Die Erinnerung an Brians brutal gebrochenes Genick lässt Jake erschauern.

Er hebt die Hände und betrachtet sie. Sie wirken fremd. Hände können so viele Dinge tun. Ein Feuer entzünden, ein Sandwich machen, eine Landschaft malen, einen Football werfen, über eine Tastatur fliegen. Eine Geliebte liebkosen, einen Rücken einseifen, einen einsamen Orgasmus heraufbeschwören. Einen Rasierer führen, einen Baseballschläger schwingen, auf einen schweren Sack schlagen. Einen Abzug drücken. Eine Kehle zudrücken, bis das Opfer keinen Atemzug mehr machen kann.

Eine Kehle aufschlitzen.

Jake kämpft seine aufsteigenden Tränen nieder. Er hat sich viele Male gewünscht, sein Vater wäre tot. Selbst bevor Mallory verschwand, hatten sie sich gegenseitig die Köpfe eingeschlagen. Mallory war der Elternteil, der blieb, während Brian durch die Welt reiste und irgendwelche Aufträge erfüllte. Jake wurde der »Mann im Haus«, während Brian weg war. Und seine Abneigung wuchs noch, wenn sein Vater nach Hause kam, weil dann spätabends wütende Stimmen aus dem Schlafzimmer seiner Eltern drangen, die tiefe Falten in das Gesicht seiner Mutter gruben.

Aber jemandem den Tod zu wünschen und der tatsächliche Tod sind zwei völlig unterschiedliche Dinge.

Oder nicht?

Catherine

Übergabe

Ein hämatomvioletter Himmel kündigt die Ankunft des neuen Tags an. Der Vieux Port erwacht zum Leben, Fischer und die Crews der Ausflugsboote machen sich für den vor ihnen liegenden Tag bereit. Delphine hält an der vereinbarten Stelle, worauf Zahida, eine Bosnierin mit rundem Gesicht, sich aus dem Schatten löst.

Z arbeitet als Reinigungskraft auf einem kleinen Kreuzfahrtschiff (dreihundert Personen Kapazität) und wird dafür sorgen, dass meine immer noch bewusstlose Zielperson sicher in einer ungenutzten Kabine erster Klasse untergebracht wird (wo sie vermutlich schlafen wird, bis das Schiff im Hafen des ligurischen Genua anlegt). Außerdem wird Z dort meine Zielperson an den nächsten Betreuer übergeben. Z weiß nicht, wen sie versteckt, und es ist ihr auch egal. Ich habe Z einst aus einer verzweifelten Lage befreit (vielleicht erzähle ich die Geschichte ein anderes Mal), jedenfalls habe ich mir damals ihre Dankbarkeit und Loyalität verdient, und jetzt bezahle ich sie gut.

Z und ich heben meine Zielperson aus dem Taxi, während Delphine sich mit einem knappen Gruß auf den Weg macht. Wir verfrachten den schlaffen Körper der Zielperson in ein wartendes Beiboot, dann fährt Z los. Ich bleibe am Kai stehen und beobachte, wie sie aufs offene Wasser hinausfährt.

Ich setze meine Sonnenbrille auf, ziehe mir die Mütze tief in die Stirn und gehe davon, entschlossen und zielstrebig, eine Frau, die weiß, wohin sie will.

Frank

Die Kinder eines anderen Mannes

Frank Burrows hat es gründlich satt, mit seiner Exfrau zu streiten. Er kennt den Ablauf jeder ihrer Auseinandersetzungen in- und auswendig. Quintessenz: Sie hasst ihn aus tiefster Seele und wünscht ihm den Tod an den Hals.

Frank seufzt und versucht, Haltung zu bewahren, während Della zum Angriff übergeht. Schrill dringt ihre Stimme durch die Leitung. Er unterbricht sie. Sein Bruder ist *gestorben*, um Gottes willen. In Paris. Sein Neffe Jake und seine Nichte Natalie sind ganz alleine dort. Frank versucht immer noch, das alles zu begreifen, was er ihr auch sagt, und jede vernünftige Frau würde verstehen, dass er hinfahren muss und es nicht, wie Della schreit, »doch bloß wieder eine Entschuldigung« ist, damit er seine eigenen Kinder nicht sehen muss. Sie ist außer sich vor Wut! Dabei hat er sich auf die zwei Wochen mit den Mädchen gefreut, die Reservierungen sind gemacht, die Flugtickets gebucht. Und, fügt er hinzu (wobei er lauter und barscher wird, obwohl er genau weiß, dass er im Gespräch mit Della weder Logik noch Mitgefühl erwarten durfte, also warum sollte er sich überhaupt bemühen, seine

Stimme zu mäßigen?), *sein Bruder ist tot.* Brian wurde *ermordet.*

»Es ist einfach, als würdest du deine eigenen Töchter im Stich lassen, damit du dich um die Kinder eines anderen Mannes kümmern kannst«, zetert Della.

»Wie kannst du so herzlos sein?«, schreit er und knallt den Hörer auf.

Wie konnte er nur diese Frau heiraten? Das kommt davon, wenn man sich über etwas hinwegtrösten möchte. Schon früh war ihm klar, dass sie komplett durchgeknallt ist, aber leider erst, nachdem sie mit den Zwillingen schwanger war. Jetzt ist er sein Leben lang an dieses Miststück gefesselt.

Analise und Adelaide sind inzwischen elf, immer noch kleine Mädchen, die an der Schwelle zu der Achterbahnfahrt der Pubertät stehen. Er liebt seine Töchter von ganzem Herzen. Vor ein paar Monaten hat er Addy dabei ertappt, wie sie Lipgloss trug. Auf sie muss er aufpassen. Ana dagegen spielt immer noch mit ihren Puppen.

Er wird es wiedergutmachen. Wenn das alles vorbei ist, werden sie etwas ganz Tolles unternehmen. Aber jetzt muss er sich auf Jake und Natalie konzentrieren.

Als er seine Reise nach Paris zu planen beginnt, Flüge und Zugfahrpläne vergleicht und sein Büro informiert, ist ihm bewusst, dass er vermeidet, was er als Erstes hätte tun müssen.

Seine Mutter anrufen.

Oder zumindest das Altenheim informieren. Susan

Burrows leidet unter Demenz. Es gibt immer noch gute Tage, aber nachdem sie vor zwei Jahren die Einbauküche ihrer Gartenwohnung angezündet hat, mussten Brian und Frank sie nach Meadowfield bringen, »das Beste, was Erwachsenenpflege zu bieten hat«. Frank fand immer, der Name der Einrichtung sei weit hergeholt – sind eine Weide und ein Feld nicht im Grunde dasselbe? Dieser Name ist eine etymologisch ironische Randnotiz, ausgetragen auf dem Rücken derer, die sich nicht länger an ihre eigenen Worte erinnern.

Und wer wird jetzt für Meadowfield bezahlen? Brian hat die Kosten ganz selbstverständlich übernommen, denn er wusste, dass er nicht nur viel mehr Geld verdient als Frank, sondern dass die Alimente Franks Einkommen erheblich mindern.

Frank stapelt Klamotten auf dem Hotelbett und faltet sorgfältig seine Sachen zusammen. Was für ein Glücksfall, dass er gerade für eine Fachmesse in London ist. In wenigen Stunden wird er bei Jake und Natalie sein.

Vielleicht ruft er lieber noch nicht im Heim an. Vielleicht ist es ja ein Segen für sie, wenn sie eine Weile noch nicht Bescheid weiß, zumindest für den Augenblick. Doch die amerikanischen Nachrichten werden den Vorfall bald genug aufgreifen. Und sobald die Journalisten herausfinden, dass es sich bei Brian um *Brian Burrows* handelt, den Ehemann von Mallory Burrows, deren Verschwinden vor drei Jahren besonders schlüpfrige Schlagzeilen machte, werden sie sich die Hände reiben. Frank verdrängt die Frage, weil er nicht weiß, wie er mit alldem umgehen soll.

Er hält inne, zerknüllte Socken in der Hand. Brian. Tot. Ihre Beziehung war nicht immer einfach. Aber bei welchen Brüdern ist sie das schon? Doch die Endgültigkeit trifft ihn schwer. Nun wird vieles für immer unausgesprochen bleiben.

Catherine

Auf geht's

Erleichterung durchströmt mich beim Anblick des unscheinbaren kleinen Hotels. Der Tag wird wieder brüllend heiß werden. Schon jetzt scheint eine widerliche Mischung aus Hitze und penetrantem Gestank vom Pflaster aufzusteigen.

Das Hotel ist heruntergekommen, mit bröckeligen Mauern, zerbrochenen Stufen und einer verwitterten, in einem verblassten Türkis gestrichenen Tür. Ich betrete die kühle, trübe erleuchtete Lobby und blinzele, damit sich meine Augen an das Halbdunkel gewöhnen.

»Ah, Mademoiselle. Willkommen«, begrüßt mich Gabriel, der uralte, mürrische Besitzer. Gabriel und ich haben eine Übereinkunft. Ich zahle bar, und er stellt keine Fragen.

Gabriels Hände sind knotig von der Arthritis, bewegen sich jedoch recht flink, als er das Bündel Euroscheine einsteckt, das ich ihm gebe. Im Gegenzug überreicht er mir einen Schlüssel. Zimmer 3. Mein Lieblingszimmer.

Ich steige die schiefen, knarzenden Stufen in den zweiten Stock hinauf und stecke den Schlüssel ins Schloss. Ein eisernes Bettgestell ist mit fadenscheinigen Laken und einer ausgebleichten Paisley-Tagesdecke bezogen. Es gibt einen Stuhl mit einer kaputten Rattansitzfläche und einen Rattantisch. Die zartblaue Wandfarbe hat Risse und löst sich, der Boden und die Sockelleisten sind zerschrammt, die einzige Stehlampe mit dem verzierten schmiedeeisernen Gestell und dem kobaltblauen Fransenschirm ist staubig.

Warum also ist das mein Lieblingszimmer?

Ich trete an das Fenster und spähe auf die enge Straße hinaus. Die Wände sind dünn genug, dass ich jeden kommen höre, aber die Jalousien so dicht, dass ich das ganze Licht ausblenden kann. Deshalb ist es mein Lieblingszimmer.

Ich verriegle die Tür, schließe auch die Jalousien und hülle den Raum in Dunkelheit. Dann schlüpfe ich aus meinen schweren Plateauschuhen und sinke dankbar auf das Bett. Sofort fallen mir die Augen zu.

»Cathy.« Das Flüstern einer weiblichen Stimme streicht an meinem Ohr entlang. *»Auf geht's, Cathy. Auf geht's.«*

Ich schieße hoch, spähe in die Schatten. Mein Herz fühlt sich an, als wollte es mir aus der Brust springen.

Wo ist sie? Können wir rechtzeitig entkommen?

Ich bin allein.

Frank

Im Bruchteil einer Sekunde

Frank lässt sich in seinen Sitz im Eurostar sinken. Überprüft die Uhrzeit. In sieben Minuten sollte der Zug abfahren. Bisher hat er nur mit Jake gesprochen; Natalie wurde ruhiggestellt. Frank macht sich Sorgen um sie, kann es kaum erwarten, sie endlich von Angesicht zu Angesicht zu sehen. Jake klang zutiefst verstört. Zweifellos steht er unter Schock.

Ein weiteres Mal hält sich Frank vor Augen, wie froh er sein kann, dass er zufällig in London war. Ein gutes Timing inmitten dieser Tragödie.

Eine kräftige, nordisch aussehende Frau quetscht sich in den Sitz neben ihm, und Frank nickt ihr flüchtig zu. Er hofft bloß, sie ist keine Quasselstrippe. Er will in Ruhe gelassen werden, den Erinnerungen an seinen Bruder nachhängen.

Frank war acht, also muss Brian damals fünfzehn gewesen sein. Frank ging nach der Schule ganz allein von der Bushaltestelle nach Hause. Dafür musste er unterwegs nur eine Straße überqueren, aber es war das erste Jahr, in dem Frank diesen Weg allein gehen durfte. Vorsichtig und voller Stolz blickte er nach links und rechts, ehe er die Straße überquerte.

Er schloss die Haustür auf, ließ seinen Rucksack und die Schlüssel auf der Bank im Flur fallen, rief nach seiner Mutter. Keine Antwort.

Er fand sie zusammengesackt auf dem Fliesenboden in der Küche. Ihr Gesicht war nass von Tränen, der Inhalt einer halb leeren, eiskalten Wodkaflasche hatte sich über ihre Bluse ergossen. Sie wurde wütend, als sie ihn sah, und obwohl Frank inzwischen längst weiß, dass sie zutiefst beschämt gewesen war, empfand er damals nur Angst und Panik. Sie kam unsicher auf die Füße, schwenkte die Flasche und verschüttete dabei noch mehr Wodka, während sie ihn anschrie, er solle in seinem Zimmer verschwinden.

Frank war wie betäubt. *Er* hatte doch nichts falsch gemacht! Er weigerte sich. Seine Mutter packte seinen Arm, zerrte ihn zur Haustür und stieß ihn hinaus auf die Straße.

»Da kannst du bleiben!«, schnauzte sie ihn an, schlug die Tür zu und drehte den Schlüssel um.

Aus seinem eigenen Elternhaus ausgesperrt und voller Angst vor diesem Ungeheuer, das die Kontrolle über seine Mutter gewonnen hatte, aber immer noch in der festen Überzeugung, dass er unschuldig war, hämmerte Frank an die Tür und schrie, sie solle ihn wieder reinlassen. Aber das tat sie nicht.

Vier Stunden später fand Brian ihn zusammengekauert vor der Tür, als er vom Baseballtraining zurückkam. Franks Tränen waren schon längst getrocknet. Der Saum seines T-Shirts war rotzverschmiert. Brian brachte Frank hinein und schickte ihn unter die Dusche. Als Frank aus dem Badezimmer kam, lag seine Mutter im Bett und schlief, ein Röhrchen Aspirin und ein Glas Wasser neben sich auf ihrem Nachttisch. Brian stand in der Küche und machte Sandwiches.

»Wir wollen Dad nichts davon erzählen«, bot Brian an. »Er braucht es nicht zu wissen.« Ihr Vater war bei einer Tagung in Hilton Head und würde in zwei Tagen zurückkommen.

Frank schwieg. Stundenlang hatte er geschrien und geweint, doch nun hatte er keine Worte mehr.

»Du weißt von Laurie?«, fragte Brian. Frank schaffte es, den Kopf zu schütteln.

Brian seufzte. »Es gab ein anderes Baby zwischen dir und mir. Ein Mädchen. Laurie. Heute ist ihr Geburtstag. Sie wäre zwölf geworden. Sonst ist Dad immer hier, aber ...«

Frank bekam den klebrigen Bissen seines Erdnusssandwichs mit Johannisbeergelee nicht hinunter, deshalb spuckte er ihn sich in die Hand. »Was ist mit ihr passiert? Mit Laurie?«

»Na ja, diese Krankheit, wenn Babys einfach nicht mehr aufwachen. Plötzlicher Kindstod heißt das, glaube ich. Ich war zu klein, um mich zu erinnern, aber du musst das verstehen, Frank. Manche Tage sind für Mom einfach schwieriger als andere.«

In dieser Nacht fand Frank keinen Schlaf.

Doch wie gewohnt kehrte irgendwann der Alltag wieder ein. Frank ging zur Schule und zur Little League, fuhr auf dem Segelboot der Familie hinaus, ging ins Sommerlager.

Und auch wenn seine Mutter danach wieder die Mutter war, die er immer gekannt hatte, war ihm nach diesem Vorfall klar, dass er nun verstand, wie Dinge und Menschen sich im Bruchteil einer Sekunde ändern konnten.

Genauso wie jetzt.

Catherine

Lösegeld

Das hübsche kleine Café unter freien Himmel im 1. Arrondissement ist zu drei Vierteln gefüllt. Marmortische mit Messing. Große grüne Schirme mit Pastis-Werbung spenden Schatten. Eine angenehme Brise, die warme Sonne. Ein herrlicher Tag in Paris.

Ich verliebe mich immer wieder aufs Neue in diese Stadt; es ist unmöglich, das nicht zu tun. Ich trage eine alte Boyfriend-Jeans, dazu ein in der Taille verknotetes Herrenhemd und Sneakers. Perfekte Kleidung, wenn man sich schnell bewegen will.

Ich sitze in der Ecke mit dem Rücken zur Wand und kritzele etwas in ein Notizbuch. Den breitkrempigen Hut tief in die Stirn gezogen, picke ich an einem Stück Schokoladenkuchen herum.

Das Bild von Brian Burrows' blutiger Leiche geht mir nicht aus dem Kopf, auch wenn ich es noch so gern verbannen würde.

Das geronnene Blut. Seine ausgestreckten Hände, offen und flehend.

Ich habe einen Job zu erledigen. Wenn ich damit fertig bin, kann ich darüber nachdenken, wie ich Brian Burrows' Leiche entdeckt habe. Vorher nicht. Ich lasse einen cremigen Bissen der dekadent dicken Schokoladenglasur auf meiner Zunge schmelzen. Nippe an meinem bitteren Espresso.

Das Objekt meines Interesses sitzt mit zwei Freunden beisammen. Er raucht Kette und hustet, trinkt gierig seinen Rotwein. Als er den Kopf zurückwirft und lacht, unterdrücke ich ein Stirnrunzeln. So verhält sich doch kein Mann, dessen geliebte Frau gerade entführt wurde.

Dieses ganze Projekt basiert auf einer Reihe von Vermutungen, die ich im Zuge meiner Recherchen abgesichert habe. Für Fehler ist kein Platz.

Da ist sie, pünktlich wie immer. Delphine.

Sie sieht atemberaubend aus. Natürlich wusste ich das schon vorher. sie hat sich ziemlich gut entwickelt, seit wir uns das erste Mal begegneten, und selbst damals war sie schon eine ziemliche Nummer.

Ich werfe einen kurzen Blick auf ihn. Bei jedem anderen Mann würden die wulstigen Lippen und die Knollennase hässlich wirken, doch seine breiten Wangenknochen und sein markantes Kinn verleihen seinem Gesicht eine unerwartete Eleganz. Er hat volles Haar, das er voller Eitelkeit pflegt; das erkenne ich daran, wie er sich darüberstreicht. Die dunklen Schatten unter seinen blutunterlaufenen Augen lassen allerdings ahnen, dass das Lachen vielleicht auch nur ein Zeichen von Stress war.

Es ist an der Zeit.

Delphine tänzelt an ihm vorbei. Ihr marineblaues

Etuikleid wirkt auf den ersten Blick züchtig, bei genauerem Hinsehen jedoch enthüllt es jede geschmeidige Kurve ihres herrlichen Körpers. Die hohen Absätze heben ihren Hintern an, drücken ihre Brüste nach vorn. Ihre Augen sind hinter der Prada-Sonnenbrille nicht zu erkennen. Sie trägt eine Perücke, eine blond glänzende Lockenmähne, die sich über ihren Rücken ergießt. Wir wissen, dass er auf Blondinen steht.

Es läuft genauso ab, wie ich es vorhergesehen habe. Sein Blick folgt ihr. Er grunzt etwas auf Russisch. Seine Freunde lachen, drehen sich um und glotzen hinter ihr her. Ein dunkelhäutiger Teenager in der Kellnerkluft (Jumah, ein Freund von mir, dessen Bekanntschaft Sie später noch machen werden) geht an ihrem Tisch vorbei, lässt den dicken elfenbeinfarbenen Umschlag in den Schoß meines Russen fallen und verlässt das Café, ohne dass ihn jemand bemerkt.

Beiläufig stecke ich mein Notizbuch ein, lege einen Zwanziger für meinen Kuchen und den Kaffee auf den Tisch. Ich schlendere aus dem Café, verschwinde in den Massen der Fußgänger, die den herrlichen Sommernachmittag genießen.

Im Hintergrund höre ich die wütende Stimme und lächle. Die Nachricht wurde gelesen. Der Brief selbst ist ganz altmodisch, ausgeschnittene Buchstaben aus russischen Zeitungen, in Finnland gekauft, auf ein Stück steifes Pergament aus einem Geschäft für Kunstbedarf in Madrid geklebt, alles lediglich mit Handschuhen berührt.

Die Zahlungsmethode ist deutlich progressiver: Bitcoins.

Man darf nichts durcheinanderbringen, wenn man eine Lösegeldforderung überbringt.

Natalie

Wiedervereinigung

Jake hatte darauf bestanden, dass sie ein wenig frische Luft schnappt; als sie sich sträubte, hat er erklärt, er müsse dringend einige »Details« mit Onkel Frank besprechen, die Natalie lieber nicht mitbekommen sollte. Sie hätte sich vehementer gewehrt, doch der Schock und die Medikamente haben sie lethargisch gemacht. Also hat sie sich erneut in den Parc Monceau geschleppt, doch im Gegensatz zu früher hasst sie ihn jetzt. Es ist der letzte Ort, an dem sie sich *davor* aufgehalten hat.

Das Problem ist, dass ihr Gehirn die grausigsten Bilder der »Details« heraufbeschwört, die ihr angeblich erspart werden sollten. Was konnte schlimmer sein als der Anblick ihres Vaters mit durchgeschnittener Kehle?

Sie findet etwas Trost in dem blutigen Fetzen Nagelhaut, den sie abbeißt, im Brennen der winzigen Schnitte, die sie sich heimlich an der Innenseite ihres Oberschenkels zugefügt hat.

Ein junger Polizist mit der Statur eines Gewichthebers steht in einiger Entfernung, von wo aus er sie beobachten kann. Sie starrt ihn an, malt sich aus, wie er unter ihrem sengenden Blick in Flammen aufgeht, zu Schlacke und pudriger Asche verbrennt.

Für jeden Tag dankbar sein? Scheiß drauf. Natalie zittert trotz der feuchten Wärme an diesem Nachmittag. Dann sieht sie sie: Jake und Onkel Frank.

Gott sei Dank. Onkel Frank wird wissen, was zu tun ist.

Sie läuft hinüber, um ihn zu begrüßen. Instinktiv formen sie sich zu einem engen Kreis, Arme um Schultern gelegt, Stirn an Stirn, isoliert wie auf einer Insel aus geteilter Liebe und Trauer.

Im ersten Moment ist Natalie überrascht, als sie erfährt, dass sie in ein Hotel ziehen müssen. Andererseits ist es nachvollziehbar. Das Apartment ist ein Tatort. Es ist eine Erleichterung, in gewisser Weise.

Begleitet von einer Polizeieskorte, fahren sie zu einem funktionalen, modernen Hotel. Durchs Fenster der Limousine beobachtet Natalie, wie die Straßen vorbeiziehen. Cafés, Geschäfte, Radfahrer. Restaurants, Sehenswürdigkeiten, Touristenfallen. Paris ist eine Stadt, die sich nach Krieg, Besetzung und Terrorismus immer wieder neu erfunden hat. Sie beneidet die Stadt um diese Widerstandsfähigkeit, obwohl sie sie nicht teilt. Sie würde am liebsten sterben. Sich einfach zusammenrollen und sterben.

Natalie fühlt sich vergiftet. Aber vielleicht ist ja *sie* das Gift. Keine Ahnung.

Sie checken ein. Sicherheitshalber wird der Gewichtheber-Gendarm auf dem Flur vor ihrer Suite postiert.

Endlich sind sie in der modern eingerichteten, in Orange- und Brauntönen gehaltenen Suite allein. Onkel

Frank bedeutet ihnen, sich an den Esstisch für vier Personen zu setzen.

Niemand sagt etwas. Offensichtlich sind sie über die Plattitüden der Trauer hinaus. Es ist unerträglich, diese Last des Verlusts und der Trauer. *Unerträglich.*

Sie ist erleichtert, als Onkel Frank sich den logistischen Fragen zuwendet. Natürlich werden sie mit der Polizei kooperieren. Außerdem hat er für sie einen Termin bei der amerikanischen Botschaft vereinbart, gleich morgen früh. Danach bestellt er beim Zimmerservice etwas zu essen. Das grauenvolle Gefühl eines Déjà-vu ergreift Besitz von Natalie. Sie dachte, wenn Onkel Frank das Ruder in die Hand nähme, würde es ebenso beruhigend wirken wie damals, als Mom verschwand. Stattdessen macht diese Vertrautheit sie krank.

Tränen strömen über Natalies Wangen. Sie lässt den Kopf auf ihre verschränkten Arme sinken. Onkel Frank streichelt ihren Rücken, murmelt genau dieselben Banalitäten darüber, wie alles wieder gut wird, die Natalie hasst, denn sie hat sie schon zu oft gehört, und gar nichts ist *wieder gut* geworden.

Ein Krachen lässt sie zusammenzucken. Sie blickt auf, sieht Jake, der einen Stuhl über den Kopf schwingt und ihn gegen den bereits zerborstenen mannshohen Spiegel schleudert. Scherben regnen auf den Teppichboden.

Onkel Frank wird blass, springt auf. »Jake. Hör damit auf. Das bringt uns auch nicht weiter.«

»Scheiß drauf!«, schreit Jake. »Scheiß auf das Arschloch!« Sein Gesicht fleckig, sein Körper angespannt von so viel aufgestauter Aggression.

Natalie schlingt die Arme um ihren Oberkörper, macht sich so klein wie möglich. Sie weiß nicht, wen genau Jake verflucht: Ihren Vater? Seinen Mörder? Gott?

Sie weiß es nicht. Es ist ihr auch egal. Sie will nur, dass die Gewalt aufhört.

Catherine

Geister

Fünfzehn Tage bevor ich Elena aus Paris geholt habe, bin ich den Burrows' das erste Mal im Marais begegnet. Als Erstes bemerkte ich das Mädchen. Sie kam mir bekannt vor, nicht auf diese vage »Wo habe ich dich schon mal gesehen?«-Art, sondern wie bei einem Schlag in die Magengrube. Mein Blick blieb an diesem unverwechselbaren kastanienbraunen Haar hängen, dann an den großen grauen Augen.

Natürlich sah sie inzwischen älter aus, fraulicher unter dem Oversize-Shirt und der locker sitzenden Jeans, fast schmerzlich dünn. Aber es war Natalie Burrows. Ich checkte die beiden Männer an ihrer Seite ab. Ja, das war ihr Bruder Jake. Und ihr Vater. Brian.

Was zum Teufel hatten sie in Paris zu suchen?

Ein Schauder überlief mich, und ich zwang mich, langsam zu atmen. Ich war davon ausgegangen, keinen von ihnen jemals wiederzusehen. Sie waren der Grund, weshalb ich damals aus Paris geflohen bin. Dass es mir nicht gelungen ist, Mallory Burrows zu beschützen, nachdem sie sich an die Begräbnisgesellschaft gewandt hatte, tut mir heute noch in der Seele weh. Es ist mein größtes Versagen. Ich hatte immer das Gefühl, ich würde Mallory, ihrer Familie etwas schulden.

Aber ich konnte mir diese Ablenkung nicht leisten, nicht solange Elenas Entführung auf mich wartete. Ich hatte mich gerade erst mit Delphine getroffen und sie angewiesen, einen unscheinbaren Van und ein Taxi zu besorgen. Ansonsten würde ich mich heute noch mit Gerard, meinem Liebhaber, treffen, bevor er wieder nach Hause zu seiner verständnisvollen Frau ging, und schließlich die Reiseroute vom Hafen von Marseille aus bestätigen.

Mir blieb noch eine Stunde bis zu meinem Rendezvous mit Gerard. Es geschah wider besseres Wissen, aber ich konnte mich einfach nicht beherrschen. Ich folgte den drei Burrows' durch die Kopfsteinpflasterstraßen.

Sie kauften fürs Abendessen ein. *Fromagerie, pâtisserie, boucherie.* Ich beobachtete sie, suchte ihre Gesichter nach den verräterischen Spuren der Tragödie ab.

Brian zeigte seinen Kindern die Auswahl. Natalie war diejenige, die ihm antwortete, Fragen stellte, zustimmte oder Alternativen vorschlug. Jake schmollte und lungerte herum, die Hände in den Taschen vergraben, die Schultern nach vorn gebeugt wie bei einem Aasgeier.

Es wäre ein Kinderspiel, herauszufinden, wo sie wohnten und wie lange sie blieben. Ich sandte ein Stoßgebet zum Himmel, dass es nur kurz wäre. Sie zu sehen, ließ meinen Magen rebellieren und setzte ein Gedankenkarussell in Gang.

Ich musste mich in achtzehn Minuten mit Gerard treffen. Er kann recht mürrisch werden, wenn ich mich verspäte.

Ich eilte in mein Apartment in der Rue des Archives und ließ meine Schlüssel in die Porzellanschale auf dem Konsolentisch neben der Tür fallen.

Ein Bild huschte vor meinem inneren Auge vorbei. Strahlend graue Augen unter scharf geschwungenen Augenbrauen. Natalies Augen. Sie sah ihrer Mutter so ähnlich. Ich schob das Bild beiseite.

»Baby«, schnurrte ich, als ich mein Oberteil auszog und aus meinen Schuhen schlüpfte.

Gerard saß majestätisch mitten auf meinem Bett. Nackt. Ich öffnete meinen BH, streifte Rock und Höschen ab, kletterte zu ihm aufs Bett, schmiegte mich neckend an ihn.

Gerard küsste mich. Dann warf er mich auf den Bauch und verpasste mir mit der flachen Hand einen Klaps auf den Hintern. »Du bist spät dran«, tadelte er mich auf Französisch, als er zuschlug. Der Schmerz hatte etwas Lustvolles, genau das, was ich gerade brauchte.

»Noch mal«, bettelte ich auf Französisch. »Schlag mich noch mal.«

Als ich befriedigt war, schickte ich Gerard nach Hause, machte mich wieder an die Planung für die Entführung meines russischen Supermodels, verdrängte die Burrows' aus meinem Kopf.

Nie im Leben hätte ich gedacht, dass Brian Burrows tot sein würde, wenn ich nach Paris zurückkehrte. Oder dass ich diejenige sein würde, die seine Leiche fand.

Teil 2

Der Ursprung

Woher wissen wir, was tatsächlich stimmt?
Die Erinnerung ist ein Kaleidoskop.
Die Geschichte formt sich mit jeder Erzählung.
Also glaube, was du willst. Tun wir das nicht alle?
Lass uns in der Zeit zurückgehen, nur ein bisschen.

Natalie

Vermisst

Etwas lag in der Luft. Noch bevor sie die Augen öffnete, spürte Natalie es, obwohl sie nicht genau benennen konnte, was genau »es« war. Sie kuschelte sich tiefer in ihre Daunenkissen und die seidenweiche Steppdecke. Es war Ende März und morgens immer noch kühl.

Es war die Stille. Das Haus sollte nicht so ruhig sein. Eine plötzliche Unruhe erfasste Natalie, als sie sich aus ihren Träumen löste, in die Realität dieses Morgens hineinglitt.

Jake war gerade für die Frühlingsferien zu Hause, weshalb es keine Überraschung war, wenn er ausschlief. Aber Mom sollte bereits aufgestanden sein, Kaffee kochen, den Berg Wäsche sortieren, den Jake mitgebracht hatte, voller Vorfreude auf den Moment, wenn ihr Ältester aufwachte, damit sie ihn mit Leckereien verwöhnen und über seine Vorlesungen, die Stadt, seine Freunde (und mit kaum verhohlener Neugier über sein Liebesleben) ausfragen konnte.

Natalie schlug abrupt die Augen auf.

Blickte auf den Digitalwecker auf ihrem Nachttisch. Über eine halbe Stunde noch, bis er klingelte.

Aber die Stille.

Schon jetzt war klar, dass sie nicht noch einmal einschlafen konnte.

Schließlich schlug sie die Decken zurück und setzte sich auf die Bettkante. Sie blickte sich in ihrem Zimmer um, als wäre es nicht derselbe Raum, in dem sie in den fünfzehn Jahren ihres Lebens bislang jeden Morgen aufgewacht war. Sie liebte ihr Bett mit dem Rüschenbaldachin, dem sie eigentlich entwachsen sein müsste, es aber noch nicht war. Sie liebte das satte Zitronengelb an den Wänden, die riesige Pinnwand mit den Konzertkarten und getrockneten Rosen, den Aufklebern und inspirierenden Zitaten, Fotografien und Gedichten. Sie liebte ihren Fenstersitz mit den gelb-weiß gestreiften Polstern, den Ausblick auf den Garten, wo sich die ersten Zeichen des Frühlings zeigten. Sie liebte ihre Bücherregale, die von Romanen, Reiseberichten, Biografien und Memoiren überquollen, und ihren altmodischen Schreibtisch mit den winzig kleinen Fächern für Stifte und Lineale, Bleistifte und Büroklammern.

Aber die Stille.

Mom blieb nie über Nacht fort. Mom würde es sich *niemals* entgehen lassen, Jake an seinem ersten Morgen zu Hause Pfannkuchen und Speck zu machen.

Natalie trat aus ihrem Zimmer. Das kühle Holz der Dielenbretter unter ihren Füßen hatte etwas Beruhigendes, ebenso wie das raue Gewebe des groben Flickenteppichs. Trotzdem spürte sie, dass irgendetwas nicht stimmte.

Natalie fand ihren Vater unten, wo er im Wohnzimmer auf und ab ging. Er trug dieselbe Kleidung wie am Vortag. Sein Gesicht war aschfahl. Das Morgenlicht ließ sein stoppeliges Kinn silbrig wirken. Wann war Dads Bart grau geworden? Über Nacht?

»Daddy?«

Brian schenkte ihr ein schwaches Lächeln. »Morgen, Schatz.«

»Wo ist Mom?«

Brian sah sie nur an.

»Dad. Wo ist sie?«

»Ich weiß es nicht, Süße. Wir hatten gestern Abend einen kleinen Streit, und danach ist sie verschwunden.« Brian rieb sich mit einem Fingerknöchel den Augenwinkel. »Bestimmt ist sie bald wieder hier.«

Natalie wusste, dass er sich irrte.

Etwas Schreckliches war passiert, und das war allein Natalies Schuld.

Jake

24 Stunden

Tiefblaue Schatten zogen in die hereinbrechende Nacht, selbst dann noch, als goldenes Licht wie einsame Scheinwerfer durch die Fenster ins Dunkel flutete.

Zusammengesunken hockte Jake auf der Verandabrüstung, die Hände in die Taschen seines Hoodies geschoben, und starrte auf die plötzlich so fremde Straße vor dem Haus, in dem er sein ganzes Leben gelebt hatte. Nichts fühlte sich wie vorher an, nichts sah aus wie früher, nichts war geblieben. Er sah auf die Uhr.

Vierundzwanzig Stunden waren vergangen, seit Mom vermisst wurde.

Er wünschte, er könnte die Zeit zurückdrehen, zurück zur letzten Woche, als er keine größeren Sorgen gehabt hatte als den Prüfungsstress und die Frage, ob er endlich David, den scharfen Typen aus North Dakota im zweiten Jahr, flachlegen würde.

Jake glitt vom Geländer und ging wieder hinein. »Ich bin's nur«, rief er.

Warum sollte er mit dem Knarzen des Scharniers Natalie falsche Hoffnungen machen?

Sein Vater allerdings konnte ihn kreuzweise.

Der alte Mistkerl saß noch genau an derselben Stelle,

wo Jake ihn zurückgelassen hatte. Auf dem Sofa, den Kopf in die Hände gestützt, das Handy neben sich. Natalie hatte sich mit einer Wolldecke in einer Ecke des Zweisitzers zusammengerollt und kaute die Nagelhaut an ihrem linken Daumen bis aufs Fleisch ab.

»Ruf an.« Jake konnte nur staunen, dass kein flüssiges Gift aus seinem Mund spritzte. »Es sind jetzt vierundzwanzig Stunden. Ruf die Polizei.«

Brian hob den Kopf und musterte ihn aus glasigen Augen.

»Mach schon«, stieß Jake hervor.

Brian heftete den Blick auf Jakes versteinerte Miene, ehe er ihn weiter zu Natalies schweifen ließ, die ihn mit weit aufgerissenen Augen anstarrte. Schließlich schnappte Brian das Handy und nickte. Stand auf. Zögerte. Nahm den mundgeblasenen Glaskolibri vom Kaffeetisch. Es war Moms Lieblingsgegenstand, ein Geburtstagsgeschenk von Jake und Natalie. »Ich gehe in die Küche«, sagte Brian und steckte die Glasfigur ein.

»Es ist seine Schuld«, murmelte Jake.

»Hör auf«, schoss seine Schwester zurück. »Hör einfach auf damit.«

Bruder und Schwester. Sie standen einander näher als viele andere Geschwisterpaare. Natalie war drei Jahre und zwei Monate jünger und liebte ihren Bruder heiß und innig, schon von Anfang an. Als Kleinkind war sie ihm überallhin gefolgt. Hatte mit Autos gespielt, weil er mit Autos spielte, hatte sich bei seinen Spielen für die Little League heiser geschrien und zu Halloween die Kostüme angezogen, die er ihr vorgeschrieben hatte. Und er hatte sie nach allen Regeln der Kunst ausgenutzt. Hatte sie gnadenlos geneckt und geärgert, hatte sie nicht mitspielen lassen, sondern ihr Streiche gespielt und sie an den Haaren gezogen. Sie hatte ihn trotz allem vergöttert.

Als sie jedoch älter wurden, war in Jake der Beschützerinstinkt zum Vorschein gekommen. Dad war die ganze Zeit weg. Mom war unglücklich und mit den Gedanken woanders. Jake hatte sich in den letzten Jahren zu sehr für Natalie verantwortlich gefühlt. Sie war zerbrechlich, und Jake empfand eine Verpflichtung ihr gegenüber, auch wenn die Last sehr schwer auf seinen Schultern wog.

Es war eine Erleichterung gewesen, als er aufs College nach New York gegangen war, obwohl er nach wie vor häufig nach Hause kam. Und Natalie hatte im Herbstsemester ein Wochenende bei ihm verbracht. Es war alles in Ordnung. Es ging ihr gut. Bis gestern Abend. Bis heute.

Er hatte sich gestern Abend gerade auf den Weg gemacht, als er seine Eltern streiten hörte – bei der Lautstärke waren sie unmöglich zu überhören gewesen. Sie stritten häufig, das war immer schon so gewesen, weshalb Jake gelernt hatte, normalerweise nicht darauf zu achten. Aber gestern hatte seine Mutter anders geklungen. Sowohl ihre Worte als auch ihr Tonfall hatten ihn innehalten lassen. Sie hatte nicht wütend geklungen, sondern hatte *Angst* gehabt. Das hatte sie sogar gesagt, laut und deutlich. Und genau mit diesen Worten. »Ich fürchte um mein Leben!«, hatte sie geschrien, war aus dem Haus gestürmt und hatte die Tür hinter sich zugeknallt.

Fürchtete sie sich vor seinem Vater? Jake konnte sich das nicht vorstellen. Jeder hielt Brian für den Inbegriff der Rechtschaffenheit. Ein Pfeiler der Gesellschaft. Der respektierte Architekt mit einer international gefeierten Karriere, der bildschönen Ehefrau und den beiden wohlgeratenen Kindern. Ein zuverlässiger Unterstützer der angesagtesten Wohltätigkeitsorganisationen (und dazu noch vom einen oder anderen privaten Projekt, nur um zu beweisen, wie individuell und progressiv er war). Ein attraktiver, umgänglicher Typ, ein Rockstar auf seinem Gebiet, gesegnet mit der perfekten Familie, dem perfekten Leben.

Er war auch der Mann, der Jake mit dem Handrücken so hart auf den Mund geschlagen hatte, dass er auf dem Boden landete und sich einen Zahn ausschlug.

Okay, es war nur dieses eine Mal passiert, und Brian waren sofort Tränen der Reue in die Augen geschossen, bevor Jake auch nur wieder auf die Füße kam. Der Zwischenfall nagte an ihm, gärte in seinem Innern. Von diesem Tag an wusste Jake, dass sein Vater zu unkontrollierbarer Gewalt fähig war.

Der verdammte Mr Perfect Brian Burrows war ganz und gar nicht perfekt.

Frank

Drei Tage vermisst

Schleifen, Spangen und Clips waren Frank Burrows' Leben, und zwar in jeglicher Hinsicht. Mit einer immer noch mädchenhaften Frau und Zwillingstöchtern kurz vor dem Teenie-Alter und einem Job bei Good Hair!! (die zwei Ausrufungszeichen waren Teil des Firmennamens) drehte Franks Alltag sich fast ausschließlich um Haarbürsten und -gummis, Spangen, Klammern und Kämme. Er hatte sich nach oben gearbeitet und war Manager des Verkaufsteams für drei Bundesstaaten, doch Frank hasste seinen Job. Das war die ungeschminkte Wahrheit. Wie sollte man auch Leidenschaft dafür entwickeln, windige Plastikteile und mit billigen Glitzersteinchen beklebte Gummibänder an den Mann zu bringen? Er konnte es nicht.

Aber Frank hatte ein Talent für den Umgang mit anderen, schäkerte und riss Witze, fand mit jedem auf Anhieb ein Gesprächsthema. Und seine Mitarbeiter liebten seine »unauffällige, trotzdem unterstützende Art der Motivation.« Wenn sie wüssten, dass diese Strategie lediglich den Weg des geringsten Widerstands darstellte. Sich den Namen der Ehefrau des Kunden oder die Tatsache zu merken, dass das Kind gerade den orangen Gürtel im Taekwondo gemacht hatte, brachte einen in der Welt der Verkäufer voran. Und genau hierin lag Franks große Stärke.

Er zwang sich, die Wut zu unterdrücken, die in ihm brodelte, seit er in Westport in seinen Volvo gestiegen war, um zum Haus seines Bruders zu fahren. Ihm war bewusst, dass er den Streit verdrängen musste, der ausgebrochen war, als er Della erzählt hatte, dass er seine Urlaubstage nutzen würde, um bei Brian und seinen Kindern zu sein. Er musste ihre funkelnden Augen vergessen, das Geräusch, als sie vor Wut mit der flachen Hand auf den Küchentresen geschlagen hatte und drohend mit der Geflügelschere aus dem Messerblock in der Hand auf ihn zugekommen war. Noch beängstigender war, wie ihre Maske als liebende Mutter und ganz normale Frau sofort wieder an Ort und Stelle gesessen hatte, als der Babysitter mit den Mädchen hereingekommen war. Della würde den Mädchen niemals wehtun. Niemals. Doch ihre Fähigkeit, sich innerhalb von Sekunden von der Harpyie in die sanftmütige Ehefrau und Mutter zurückzuverwandeln, war, gelinde gesagt, erschreckend.

Er versuchte sich an die Zeit zu erinnern, als er Della geliebt oder zumindest so etwas wie Leidenschaft für sie empfunden hatte, doch es gelang ihm nicht. Stattdessen beschwor er jene einzigartige Mischung aus Stolz, Liebe und Vorfreude herauf, die ihn hoffnungslos überflutet hatte, als seine neugeborenen Töchter in seine Arme gelegt worden waren. Frank seufzte.

Diese köstliche Blase war unter Dellas unnachgiebigem Druck recht schnell geplatzt. Mehr, mehr, mehr, verlangte sie. Die besten Ärzte, die Nanny mit erstklassigen Referenzen, die luxuriöse Doppelwiege, die sie in einem Klatschmagazin gesehen hatte, gefolgt von den besten Kleinkindkursen, privaten Musikstunden, Japanischunterricht. Seinen Mädchen sollte es an nichts fehlen, auch wenn es ihn umbrachte. An manchen Tagen war er fast sicher, dass es bald so weit wäre. Frank musste zugeben, dass er ohne diesen Druck im Hintergrund vermutlich niemals einen solchen Aufstieg hingelegt hätte, gleichzeitig war er auch nicht scharf darauf gewesen.

Mallory wurde seit drei Tagen vermisst. Frank musste kühlen Kopf bewahren. Er wurde hier gebraucht.

Er bog in Brians Straße ein und sah zu seinem Entsetzen die Massen an Reportern und Kamerateams, die sich vor dem Haus der Burrows' eingefunden hatten. Andererseits war es nur logisch, dass das Haus derart belagert wurde. Wieso war es so ein Schock für ihn?

Angespannt lenkte er seinen Wagen an den Straßenrand.

Augenblicklich hielten die Reporter auf ihn zu. Frank schwang sich die Reisetasche über eine Schulter. Klopfte seine Taschen ab. Schlüssel? Ja. Geldbörse? Ja. Also los.

Frank öffnete die Tür. Blitzlichter blendeten ihn. Die Luft vibrierte förmlich vor Energie.

Kameras erwachten sirrend zum Leben. Mit einer

Hand schirmte er sich gegen die Mikrofone ab, die ihm vor die Nase gehalten wurden, und bahnte sich einen Weg durch die Menge, während sie ihm die Fragen entgegenschleuderten. »Wer sind Sie?« – »Sind Sie Brian Burrows' Anwalt?« – »Hat Brian seine Frau ermordet?«

Was? Brian soll Mallory getötet haben? Völlig absurd. Brian würde so etwas nie tun. Nicht Mallory. Und er wäre auch gar nicht dazu in der Lage. Das war einfach nicht Brians Art.

Frank fuhr abrupt herum. »Haben Sie doch etwas Respekt! Ihre Kinder sind in diesem Haus!«

Eine der Kameras erfasste Franks Ausbruch: Sein Mund war aufgerissen, die Brauen hochgezogen und ein zorniges Funkeln in den Augen, das ihn wie der Bösewicht in einem Comic aussehen ließ.

Jake

19 Tage vermisst

Jake lauschte.

Er hatte auf dem Treppenabsatz im ersten Obergeschoss Posten bezogen, wie er es schon früher als kleiner Junge getan hatte. Sein Vater und sein Onkel saßen auf dem dunkelroten Ledersofa, zwei Ermittler hatten in den Sesseln Platz genommen, deren geometrisches Muster aus Ocker-, Orange- und Dottergelbtönen ihre billigen dunklen Anzüge noch trister wirken ließ.

Jake hatte sich auf der Webseite der Polizei von Westport umgesehen, einen Blick auf die Statistiken geworfen. Verkehrsunfälle, Vandalismus, Einbrüche, Kneipenschlägereien und Ruhestörung in der Nachbarschaft. Jugendliche, die Pot rauchen. Gelegentlich ein Fall von häuslicher Gewalt. Seine Heimatstadt war nicht gerade eine Hochburg für kriminelle Machenschaften.

Dieser Fall von häuslicher Gewalt, mit der als vermisst gemeldeten Ehefrau und Mutter, schien ihre Kompetenzen und Fähigkeiten jedoch bei Weitem zu übersteigen.

Sie hätten keine Spur, sagten sie, keine neuen Informationen. Sie hätten bereits in der Nachbarschaft alle befragt, die Videoüberwachung geprüft, mit den Angestellten des Frauenhauses gesprochen, wo Mallory ehrenamtlich arbeitete, all ihre Freunde befragt. Sie hatten auch die beiden Kollegen mit Spürhunden losgeschickt. Doch Mallory Burrows schien wie vom Erdboden verschluckt zu sein.

»Wir würden gern noch einmal über den Abend sprechen, an dem Ihre Frau verschwunden ist.«

Der eine Polizist fuhr sich mit der Hand durch sein krauses schwarzes Haar.

Detective Benson.

»Noch mal?«, erwiderte Onkel Frank. »Du lieber Gott, was soll er Ihnen denn noch erzählen? Inzwischen ist sie seit fast drei Wochen verschwunden, und Sie stellen immer noch dieselben beschissenen Fragen. Wie wäre es zur Abwechslung mit *Antworten*?«

Jake presste die Stirn gegen das kühle Holz des Geländers. Jeder kannte die Statistik. Nach achtundvierzig Stunden war die Wahrscheinlichkeit, dass seine Mutter noch am Leben war, gering, und inzwischen …

Es bestünde immer noch die Möglichkeit, dass Mallory sich einfach eine Auszeit gegönnt habe, hatte die Polizistin namens Karen Jake und Natalie erklärt. »Das kommt vor. Manchmal brauchen selbst die besten Moms eine kleine Pause.« Aber Jake wusste, dass das nicht der Grund war. Er war gerade erst für die Frühlingsferien nach Hause gekommen. Mom hätte so etwas niemals getan. Nicht jetzt.

»Erzählen Sie es uns einfach noch einmal«, säuselte Karen.

Entsetzt und erfreut zugleich registrierte Jake, dass die Blicke der Detectives auf Brian gerichtet waren. Wenn sein Vater es getan hatte – bisher war er sich nicht sicher –, aber *wenn* er es getan hatte, wollte Jake sehen, wie sie ihn in die Mangel nahmen.

»Nein, ist schon in Ordnung«, sagte sein Vater. »Ich tue alles, solange es Ihnen hilft.«

Brian hatte seine Version der Ereignisse schon so oft erzählt, dass seine Stimme lahm und erschöpft klang: Er war am Abend vor Mallorys Verschwinden nach Hause gekommen. Die Geschäftsreise nach Barcelona war erfolgreich verlaufen, er hatte den Auftrag bekommen. Allerdings litt er unter Jetlag und schlief sich aus. Es war Samstag. Er aß mit seiner Frau und seiner Tochter zu Hause zu Mittag. Später am Nachmittag traf ihr gemeinsamer Sohn aus der Stadt für die Frühlingsferien ein. Sie aßen alle zusammen zu Abend. Danach gingen Jake und Natalie mit Freunden auf die Piste. Brian war müde und zugegeben etwas unbeherrscht. Er und Mallory gerieten in Streit. Sie stürmte aus dem Haus und schlug lautstark die Tür hinter sich zu.

»Und sie hat nichts gesagt, wohin sie gehen wollte?«

»Nein.«

»Sie hat auch nicht erwähnt, dass sie zum Jachtklub wollte, wo wir ihren Wagen gefunden haben?«

»Nein.«

»Haben Sie eine Ahnung, warum sie an dem Abend in den Klub gefahren ist?«

»Wir waren schon x-mal dort. Unser Segelboot liegt

da, aber warum sie ausgerechnet an dem Abend hingefahren ist, weiß ich nicht.«

»Was hat sie als Letztes zu Ihnen gesagt?«

»Das habe ich Ihnen doch schon erzählt«, stieß Brian mit zusammengebissenen Zähnen hervor. »Sie hat gesagt, ich solle sie am Arsch lecken. Ich habe kein Geheimnis daraus gemacht. Wir hatten einen schlimmen Streit, ja! Aber das ist alles, was ich weiß …«

Brians Miene verfinsterte sich, seine Stimme klang tränenerstickt.

Entweder sein Vater hatte es nicht getan, oder aber er war ein verdammt guter Schauspieler. Aber warum erzählte Dad den Polizisten nicht, dass Mom gesagt hatte, sie hätte Angst? *Sie fürchtete um ihr Leben.*

»Worum ging es bei dem Streit?«, drängte Benson.

»Wie gesagt, um die vielen Geschäftsreisen.«

»Hat Ihre Frau Ihnen im Laufe Ihres Streits erklärt, dass sie sich vor etwas oder jemandem fürchtet?« Bensons Stimme war sanft.

Jake beugte sich erwartungsvoll vor. *Mal sehen, was Dad dazu zu sagen hat.*

»Was?« Rote Flecke erschienen auf Brians Gesicht.

»Ja oder nein?«

»Wer behauptet das?«

»Beantworten Sie die Frage.«

»Ja, aber ich habe das nicht ernst genommen«, brachte Brian hervor.

Frank legte seinem Bruder beschwichtigend die Hand auf die Schulter.

»Gibt es einen Grund, weshalb Sie uns diese Information vorenthalten haben, Mr Burrows?« Die Stimme von Polizistin Karin war so weich wie Butter.

»Ich habe mich geschämt.« Die Worte kamen Brian nur schwer über die Lippen. »Geschämt, weil ich ihre Ängste kleingeredet habe. Und dann, je länger ich es verschwiegen habe ...« Er verstummte und zuckte mit den Schultern.

»Wissen Sie, vor wem oder wovor sie sich gefürchtet hat?«

»Nein. Ich ... ich habe ihr nicht zugehört, sondern habe ihr vorgeworfen, ihr Verhalten sei lächerlich. Sie würde dramatisieren. Deshalb hat sie mir an den Kopf geworfen, ich solle sie am Arsch lecken.« Scham und Schmerz erstickten Brians Worte.

Die beiden Ermittler wechselten einen Blick.

»Und was ist dann passiert?«

»Wie ich bereits sagte. Mallory ist verschwunden. Die Kinder kamen nach Hause. Natalie kurz vor Mitternacht, Jake etwas später.«

»Ziemlich spät für eine Fünfzehnjährige, finden Sie nicht auch?« Aus Bensons Mund klang die Frage wie ein Vorwurf.

»Was wollen Sie damit sagen?« Dads Gesicht verzerrte sich.

Karen beugte sich zu ihm vor. »Wir versuchen nur die Strukturen in Ihrer Familie zu verstehen. Gibt es eine Uhrzeit, zu der Natalie zu Hause sein muss?«

»Natürlich«, warf Onkel Frank ein. »Es war das

erste Wochenende der Frühlingsferien. Sie war wie verabredet um Mitternacht zu Hause.«

Sein Vater warf Onkel Frank einen Blick zu. Überrascht, dankbar. Jake kam der Gedanke, dass Brian in Wahrheit keine Ahnung hatte, ob Natalie zu einer bestimmten Zeit zu Hause sein musste oder nicht. Wie auch? Er war ja nie da, um dafür zu sorgen, dass sie die Anweisungen befolgte. Und Onkel Frank war so geistesgegenwärtig und gab ihm Rückendeckung.

»Bitte fahren Sie fort, Mr Burrows.«

»Ich habe den Kindern erzählt, ihre Mom sei früh ins Bett gegangen. Das war für sie ungewöhnlich, Mallory war eine Nachteule, aber ich wollte nicht, dass sie sich Sorgen machten.«

»Aber Sie haben sich Sorgen gemacht, richtig?«

»Ja.«

»Aber bei unserer ersten Befragung haben Sie nicht erwähnt, dass Ihre Frau ausdrücklich erklärt hat, sie fürchte um ihr Leben. Warum?« Bensons Stimme klang eine Spur schärfer.

»Ich hätte es Ihnen gleich sagen sollen. Aber ich weiß nicht, was sie damit gemeint hat, deshalb spielt es doch keine Rolle, oder? Sie ist nie konkret geworden.« Beim Anblick der nackten Verzweiflung auf den Zügen seines Vaters drehte sich Jake der Magen um. »Woher haben Sie das? Bitte. Was wissen Sie noch?«

»Wir würden Sie gerne dasselbe fragen, Mr Burrows.«

Die unheilvolle Stille war beinahe mit Händen greifbar.

Brians Schwäche widerte Jake an. Es war fast so schlimm wie die Vorstellung, dass er zu einem Mord fähig war.

Onkel Frank stand entschlossen auf. »Sie müssen jetzt gehen. Wir müssen den Kindern Abendessen machen. Alles, was wir wissen, haben wir Ihnen erzählt.« Die Endgültigkeit seines Tonfalls duldete keinen Widerspruch.

Die Detectives standen auf, schüttelten Brian und Frank demonstrativ die Hände und wünschten ihnen mit unheilvoll klingenden Stimmen einen schönen Abend, als Frank sie zur Tür brachte.

Onkel Frank hatte sich in den letzten Wochen Jakes Respekt erworben. Er hatte sich um alles gekümmert, hatte Verantwortung übernommen. Er hatte sogar Jake und Natalie geholfen, die Flugblätter mit Mallorys Foto in der ganzen Stadt zu verteilen, während Dad zu Hause beim Telefon geblieben war. Und Jake wusste, dass Onkel Frank sich genauso viele Sorgen um Nat machte wie er. Natalie ging es nicht gut. Sie aß nicht viel, was nachvollziehbar war, aber Jake vermutete, dass dies ihr geringstes Problem war. Stattdessen schien etwas Übles in ihr zu gären. Es war die einzige Umschreibung, die ihm einfiel.

Geschichten wie diese hörte man immer wieder. Horrorgeschichten. Von Frauen, die entführt wurden. Eingesperrt. Ermordet und irgendwo verscharrt. Aber so etwas passierte doch nicht einem selbst, der eigenen Familie. Schon gar nicht der eigenen *Mutter.*

Jake würgte, spürte Galle in seiner Kehle aufsteigen, die er in seiner Handfläche auffing. Er schaffte es gerade noch ins Badezimmer, als er hörte, wie sich die Haustür hinter den Polizisten schloss.

Natalie

22 Tage vermisst

Je länger es dauerte, umso isolierter fühlte sich Natalie.

Jake machte keinen Hehl aus seiner schlechten Laune, wenn er zu Hause war, doch er kam und ging, wie es ihm gerade passte, oft ohne ein Wort. Dad antwortete nur zögerlich, wenn man ihn etwas fragte, so als brauche er stets einen Moment, um sich aus seiner Erstarrung zu lösen.

Onkel Frank kümmerte sich um alles: Einkaufen, Kochen, die Wäsche, die Presse, die Polizei, die Nachbarn und Freunde, die sowohl neugierig als auch besorgt waren. Er sorgte dafür, dass Jake erst einmal nicht an die Uni zurückmusste, rief auf Natalies Highschool an und veranlasste, dass sie ihre Aufgaben nach Hause geschickt bekam.

Aber wie sollte sie sich auf Biologie und englische Literatur konzentrieren? Auf Algebra oder amerikanische Geschichte? Das war doch alles ein großer Haufen Scheiße. Ihre Mutter wurde *vermisst*.

Sie konnte sich dem nicht stellen – diesem Meer aus neugierigen, sensationsgeilen, mitleidigen Gesichtern. Dem Gerede und Getuschel, den geschmacklosen Bemerkungen und ekelhaften Scherzen. Selbst ihre engsten Freunde schienen nicht zu wissen, was sie sagen sollten, und das machte Natalie wütend. Ihre Zögerlichkeit, ihre Zurückhaltung. Ihre verlegenen Blicke. Selbst ihre beste Freundin Melissa.

Natalie biss auf der blutig gekauten Seite ihres linken Daumennagels herum, genoss den metallischen Blutgeschmack auf der Zunge, spürte eine brennende Erleichterung mit jedem Fetzen Haut, den ihre Zähne zu fassen bekamen. Sie verspürte einen Anflug von Hunger und versuchte sich zu erinnern, wann sie zuletzt was gegessen hatte. Heute Morgen. Einen halben Apfel, in hauchdünne Scheiben geschnitten.

Ihr Magen zog sich zusammen, doch sie traute sich nicht, mehr zu essen, aus der tiefen Überzeugung heraus, dass Selbstkasteiung das einzig Richtige war.

Sie rollte sich auf dem Fenstersitz zusammen und beobachtete, wie ihr Cousinen Addy und Ana im Garten Teeparty spielten. Normalerweise hätte Natalie nachgegeben und sich ihnen angeschlossen. Aber …

Sie hatte seit dreizehn Tagen das Haus, seit vier Tagen ihr Zimmer nicht verlassen.

Tante Dellas schrille Stimme schnitt sich durch Addys und Anas leises Murmeln. Della hatte die Zwillinge für einen Besuch hergebracht. Natalie verstand, dass Onkel Frank seine Mädchen sehen wollte, doch ihrem Empfinden nach war es keine allzu gute Idee, jemanden hierher einzuladen, in diese toxische Wolke, die sich über ihr Zuhause gelegt hatte; schon gar nicht eine Giftspritze wie Della.

Onkel Franks Stimme ertönte. Natalie konnte nicht verstehen, was er sagte, doch er war unüberhörbar wütend. Tante Dellas prompte Antwort schallte glasklar durch den Garten: »Das versuch nur. Dann siehst du die Zwillinge nie wieder!«

Wie konnte sie so etwas sagen? Wie konnte Della nur daran denken, die Kinder als Druckmittel zu benutzen, noch dazu ausgerechnet jetzt? Doch ihre Erwiderung war nur der Beweis, dass sie keinerlei Gespür für die emotionale Ausnahmesituation hatte, in der sie sich alle befanden. Natalie hasste sie.

Noch immer wütend, ging Natalie nach unten in die Küche. Onkel Frank stand an der Spüle, beide Hände um die Edelstahlkante geklammert. Dad saß auf einem der vier Hocker an der Frühstückstheke.

»Was ist hier los?«

Onkel Frank drehte sich um und blickte Natalie sichtlich überrascht an.

»Tante Della und die Mädchen fahren nach Hause.«

»Aber du bleibst doch, Onkel Frank?« Natalie hörte die aufsteigende Panik in ihrer Stimme.

»Natürlich, Süße. So lange, wie ihr mich braucht. Es ist eben schwer für Della und ganz besonders für die Mädchen. Sie sind noch viel zu klein, um zu verstehen, was los ist.«

Was hatte ihr Alter damit zu tun? Wie konnte überhaupt jemand verstehen, was vorgefallen war?

Wieso hatte ihr Vater diese Katastrophe nicht verhindert? Wie hatte er sie diesem Akt der Gewalt schutzlos aussetzen können? War es nicht seine Aufgabe, auf sie alle aufzupassen? Dafür zu sorgen, dass es ihnen allen gut ging?

Onkel Frank legte eine Hand auf ihre Schulter. »Es ist für uns alle schwer, eine logische Erklärung zu finden, Nat. Ich weiß.«

Natalie riss sich los. Konnte Onkel Frank jetzt schon ihre Gedanken hören?

»Aber die Polizei tut alles, was sie kann«, fuhr Frank fort. »Und wir haben immer noch uns.«

Natalie brachte ein knappes Nicken zustande.

Brian hob den Kopf und sah Natalie an, als hätten Franks Worte ein Licht durch einen dichten Nebel gesandt, das dem Vater erlaubte, seine Tochter zum ersten Mal seit Tagen bewusst wahrzunehmen.

Natalie erwiderte seinen Blick, fand jedoch keinen Trost darin.

Trotzdem verstand sie. Ihr Vater und sie tranken vom selben Elixier aus Angst, Schuldgefühlen, Wut, Trauer, Liebe und Verlust. Sie hatte gehört, wie er in den dunkelsten Nachtstunden durchs Haus schlich, wenn auch sie keine Ruhe fand.

Sie konnte es ihm nicht zum Vorwurf machen, wie er sich in sich selbst zurückgezogen hatte – hatte sie nicht genau dasselbe getan?

Teil 3

Annäherung

Wenn ich die Geschichte anders erzählen könnte …

Es wäre eine Geschichte voller Tapferkeit, voll edler Motive und Taten.

Eine Geschichte, in der Reue getilgt und die Vergangenheit vergeben wird.

Aber man kann die Wahrheit nicht endlos verbiegen.

Catherine

Gewürze

Ich habe nicht geschlafen. Nachdem die Lösegeldforderung überbracht wurde, besteht meine einzige Aufgabe darin, zu warten. Geduld gehört nicht zu meinen Tugenden. Seit Stunden tigere ich in meinem Apartment herum, bin hibbelig, kann mich nicht konzentrieren.

Ich ziehe die Vorhänge zurück und blicke auf die Straße unter mir. Akili, mein dunkelhäutiger Nachbar, schiebt das Rolltor seines marokkanischen Gewürzladens hoch. Sein Sohn, Jumah, ist derjenige, den ich gestern für die Überbringung der Lösegeldforderung bezahlt habe.

So viele Leben. So viele Geschichten. Vielleicht Geschichten aus einer anderen Zeit.

Da ich gerade nichts Konkretes zu tun habe, können meine Gedanken ungehindert umherschweifen.

Mallory Burrows. Trotz meiner vielen Erfolge ist es dieses Scheitern, das mich verfolgt. Und jetzt ist ihr Ehemann Brian tot? Ermordet. Ausgeschlossen. Aber wahr.

Vor zwei Tagen bin ich auf meinem Weg aus der Wohnung der Familie in der Nähe des Parc Monceau an Natalie Burrows vorbeigegangen. Ich habe sie nicht zurückgehalten, obwohl ich wusste, dass sie hineingehen und die blutige Leiche ihres Vaters finden würde. Beim Gedanken daran beschleunigt sich mein Atem. Aber ich musste so schnell wie möglich verschwinden. Brians Laptop trug ich unter dem Arm. Freundlichkeit konnte ich mir nicht leisten.

Ich hatte eine Figur erschaffen, spielte eine im Ausland lebende Amerikanerin, die in Paris eine Organisation für US-Bürger leitet und so ein Treffen arrangiert. Ich wollte sehen, wie Brian Burrows sich drei Jahre nach Mallorys Verschwinden hielt, wollte ihm in die Augen sehen und einen Eindruck bekommen, wie es ihm ging. Doch als ich zur verabredeten Zeit eintraf, machte er nicht auf. Also brach ich das Schloss auf und verschaffte mir Zutritt, um mich diskret umzuschauen.

Und fand Brian mit durchgeschnittener Kehle.

Ich habe seinen Laptop geschnappt und bin abgehauen. Gewohnheit, nehme ich an. Ich wollte, nein, ich *musste* seine digitalen Spuren verfolgen.

Brians Computer wartet nun auf mich. Er steht auf einem der beiden Schreibtische in meiner Kommandozentrale, die ich im zweiten Schlafzimmer meines Apartments eingerichtet habe.

Ich leite die Begräbnisgesellschaft von diesem sonnengefluteten Zimmer aus, in dem mehrere Bildschirme und Tastaturen stehen, außerdem zahlreiche Festplatten und ordentlich sortierte Vorräte (medizinisch, taktisch, Büro), dazu zwei Schreibtische (beide für mich) und ein Stuhl mit fester Lehne auf Rollen, auf denen ich mich zwischen den Tischen hin- und herbewegen kann. Eine Handvoll Leute in meinem Netzwerk kennen mein Gesicht und (verschiedene) Namen von mir; für viele weitere existiere ich nur in der Cyberwelt. So ist es mir lieber.

Ich handle illegal mit den Geheimnissen anderer, will jedoch nicht, dass jemand die meinen kennt.

Ich schließe die Tür zur Kommandozentrale auf, indem ich meinen Daumen auf den biometrischen Fingerabdruckscanner lege. Klappe Brians Computer auf, mache mich an sein Passwort, versuche zuerst »Mallory«, ihren Geburtstag, ihren Hochzeitstag und ein Dutzend anderer logischer Möglichkeiten, bevor ich ins Schwarze treffe: »jake&nat«.

Sein Mail-Account ist im Handumdrehen geknackt. Viel berufliche Korrespondenz. Werbung von Barneys New York, Amazon, Maxim, Uber, American Express, *Architectural Digest.* Nachrichten von Freunden in den Staaten. Eine Rechnung von einer Einrichtung namens Meadowfield, einem Pflegeheim für Senioren. Eine E-Mail von Brians Bruder Frank bezüglich seiner überraschenden Reise nach London, verbunden mit dem Vorschlag, sie könnten doch ein paar Tage gemeinsam verbringen, sobald Franks Messe beendet sei. Brians enthusiastische Antwort.

Jetzt würde die Wiedervereinigung völlig anders ausfallen.

Ich klappe Brians Computer zu und fahre einen meiner eigenen hoch.

Auf verschlüsselten und sicheren Tor-Kanälen versichere ich mich, dass Elena unversehrt in Genua eingetroffen ist. Das tomatenrote Lagerhaus, in dem sie sich nun befindet, steht anonym zwischen vielen anderen, ähnlich bunt gestrichenen Gebäuden an der felsigen Küste. Auf vier Stockwerken lagert Olivenöl, das auf die Verladung auf Schiffe wartet. Die oberste Etage ist zu einem luxuriösen Apartment ausgebaut worden. Elena wird es dort gut gehen. Ich habe dort selbst schon mal gewohnt.

Das Ausmaß dessen, was ich zu vollbringen versuche, überwältigt mich auf einmal. Ich bringe andere in Gefahr und auch mich selbst. Der Plan ist riskant, vielleicht sogar verrückt. Ich kann mir keinen einzigen Fehler leisten.

Das Letzte, was ich jetzt brauchen kann, sind Komplikationen durch die Burrows'.

Frank

Bullen und Diebe

Frank hat auf dem Termin bei der Präfektur bestanden. Er will diese beiden traumatisierten Kinder aus dem Hotelzimmer herausholen, damit sie etwas frische Luft bekommen. Will sie daran erinnern, dass *sie* noch am Leben sind.

Abgesehen davon brauchte Frank selbst das Gefühl, irgendetwas zu tun, will *Informationen*. Er musste sich einen Eindruck von dem verschaffen, was die Polizei weiß, was sie unternimmt. Aber nun, da Jake, Natalie und er sich im Warteraum die Beine in den Bauch stehen, ist Frank sich seiner Sache nicht mehr so sicher.

Der Raum verströmt die Atmosphäre von Verzweiflung und institutionalisierter Gleichgültigkeit. Ein abgewetzter grauer Teppich, graubraun gestrichene Wände. Poster verkünden polizeiliche Initiativen gegen Vergehen wie Graffiti oder Betatschen von weiblichen Fahrgästen in der U-Bahn, die Frank allerdings nur anhand der schrillen Bilder entziffern kann. Er spricht kein Französisch. Man hat ihm versichert, einen Englisch sprechenden Dolmetscher zu bekommen. Das ist alles schon ohne die Sprachbarriere schwer genug.

Sie trafen zwar rechtzeitig zu ihrem Termin ein, warten aber inzwischen seit fast einer Dreiviertelstunde. Natalie sitzt neben ihm auf der Bank. Sie hat die Knie an die Brust gezogen, während Jake an der Wand lehnt und etwas in sein Handy tippt.

Diese Kids beherrschen selbst im Angesicht schrecklicher Ungewissheit noch die Kunst der Geduld. Wie grauenvoll.

Die Tür geht auf. Eine Frau begrüßt sie. In ihrer Stimme schwingt ein leiser Akzent. »Monsieur Burrows? Mein Name ist Aimee Martinet. Ich bin Ihre Opferschutzbeamtin.«

Aimee Martinet ist in den Vierzigern und trägt ihr dunkles, von grauen Strähnen durchzogenes Haar zu einem Knoten frisiert. Sie hat offene braune Augen, und zwischen ihren Brauen hat sich eine tiefe Falte eingegraben, die sie so wirken lässt, als würde sie jedes ihrer Worte sorgfältig abwägen, bevor sie es ausspricht. Sie trägt eine Uniform mit Rock, die ihr hervorragend steht, dazu blaue Lederpumps mit erstaunlich hohen Absätzen.

Aimee führt sie einen Flur entlang und in einen Raum mit einem hellen Holztisch, um den Plastikschalenstühle gruppiert sind. Drei grellweiße Wände, die vierte ist rot gestrichen mit einem Spiegel in der Mitte. Frank fragt sich, ob es sich um einen dieser Einwegspiegel handelt und ob wohl gerade jemand dahintersteht und sie beobachtet.

Ein Stapel gelber Notizblöcke und ein Porzellanbecher mit Bleistiften stehen in der Mitte des Tischs.

Frank nimmt einen Notizblock und schraubt seinen eigenen Füller auf, ein schickes Modell von Cross, das er einst von seinem Bruder zu Weihnachten bekommen hat. Frank blickt erst seinen Neffen und dann seine Nichte an, die neben ihm am Tisch sitzen. Jake gibt sich gleichmütig. Natalie kaut an einer Nagelhaut.

Aimee sitzt ihnen gegenüber. Als sie das Wort ergreift, soll ihre Stimme beruhigend klingen. »Sind Sie sicher, dass Sie die Kinder dabeihaben wollen?«

Frank nickt. Er hat es ihnen versprochen. Er versteht das. Der Wunsch, den Sinn in einem scheinbar sinnlosen Universum zu finden, ist eines der drängendsten Bedürfnisse der Menschheit, und bei diesen beiden jungen Menschen ist es besonders ausgeprägt, nachdem ihre Mutter vor drei Jahren spurlos verschwunden ist und ihr Vater vor wenigen Stunden erst kaltblütig ermordet wurde.

Aimee schlägt eine Akte auf. Die Polizei hat die anderen Bewohner des Hauses ebenso wie Nachbarn in der Straße befragt. Sie haben die Fingerabdrücke vom Tatort überprüft, mit Brians Mitarbeitern geredet und die Videoüberwachung gecheckt. Es tue ihr leid, sagt sie, aber sie müsse ihnen mitteilen, dass es keine heiße Spur gebe. Ihrer Vermutung nach handle es sich um einen Raub, der schrecklich schiefgegangen sei, da auch Brians Laptop fehle. Sie gehe davon aus, jemand habe ihn vielleicht mit der Laptoptasche gesehen und sei ihm nach Hause gefolgt. Sie senkt die Stimme (aus Respekt vor dem Toten? Oder aus Mitgefühl mit den Angehörigen?), als sie erklärt, sie und ihre Kollegen würden glauben, der Räuber habe Brian getötet, sei dann in Panik geraten, habe den Computer geschnappt und sei geflüchtet. Aimee tue das Ganze schrecklich leid. Sie würden weiterhin alles in ihrer Macht Stehende tun.

Natalie rutscht auf ihrem Stuhl herum, schnaubt aufgebracht. Frank legt eine Hand auf ihre und stellt überrascht fest, dass ihre Finger zittern.

Und er ist noch überraschter, als er merkt, dass seine eigenen ebenfalls zittern.

Catherine

Mittendrin

Lichter pulsieren in der Dunkelheit – rot, violett, bernsteinfarben –, bieten aufreizende Ausblicke auf Brüste, Hüften, Hinterteile. Die Mädchen auf der Bühne tragen bevorzugt platinblonde Perücken mit Zwanzigerjahre-Bubikopffrisur und superknappe Lack-Outfits, twerken, rekeln und winden sich zu den elektronischen Klängen aus den Lautsprechern, spreizen die Beine, lecken sich provokant die Lippen.

Andere Schönheiten schieben sich durch die Menge, flirten hier und da, ermuntern die Gäste, sich ins Separee zurückzuziehen, noch eine Runde Drinks zu bestellen. Der Klub ist exklusiv, wird hauptsächlich von gut gekleideten Gästen frequentiert, die sich von den leicht beschürzten Mädchen verwöhnen lassen.

Unter den Gästen finden sich sämtliche Hautfarben und Präferenzen: weiß, schwarz, braun, hetero, schwul, trans, unentschieden. Einige gehören zur polyamourösen Fraktion. Ein Typ sieht aus, als könnte er mit seiner Enkelin hier sein. Eine majestätisch anmutende Afrikanerin in traditioneller Kleidung führt zwei Chinesen mit Halsbändern an Leinen herum. Hier gibt es keine Regeln, solange nur der Preis stimmt.

Gerards strahlende Augen und sein offen stehender Mund zeigen mir, dass ich mit meiner Überraschung ins Schwarze getroffen habe. Ich lasse die eine Hand an der Innenseite seines Schenkels hinaufgleiten und deute mit der anderen auf ein Mädchen, das in einem hauchzarten schwarzen Negligé über einem rosafarbenen Höschen und nackten Brüsten auf ihren Fünfzehn-Zentimeter-Highheels an uns vorbeigeht. Lächelnd winkt sie uns mit dem Finger heran.

»Lass uns gehen, Cathy. Lass uns gehen.« Flüchtig flackert eine Erinnerung in mir auf. Ich erhebe mich.

Gerard sieht mich an, als wollte er fragen: *Wirklich?* Beim Anblick seiner schockiert-glücklichen Miene muss ich unwillkürlich lachen. Ich nicke.

Wir folgen dem Mädchen in den hinteren Teil des Klubs. Zu den Separees.

Ich bin nicht sicher, ob Sie im Detail erfahren wollen, was als Nächstes passiert. Beschränken wir uns einfach darauf, dass Lippen, Zungen, Schwänze, Ohren, Muschis, Hälse, Zehen, Arschlöcher, Münder, Brüste und Schenkel gründlich erkundet, dass Kehrseiten entblößt, Hintern versohlt, Bäuche liebkost, Waden gestreichelt, Handgelenke gefesselt, Orgasmen heraufbeschworen wurden.

Schließlich taumeln Gerard und ich hinaus in die roséfarbene Morgendämmerung. Die Geschäfte und Cafés, das Kino, die Reisebuchhandlung, der *tabac* haben alle noch geschlossen. Ich küsse Gerard zum Abschied. Er muss los. Zur Arbeit. Zu seiner Frau. Er haucht mir ein befriedigtes »*Merci*« ins Ohr und eilt davon.

Ich bin noch nicht bereit, mich dem zu stellen, was vor mir liegt. Ich kneife im frühen Sonnenlicht die Augen zusammen. Dann gehe ich zurück in den Klub.

Natalie

Zweifel

Aimee Martinet, die Opferschutzbeamtin, hat eine Möglichkeit aufgezeigt, was vorgefallen sein könnte, aber Natalie fragt sich die ganze Zeit: Wie viele andere Versionen gibt es noch? Ein Raubüberfall war das nicht. Okay, Dads Laptop ist verschwunden, aber seine Uhr und seine Brieftasche wurden nicht gestohlen. Und auch sonst nichts aus der Wohnung.

Welche anderen Blickwinkel kommen noch infrage? Welche anderen Szenarien könnten zu dem abscheulichen Mord an Dad geführt haben?

Natalie will unbedingt mehr erfahren. Sie muss herausfinden, was passiert ist, bevor Dad ermordet wurde, während Jake und sie nicht in Paris waren.

Mit wem hat Brian seine Zeit verbracht? Ist bei der Arbeit etwas Ungewöhnliches vorgefallen? Im Haus? Wie kann sie das herausfinden?

Sie ist fest entschlossen, auf eigene Faust zu ermitteln. Aber wie? Jake kann sie nicht um Hilfe bitten. Er ist zu impulsiv. So ungern sie es sich auch eingesteht, aber sie fürchtet sich vor ihrem Bruder, wenn er wütend ist. Und in letzter Zeit ist er oft in Rage geraten. Nicht, dass sie es ihm verdenken kann.

Nachdenklich betrachtet Natalie ihr Gesicht in dem Spiegel, der genauso aussieht wie der, den Jake am ersten Tag im Hotel zerschlagen hat. An jenem Abend tauchten zwei Haushandwerker in marineblauen Overalls auf, kehrten die Scherben zusammen, ersetzten den Spiegel und gingen wieder, alles ohne ein Wort zu sagen. Es war, als hätte Jake den Spiegel nie zerbrochen, als wäre das Ganze nie geschehen. Es ist beruhigend und verstörend zugleich, dass ein angerichteter Schaden so leicht behoben werden kann.

Onkel Frank wird wissen, was zu tun ist; das weiß er doch immer. War er nicht derjenige, der sich um alles gekümmert hatte, als Mom verschwand?

Natalie klopft an die Tür ihres Onkels. Frank sitzt mit der internationalen Ausgabe der *New York Times* auf dem Bett, während im Fernsehen ein Fußballspiel läuft. Der Ton ist abgeschaltet.

Sie stellt ihm ein paar Fragen, um herauszufinden, was Onkel Frank von der Raub-Theorie hält, bevor sie ihren Zweifeln Ausdruck verleiht. Sie lauscht aufmerksam seinen Antworten, nickt, als würden seine Worte über den Glauben an das System und die Entschlossenheit der Polizei sie tatsächlich beruhigen.

Es versetzt ihr einen Stich, als sie registriert, dass ihr Vater ihr diese Technik beigebracht hat: Erst zuhören, um den Gegner dann mit seinen eigenen Worten zu entwaffnen. Natürlich meinte er das in einem anderen Kontext – als sie in der elften Klasse die Verhandlungen der Vereinten Nationen nachstellten.

Aber Onkel Frank durchschaut das Manöver.

»Ich sehe doch, dass du was im Schilde führst, Natalie. Und ich kann dir nur einen Rat geben: Lass die Polizei ihre Arbeit machen. Du bist keine Geheimagentin.«

»Das behaupte ich auch gar nicht! Aber weder seine Uhr noch seine Geldbörse wurden gestohlen, und …«

»Du hast keine Superkräfte.«

»Habe ich das etwa behauptet? Ich stelle nur Fragen. Warum wurde sonst nichts gestohlen? Wie ist der Mörder reingekommen? Warum war die Tür abgeschlossen, als ich nach Hause gekommen bin?«

»Es reicht, Nat! Halte dich da raus. Du bringst dich bloß in Gefahr!«

Natalie wird blass. »Warum sagst du das? Verschweigst du mir etwas?«

Onkel Frank schwingt die Beine über die Bettkante, nimmt Natalies Handgelenk und schiebt den Ärmel hoch. Sie weicht seinem Blick aus.

»Sieh dir bloß mal deinen Arm an, Nat. Tu doch nicht so, als wären sie nicht da.« Er legt ihr den Finger unter das Kinn, zwingt sie hinzusehen. Doch sie tut es nicht. Sie weiß, was sie dort sehen wird. Sie hat sie sich selbst zugefügt: winzige Schnitte, von der präzisen Klinge eines Rasierers in die dünne, bläuliche Haut der Innenseite ihres Arms eingeritzt.

»Es hilft mir, mich besser zu fühlen«, flüstert sie kaum hörbar.

»Wohl kaum«, flüstert Onkel Frank zurück, lässt ihren Arm los und lehnt sich gegen das Kopfteil.

»Okay, Nat«, sagt er ganz ruhig. »Ich weiß, das alles ist schrecklich für dich. Für uns alle ist es schrecklich. Aber es ist nicht deine Aufgabe, alles wieder in Ordnung zu bringen. Dafür zu sorgen, dass es dir gut geht, das ist im Augenblick deine einzige Aufgabe.«

Natalie kapituliert. Sie lässt sich von Onkel Frank in ein rustikales Bistro schleppen, wo sie zu Abend essen. Sie schneidet ihr Essen klein und schiebt es auf dem Teller herum, bis es so aussieht, als hätte sie genug gegessen, unterhält sich halbherzig mit Jake und Onkel Frank, probiert ihr Französisch an dem Kellner aus. Sie hört sich selbst über Franks abgedroschenen Witz lachen, registriert seine Freude darüber.

Die ganze Zeit träumt sie von ihrer Flucht. Davon, sich in die Straßen von Paris zu stürzen, den Mörder ihres Vaters zu suchen und ihn der Gerechtigkeit zuzuführen, beschirmt vom strahlenden Licht der Wahrheit.

Catherine

Klick!

Hundemüde schleppe ich mich nach Hause, wende den Blick von dem Gesicht ab, das mir aus dem Spiegel über der Dielenkommode entgegensieht, als ich die Schlüssel ablege. Blasse Haut, tiefe Ringe unter den Augen wie ein Waschbär, Strähnen meines dünnen hellbraunen Haars blitzen unter meiner honigblonden Perücke hervor. Mein zerrissenes Versace-Kleid entblößt einen violetten Bluterguss auf der weichen Haut meines Oberarms. Ich kann mich nicht mal erinnern, wann das passiert ist. Ich streife mir die schlangenledernen Jimmy Choo von den schmerzenden, wunden Füßen und tappe barfuß ins Schlafzimmer.

Ich lasse mich aufs Bett fallen, ziehe meine Lieblingsdecke aus Chenille über mich – mein Körper fühlt sich an, als würde er immer noch pulsieren – und vergrabe den Kopf im Daunenkissen. Ich will nur eines: schlafen.

Ein Telefon vibriert. Scheiße. Nein.

Schlafen. Bitte, lasst mich einfach nur schlafen.

Das Telefon vibriert erneut, irgendwo in den Tiefen meiner Céline-Lederhandtasche. Scheiße. Dieses Telefon dient als Notfallnummer für alles, was mit Elena zu tun hat.

Ich krame es heraus, starre verständnislos auf die neue Textnachricht, weil ich im ersten Moment zu geschockt und erschöpft bin, um den Sinn zu begreifen.

Noch bevor der Groschen fällt, bin ich auf den Beinen und im Internet.

Da ist sie. Elena. Strahlend, lachend, wie sie einen Schal über ihr wunderschönes blondes Haar zieht… unterwegs an der italienischen Küste und in einem Instagram-Posting von einem Mädchen aus New Jersey abgelichtet, das mit Eltern dort Urlaub macht.

Scheiße.

Jake

Deal

Die Musik ist ohrenbetäubend, treibend. Eurodisco vom Feinsten. Laserlicht durchschneidet die Dunkelheit, gleitet über die verspiegelten Oberflächen, über die schimmernden Körper. Die Tanzfläche wogt und wabert wie ein einziger riesiger Organismus aus zuckenden Leibern und wild schlenkernden Gliedmaßen.

Jakes nackter Oberkörper ist schweißüberströmt, sein T-Shirt hat er Gott weiß wo verloren. Er kippt noch einen Kurzen hinunter. Noch nie hat er so viele fast nackte Männer auf einem Haufen gesehen.

Er hat sich in dem Klub verloren, in der puren sinnlichen Lust des Tanzens, in der düsteren künstlichen Beleuchtung, in den Hunderten sich bewegender Leiber.

Er streicht sich die feuchten Strähnen aus der Stirn.

Ein muskulöser Typ, der außer royalblauen Satinshorts nicht viel am Leib trägt, reibt sich an ihm, flüstert ihm etwas ins Ohr, das Jake nicht versteht, doch sein Lächeln spricht Bände.

Der Typ packt seine Hand und zieht ihn in eine dunkle Ecke.

Irgendwann lässt Jake den Klub hinter sich, taumelt

durch die Kopfsteinpflasterstraßen, in die schwefelgelben Lichtpfützen der Straßenlaternen hinein und wieder heraus.

Gott, das hat er gebraucht… das Gefühl, anonym und frei und wild zu sein, selbst wenn es nur für eine Nacht war. Der Druck war unbeschreiblich. Natalie ist vor seinen Augen in sich zusammengefallen, immer unsichtbarer geworden, Onkel Frank hat am Telefon seine Kollegen, die Botschaftsmitarbeiter und Tante Della angebrüllt. Zu dritt waren sie in dieser Hotelsuite zusammengepfercht und haben sich gegenseitig bloß in den Wahnsinn getrieben.

Jake tritt auf die Plaza vor dem Centre Pompidou, dessen moderne Architektur mit den bunten Rohren an der Außenfassade in krassem Gegensatz zur förmlichen Eleganz der restlichen Stadt steht. Auf dem Platz wimmelt es von dunklen Gestalten: Obdachlose richten sich für die Nacht ein, eng umschlungene Paare stöhnen vor Lust.

An der Mauer eines Gebäudes am Ende der Plaza prangt ein gewaltiges Wandgemälde: ein Gesicht mit weit aufgerissenen Augen und einem Finger auf den Lippen, was in jeder Sprache mit »Psst« übersetzt werden kann. Jake beschleunigt seine Schritte.

Er hat das eine Schlafzimmer Natalie, das andere Onkel Frank überlassen und selbst auf dem Ausziehsofa der Suite geschlafen. Er weiß, dass Frank früh aufsteht, deshalb muss er sich beeilen, wenn er ins Hotelzimmer schlüpfen will, ohne dass ihn jemand bemerkt.

Der Nachtportier zuckt mit keiner Wimper, als Jake halb nackt hereinrauscht, sondern ruft ihm nur ein höfliches *»Bonsoir«* zu. Jake erwidert die Begrüßung und steuert auf den Lift zu.

Seine Schlüsselkarte gleitet durch den Schlitz, das Licht wird grün. Jake öffnet die Tür.

Hellwach und mit weit aufgerissenen Augen sitzt Natalie mitten auf seinem zerwühlten Bett. Sie hat die Knie angezogen und das langärmelige, viel zu große Nachthemd um ihre Beine geschlungen.

»Wo warst du?«

»Draußen.«

»Das sehe ich, Arschloch.«

»Lass einfach gut sein, okay, Nat? Ich war tanzen. Ich wollte … einfach mal für fünf Minuten nicht über alles nachdenken müssen.«

»Ja, ich hab schon kapiert, okay? Ich bin auch nicht sauer, sondern habe mir nur Sorgen gemacht.«

Jake setzt sich neben sie. »Brauchst du nicht, okay?«

»Tue ich aber.« Obwohl Natalie sich um einen unbeschwerten Tonfall bemüht, liegt eine gewisse Härte in ihrer Stimme.

Jake deutet auf Franks geschlossene Zimmertür. »Wirst du es ihm sagen?«

Natalie schüttelt den Kopf. »Wenn du es nicht willst, tue ich es nicht.«

»Ich will es nicht.«

»Okay. Ich will aber was dafür.«

Jake hebt eine Augenbraue.

»Ich will auch für ein paar Stunden hier raus. Onkel Frank meint es ja gut, aber er lässt mich keine Sekunde aus den Augen. Ich brauche einfach ... nur ein bisschen Zeit für mich.«

Jake nickt verständnisvoll. »Wo willst du hin?«

»Einfach raus. Einen Spaziergang machen. Du musst mich decken. Irgendwann heute im Lauf des Tages. Du erzählst Onkel Frank, dass ich mich hingelegt habe oder so. Okay?«

Jake zögert. Sollte er sich Sorgen machen, wenn Natalie allein in Paris herumläuft? Bislang hat er sich geweigert, seine Ängste und Zweifel in Worte zu fassen, doch sie waren immer da, unterschwellig, in den hintersten Winkeln seines Verstands, aber jetzt sind sie so klar, dass er sie nicht länger ignorieren kann.

Was, wenn der Tod ihnen hierher, nach Paris, gefolgt ist? Wenn der Scheißkerl, der ihre Mutter getötet hat, nun auch Brian auf dem Gewissen hat?

Oder hat die Polizei etwa doch recht? War der Mord an Brian ein zufälliger Raub, der aus dem Ruder gelaufen ist? Ist das nicht die wahrscheinlichere Erklärung dafür? Und falls ja, wäre es dann nicht viel gefährlicher, Natalie weiterhin in dieser Suite einzusperren? Er studiert das Gesicht seiner Schwester, sucht nach Anzeichen, dass sie die Wahrheit sagt. Dass es kein Trick ist und sie bloß nach einem Weg sucht, sich wieder Schmerzen zuzufügen. Schließlich nickt er.

»Okay.«

Catherine

Ruine

Ich buche den erstbesten Flug nach Budapest und suche den kanadischen Reisepass heraus, ausgestellt auf den Namen Rhonda Daly. Über das Tor-Netzwerk schicke ich eine Mail an Gillian, gebe ihr unseren geplanten Treffpunkt durch, und dann bin ich auch schon unterwegs zum Flughafen Charles de Gaulle. Ich schlendere durch die breiten, glänzenden Korridore mit den Geschäften, in denen es alles gibt, von Luxushandtaschen bis zu pastellfarbenen Macarons, und steuere das Gate an.

Während ich ungeduldig auf das Boarding warte, scrolle ich auf einem meiner Handys die Nachrichtenseiten durch. Es ist schlimmer, als ich dachte. Elenas Foto bei Instagram ist viral gegangen. Unzählige Webseiten ergehen sich in wilden Spekulationen, warum sie lächelnd in einem italienischen Urlaubsort auftaucht, ohne ihren mächtigen Ehemann an ihrer Seite. Das und die Tatsache, dass sie von denselben Klatschmäulern seit ihrer Hochzeit selten ohne ihn oder einen Bodyguard gesehen wurde, befeuert die Gerüchte noch. Ihr Foto ist überall, sie lächelt, während ihr dichtes blondes Haar im Wind flattert.

Elena wurde diskret von dem Kreuzfahrtschiff in Genua geleitet und von einem meiner Verbündeten in Italien mit dem Auto auf der Küstenstraße nach Santa Margherita Ligure gebracht. Gillian Spencer ist eine frühere Kundin von mir, meine allererste, nachdem ich die Staaten verließ und nach Europa kam. (Natürlich ist Gillian Spencer nicht ihr richtiger Name, aber das ist vielleicht eine Geschichte für ein anderes Mal.)

So weit lief also alles wie geplant.

Gillians Ehemann, Giuseppe Tonorelli, stellt die besten falschen Ausweispapiere her, die ich je gesehen habe. Reisepässe, Führerscheine, Geburtsurkunden, Diplome – er kann alles, noch dazu auf einem Level, das sogar der genauesten Überprüfung standhält. Der Reisepass, den ich heute bei mir habe, ist Giuseppes hervorragende Arbeit. Er stammt aus einer langen Ahnenreihe von Papiermachern, berühmt für ihre wunderschönen Marmordrucke. Er betreibt immer noch ein Ladengeschäft in einer engen Gasse direkt am Hafen, wo er Papierwaren und in Leder gebundene Bücher an Touristen verkauft.

Der Plan sah vor, dass Elena so lange in Santa Margherita bleibt, bis die neuen Dokumente auf den Namen einer toten Doppelgängerin ausgestellt wurden (die Identität einer verstorbenen Frau ähnlicher Herkunft und Alters – die gute alte Rhonda Daly aus Manitoba hat dasselbe für mich getan). Sobald die Papiere fertig sind und das Lösegeld bezahlt wurde, würde Elena nach Australien reisen, wo sie nicht länger mein Problem wäre.

Aus purer Dummheit stecken wir jetzt in der Klemme. Elena war von der Schönheit der Hafenstadt Santa Margherita verzaubert, von dem halbkreisförmig angelegten Jachthafen mit den auf dem Wasser hüpfenden Booten, den rot gedeckten Stuckhäusern, dem felsigen Strand mit den gestreiften Sonnenschirmen in Bonbonfarben. Sie bettelte Gillian an, dass sie draußen spazieren gehen wollte, »um herauszufinden, wie die Freiheit schmeckt«. Ich sehe es vor mir, wie die arme Gillian, eine kräftige Britin mit roter Nase und bequemen Schuhen, die von der schönen, herrischen Elena bezaubert war, eingeknickt ist.

Dann taucht ein amerikanischer Teenager mit einem iPhone auf, und schon sind wir geliefert. Ich schaue mir noch mal die Fotos an. Hinter Elena sieht man kobaltblaues Wasser, ein gelbes Gebäude mit tannengrünen Fensterläden. Das ist Giuseppes Laden.

Scheiße.

Vor dem Ferenc Liszt International winke ich ein Taxi heran und nenne die Adresse in passablem Ungarisch.

Trotz der Umstände freue ich mich, wieder in Ungarn zu sein. Nicht alle Erinnerungen sind gut, und trotz des altmodischen Flairs hat die Stadt stets etwas leicht Gehetztes, dennoch fühle ich mich immer heimisch hier. Ich liebe die Art, wie die Eleganz der alten Metropole auf die trostlose Stenge der Architektur des Kalten Krieges trifft, die subversive Atmosphäre des Nachtlebens, die lebendigen Traditionen der Kunst im öffentlichen Raum und des Protests.

Die Donau kommt in Sicht. Ein Schauder überläuft mich beim Gedanken an die sechzig Eisenschuhpaare im Stil der Vierziger am Ufer, die an jene erinnern sollen, die von den faschistischen Pfeilkreuzlern ermordet wurden. Schuhe waren während des Krieges rar, weshalb die Opfer am Ufer zusammengetrieben und ihnen befohlen wurde, ihre auszuziehen, bevor man sie in den Rücken schoss.

Genau an derselben Stelle habe ich vor zwei Jahren jemanden ermordet und die Leiche in denselben Flussabschnitt geworfen. Definitiv eine Geschichte für ein anderes Mal.

Ich checke meine Nachrichten. Über die verschlüsselte Mailadresse, die ich in der Lösegeldforderung genannt habe, hat der Russe (nennen wir ihn zum Spaß einfach »Boris«) einen Beweis dafür gefordert, dass ich seine Frau in meiner Gewalt habe, bevor er die Zahlung leistet. Daran ist nichts Ungewöhnliches, allerdings verstehe ich nicht, was er von mir haben will. Jedenfalls kein Foto seiner Frau mit einer aktuellen Tageszeitung und auch keine Gelegenheit, mit ihr am Telefon zu sprechen. Boris will ein Foto von seinem »Monogramm« sehen. Seine E-Mail deutet an, nur Elena könne wissen, was das bedeutet.

Ich bin persönlich nach Budapest gekommen, um Elena deutlich zu machen, dass sie ab sofort genau das tun muss, was ich ihr sage. Noch habe ich sie mein Gesicht nicht sehen lassen, und das werde ich auch jetzt nicht tun. Aber sie muss die Härte in meiner Stimme hören. In Wahrheit ist es mir völlig egal, ob Elena einen weiteren Tag erlebt, und genauso wenig interessiert es mich, ihren Ehemann fertigzumachen. Nein, mir geht es in erster Linie um die Kontrolle.

Nachdem Elena sich mit mir über die Kanäle des Darknets in Verbindung gesetzt hatte, die zum Bestattungsverein führen, und um ihr Verschwinden bat, damit sie ihrem »Ehemann, der mich missbraucht«, entkommen und ein neues, anonymes Leben beginnen konnte, habe ich recherchiert. Das tue ich grundsätzlich. Sie hat die Wahrheit gesagt. Er missbraucht sie. Aber ich habe auch herausgefunden, dass Boris sich in derselben Cyberwelt bewegt wie ich, in jenen finsteren Ecken der Illegalität und der Verschlüsselung, wo ein Leben billig gekauft und verkauft wird – neben Drogen und Waffen. Boris ist, wie ich festgestellt habe, Waffenhändler.

Ich hasse Waffen. Das ist was Persönliches. Ich benutze sie nicht bei meiner Arbeit und verabscheue jene, die das tun.

Ich beschloss, dass ich Elena ihr neues Leben ermöglichen würde – und als Bonus würde ich Boris' miese Geschäfte aufdecken.

Nur weil man eigene Pläne hat, bedeutet das nicht, dass man nicht denen von jemand anderem dienen kann.

Das Taxi hält vor dem offenen Rolltor der angegebenen Adresse. Mein Fahrer sieht zweifelnd hinüber, dann fragt er, ob ich sicher bin. Das bin ich.

Es ist noch Tag, weshalb sich keine bulligen Türsteher vor dem Eingang herumdrücken. Ich trete durch das verrostete Tor in die Ruine des Pubs und kann wieder einmal nur staunen, wie krass sich dieser Ort verwandelt, wenn die Nacht erst einmal hereingebrochen ist.

Bei Nacht brodelt das Lokal förmlich, pulsiert mit der Energie zahlloser Menschen, die verzweifelt versuchen, sich bis zum Morgen neu zu erfinden.

Das Tageslicht enthüllt, warum es eine Ruine ist. Der Großteil der Decke scheint von einem Maschendrahtzaun an Ort und Stelle gehalten zu werden, silberne Rohre verlaufen offen an den mit Graffiti besprühten Wänden entlang. Ein Gerüst umgibt das Gebäude. Kaputte Fahrräder und verstümmelte Schaufensterpuppen hängen von der drei Stockwerke hohen Decke. Eine Reihe Fernseher, aus denen nur statisches Rauschen dringt, sind mit bunten Lichterketten geschmückt. Ein Tischfußball dominiert eine Ecke des riesigen Raums; ein reifenloser Trabi ohne Dach wurde zu einer Art Sitznische umfunktioniert.

Ich nicke Balint zu. Der Barkeeper nickt ebenfalls. Wir kennen uns schon lange, Balint und ich.

Ich gehe von einem schummrig beleuchteten Raum in den nächsten. Jeder ist anders eingerichtet, im einen hängen vergilbte Zeitungen und Sepiafotos an den Wänden, in anderen abstrakte Gemälde, in wieder anderen eine Sammlung riesiger ausgestopfter Giraffen, Spiegelkugeln und kaputte Kandelaber. Dieses Gebäude ist ein riesiger einsturzgefährdeter Kaninchenbau, der in einer guten Nacht bis zu tausend Feiernden Platz bietet.

Am Ende befindet sich ein Hof. Ich überquere ihn, blinzle im plötzlichen Sonnenlicht und steige die knarzende Metallleiter hinauf zu der rostigen, verwitterten Tür. Ich klopfe leise: Zweimal klopfen, Pause, dann dreimal in schneller Folge.

Die Tür geht auf.

Natalie

Glückliche Narren

Natalie ist völlig aus dem Häuschen darüber, sich frei bewegen zu können, anonym, wieder Teil des Alltagsgeschehens zu sein. Sie spricht mit niemandem, sondern beobachtet nur.

Sie sieht Mütter mit ihren Kindern zu, Verkäuferinnen, Straßenkünstlern und Bettlern. Touristen mit bequemen, aber potthässlichen Sandalen und ausgebeulten Bauchtaschen. Harten Jungs auf Motorrädern. Frauen in Hijabs, Männern mit Jarmulke und Schläfenlocken.

Sie setzt sich auf ein sonniges Fleckchen Rasen. Ihr ganzer Körper schmerzt. Erst jetzt wird ihr bewusst, dass sie vergessen hat, wie körperlich anstrengend Trauer sein kann.

Ein elfengleiches Mädchen à la Audrey Hepburn oder Audrey Tautou posiert für Fotos. Sie trägt ihr dunkles Haar in der Mitte gescheitelt und zu zwei Zöpfen frisiert, die über den Rücken ihres schlichten weißen Kleidchens fallen. Sie sieht wie die Pariserin *par excellence* aus. Der schlaksige junge Mann mit dem ungepflegten Bart, den Converse-Sneakers und einem ausgeleierten T-Shirt ermuntert sie, schießt immer noch mehr Fotos, während sie sich dreht und wendet und einen Schmollmund zieht.

Natalie empfindet tiefes Mitleid mit den beiden, die so blind vor Glück sind. Jederzeit kann die Katastrophe eintreten. Das wird sie unweigerlich tun. So ist das Leben. Es passiert einfach. Niemand sollte so glücklich sein wie diese zwei Narren.

Der junge Mann wirbelt die Elfe herum und küsst die kleine Kuhle an ihrem Hals. Das Mädchen schlingt ihre Beine um seine Taille. *Nehmt euch ein Zimmer*, denkt Natalie und wendet sich ab.

Sie ist genervt. Die Benommenheit, die wie eine Wolke über ihr geschwebt ist, hebt sich auf einmal. Sie ist allein unterwegs, ohne Aufsicht. Warum verschwendet sie ihre Zeit damit, wie ein Gespenst durch Paris zu irren?

Natalie springt auf die Füße und macht sich mit neu gewonnener Energie auf den Weg zu Brians Büro. Sie schaut auf die Uhr. Erst kurz nach vier. Eigentlich sollte noch jemand dort sein.

Lilja Koskinen will gerade Feierabend machen. Die Finnin ist Projektmanagerin. Bei Natalies Anblick löst sie den Seidenschal um ihren Kopf, zieht sie ohne Vorwarnung in die Arme und flüstert ihr ins Ohr: »Es tut mir so leid, was mit deinem Papa passiert ist.«

Natalie mag Lilja, seit sie ihr das erste Mal beim Willkommensdinner der Burrows' begegnet ist. Sie ist mit einem Franzosen verheiratet, einem Maler, und lebt seit fünf Jahren in Paris.

Lilja hakt sich bei Natalie unter und schleppt sie in ein Café, wo sie dickflüssige heiße Trinkschokolade und eine Auswahl Cremetörtchen mit buttrigen Böden für sie beide bestellt. Lilja tadelt Natalie, weil sie so dünn aussieht, doch sie tut es auf eine Art, die Natalie nicht das Gefühl gibt, sich verteidigen zu müssen. Natalie schlingt ein Törtchen hinunter, dann noch die Hälfte von einem zweiten. Lilja sieht zufrieden aus.

Als Natalie den letzten Schluck ihrer Schokolade trinkt, lehnt Lilja sich auf ihrem Stuhl zurück und verschränkt ihre Arme.

»Viel besser. Ich gehöre ja zu denen, die glauben, dass Schokolade und Kuchen so ziemlich jedes Problem lösen können.«

Natalie wünscht sich so sehr, dass es so wäre. Mit einem Mal liegen ihr die Törtchen schwer im Magen, und zu ihrem Entsetzen spürt sie, wie ihr die Tränen kommen. Scheiße. Sie wischt sie weg.

Lilja beugt sich vor. »Nicht den Tod deines Vaters, das habe ich nicht damit gemeint.«

Natalie nickt nur. Sie weiß, dass Lilja nicht unfreundlich sein will.

»Was sagt die Polizei?«, will Lilja wissen.

Das ist die falsche Frage oder die richtige, je nachdem. Die Worte sprudeln nur so aus Natalie heraus, gemeinsam mit ihrem Frust über die Theorie des Raubmords, über ihre eigene Hilflosigkeit. Lilja nickt und hört zu. Tätschelt Natalies Hand.

»Eins kann ich dir sagen«, sagt Lilja, als Natalie

schließlich innehält und nach Luft schnappt. »Dein Papa hat sich vor irgendwas gefürchtet.«

Natalies Puls beschleunigt sich. »Was meinst du damit? Woher weißt du das?«

»An seinem letzten Tag... als er bei der Arbeit war...«

Natalie nickt. Am letzten Tag, als er noch gelebt hat.

»Er kam morgens vorbei, um zu sehen, wie wir vorankommen. Mir fiel auf, dass er etwas vergessen hatte, das er am Abend noch überprüfen wollte, also bin ich ihm hinterhergelaufen.« Lilja zögert, als wisse sie nicht recht, wie sie beschreiben soll, was danach geschah.

»Er war gerade um die Ecke gebogen, aber ich war völlig außer Atem und konnte kein Wort sagen, deshalb habe ich ihn nur am Arm berührt. Er ist fast aus der Haut gefahren vor Schreck! Er hat mich angestarrt, als wollte er... keine Ahnung. Mir den Kopf abreißen.«

Lilja spricht rasch weiter, als sie Natalies verwirrte Miene bemerkt. »Es war so untypisch für ihn. Er hat sich sofort entschuldigt und gemeint, er sei nervös, mit den Gedanken woanders. Wir haben darüber gelacht. Später allerdings...« Lilja verstummt. Sie wissen beide, was später passiert ist.

»Hat er gesagt, was ihm durch den Kopf ging?«

»Nein. Er hat gescherzt, dass er paranoid sei.«

»Hast du das der Polizei erzählt?« Angewidert bemerkt Natalie, wie piepsig ihre Stimme auf einmal klingt.

»Natürlich. Aber eines kann ich dir jetzt schon sagen: Ich hatte nicht das Gefühl, dass sie es sonderlich ernst genommen haben.« Lilja runzelt die Stirn. »Wovor hatte er deiner Meinung nach Angst? Oder vor wem?«

Natalie weiß es nicht. Noch nicht. Aber sie wird es herausfinden, und wenn es sie umbringt.

Catherine

Monogramm

Elena sitzt mit verbundenen Augen kerzengerade auf dem violetten Samtsofa. Ihre rechte Hand liegt auf der gepolsterten Armlehne. Trotz ihrer majestätischen Haltung erkenne ich die Anspannung an ihren langen, schmalen Fingern und ihrem bleichen Gesicht.

»Erzählen Sie mir mehr über das Monogramm, Elena«, fordere ich sie zum wiederholten Male auf. Gillian wirft mir einen Blick zu.

Wir sind in meinem Budapester Unterschlupf hinter der Ruine. Tausende Einheimische und Durchreisende kommen jede Woche hier vorbei; es ist der perfekte Ort, um sich für kurze Zeit zu verstecken. In den Räumen herrscht derselbe Stilmix wie im Pub: heruntergekommene Antiquitäten, Jugendstil-Spiegel, türkische Lampen und Kitsch der Sechziger. Eine dieser Katzenuhren mit großen Augen und einem Schwanz als Pendel hängt neben einer Reihe kommunistischer Propagandaposter in massiven Rahmen. »Etwa vier Monate nach der Hochzeit«, beginnt Elena leise und mit ausgeprägtem russischen Akzent, »hatten wir einen Streit. Ich war müde und wollte nicht mit ihm zu einer Party gehen. Er hat nachgegeben und mir etwas zu trinken gebracht. Damit ich schlafen konnte, hat er gesagt.«

Die Augen der Katzenuhr bewegten sich rhythmisch hin und her.

»Als ich aufgewacht bin, war ich gefesselt.« Elena erhebt sich und steht einen Moment lang schwankend da, weil sie nichts sehen kann.

Sie knöpft ihre Hose auf und zieht sie herunter, sodass ihr straffer Bauch zum Vorschein kommt. »Das hat er getan. Mit einem Brandeisen. Als ich gefesselt war wie ein Schwein.«

An einer Stelle, die selbst der knappste Bikini verdecken würde, sind die Initialen des Russen eingebrannt.

»Soll ich Ihnen sagen, wie oft er mich verletzt hat? Wo es niemand sehen kann?« Elena knöpft ihre Hose wieder zu und lässt sich aufs Sofa sinken. »Er hat mir gedroht, dass er mir Säure ins Gesicht schüttet, wenn ich ihn das nächste Mal ärgere. Verstehen Sie jetzt, warum er zahlen soll? Er soll in der Hölle schmoren.«

In einem ersten Gespräch hat Elena grob umrissen, worum es geht: Kurz nach ihrer Heirat hatte sie erfahren, dass Boris kein anständiger Geschäftsmann, sondern ein skrupelloser und sadistischer Verbrecher ist. Ihre Beziehung verschlechterte sich; er kontrollierte und missbrauchte sie, und sie fühlte sich zunehmend wie eine Gefangene. Schließlich nahm sie all ihren Mut zusammen und verlangte die Scheidung. Dann fand sie heraus, dass Boris plante, sie mit Gewalt zurück nach

Moskau zu bringen. Außer sich vor Angst, kontaktierte sie die Begräbnisgesellschaft, um eine »Entführung« zu arrangieren und so Boris' »Arrangements« zuvorzukommen. Der Plan sah vor, ihm ein anständiges Lösegeld abzuknöpfen, um mich davon zu bezahlen und den Rest zu nutzen, damit Elena verschwinden konnte. Dann sollte ich die Beweise veröffentlichen, die Elena von Boris' Vorhaben, sie nach Moskau zurückzuschicken, gesammelt hatte, was ihn unter Verdacht stellen würde, für ihr Verschwinden und vermutlichen Tod verantwortlich zu sein.

Es war ein guter Plan, und meine privaten Absichten, bei der Gelegenheit Boris' Waffenschmuggelgeschäfte zu enthüllen, machte ihn sogar noch besser. Bis Elena sich als unzuverlässig erwies. Und Boris als noch sadistischer, als ich geahnt hatte.

»Er will ein Monogramm? Geben Sie mir ein Messer! Ich schneide es für ihn ab!« Feuchte Flecke erscheinen auf dem braunen Seidentuch über Elenas Augen.

Blankes Entsetzen zeichnet sich auf Gillians Miene ab. Soweit ich es beurteilen kann, erschüttert Elenas theatralischer Auftritt ihr britisches Zartgefühl mehr als die Geschichte ihrer grauenvollen Verstümmelung. Andererseits hat Gillian ebenfalls einiges durchgemacht.

Wir machen ein Foto von dem Monogramm, das ich dem Russen über meine verschlungenen Internetkanäle zukommen lasse. Elenas auffälliges blondes Haar wird abgeschnitten und mausbraun gefärbt, sie bekommt braune Kontaktlinsen verpasst, dann werden Fotos für ihren neuen Pass geschossen.

Gillian kehrt mit Elenas neuen Fotos zu Giuseppe zurück. Mein alter Freund Balint wird auf das Model aufpassen, bis ihre Reisepapiere fertig sind.

Frank

Leugnen

Frank spürt einen heftigen Druck auf seiner Brust. Ein erdrückender Schmerz wie von stählernen Klauen. Vielleicht erleidet er ja gerade einen Herzinfarkt. *Das wäre noch das i-Tüpfelchen,* denkt er ironisch.

Er muss hier raus.

Er erklärt Natalie und Jake, dass sie in der Suite bleiben sollen und er etwas zu essen für sie besorgen wird. Er erkundigt sich, ob sie irgendetwas Bestimmtes haben wollen. Natalie bittet ihn um englischsprachige Zeitschriften oder Zeitungen. Jake will Doritos und Coke.

Natalie liegt Frank in den Ohren: Wenn er hinausdarf, warum sie dann nicht? Seit nunmehr vier Tagen ist sie in diesem dämlichen Hotel eingesperrt. Frank wiegelt ihre Einwände mit einer barschen Erwiderung ab. Allmählich geraten die Dinge außer Kontrolle. Er muss alles zusammenhalten. Er hat nicht die Zeit oder Energie für diesen Schwachsinn.

Wutentbrannt stürzt er aus dem Zimmer, stürmt die Treppe hinunter, weil er zu ungeduldig ist, um auf den Fahrstuhl zu warten.

Immer noch aufgebracht wegen des Gesprächs, das

er gerade mit seiner Exfrau geführt hat, stapft er die Straße entlang, ohne Augen für den Trubel und die herrliche Stadt an diesem wunderschönen Sommerabend zu haben.

Della will das alleinige Sorgerecht einklagen. Sie behauptet, Frank habe die Familie im Stich gelassen, weil er die versprochene Reise mit den Zwillingen nach Disney World abgesagt hat. Außerdem hat sie bereits alles für ein beschleunigtes Scheidungsverfahren in die Wege geleitet. Della hat einen neuen Sugardaddy gefunden, der sich bereit erklärt hat, ihr einen teuren Anwalt zu finanzieren, der den Ruf eines echten Hais genießt, wie sie ihm schadenfroh mitteilte. Dieses blöde Arschloch hat sie bereits zu sich geholt. Seine Mädchen? Wohnen jetzt im Haus eines anderen Mannes!

Sie bildet sich ein, sie könnte ihm seine Kinder vorenthalten? Diese blöde Schlampe treibt ihre fiesen Spielchen, während er hier in Paris ist und versucht, den Mörder seines Bruders zu finden? Wenn Della in diesem Moment vor ihm stünde, wäre Brian nicht der einzige Tote.

Frank bleibt stehen und sieht sich blinzelnd im schwindenden Sonnenlicht um. Die Straßen sind voller Leute, in den Cafés herrscht Hochbetrieb. Eine Horde lachender und plaudernder Menschen quillt aus einer nahen Metrostation. Ein Mann führt zwei flachgesichtige Möpse Gassi, raucht eine Zigarette und zetert wütend auf Französisch in sein Handy.

Frank betritt das nächste Café und bestellt ein Bier.

Die enorme Tragweite dessen, was ihm ins Haus steht, ist zu viel für ihn. Der bevorstehende Kampf mit Della. Der mögliche Verlust der Zwillinge. Verantwortung für Nichte und Neffe.

Er muss sie so schnell wie möglich zurück in die Staaten bringen. Gleich morgen früh wird er bei der Botschaft vorstellig werden. Natürlich wollen sie alle Brians Mörder finden, aber was können er und die Kinder schon tun? Und bestimmt haben sie als amerikanische Staatsbürger auch Rechte. Es ist ja nicht so, als stünde einer von ihnen unter Verdacht. Sie sind die *Opfer*!

Während er im Geiste seine Argumentation durchgeht, malt er sich aus, mit welchem Eifer und welcher Kooperationsbereitschaft man ihre Rückkehr in die Staaten in die Wege leiten wird. Er wird rechtzeitig zum Gerichtstermin zurück sein, wird Della im Zeugenstand zerlegen, indem er ihre Gefühllosigkeit enthüllt.

Er kippt den letzten Schluck seines Biers hinunter und bestellt noch eins. Eiserne Entschlossenheit ergreift Besitz von ihm. Er wird seine Kinder nicht verlieren. Er hat zu hart und zu lange gearbeitet, um alles zusammenzuhalten. Er will verdammt sein, wenn er zulässt, dass sie alles kaputtmacht.

Catherine

Was sein muss, muss sein

Am Charles de Gaulle winke ich ein Taxi heran. Auf dem Weg in die Stadt weise ich den Fahrer an, er soll an dem Hotel vorbeifahren, wo die Burrows' abgestiegen sind. Ich hoffe darauf, einen kurzen Blick auf Natalie und Jake werfen zu können, auch wenn ich nicht genau sagen kann, warum mir das so wichtig ist.

Als wir vorfahren, sehe ich die Ü-Wagen und die Reporter vor dem Gebäude stehen. Gendarmen halten sie zurück. Ich bitte den Fahrer anzuhalten. Bezahle ihn. Steige aus dem Taxi. Mische mich unter die Reporter und lausche, ob ich irgendetwas Aufschlussreiches aufschnappe.

Inzwischen wurde die Verbindung zwischen dem Mord an Brian Burrows und dem Verschwinden seiner Frau in den Staaten hergestellt, was die Pressemeute prompt auf den Plan gerufen hat.

Aber es wird noch schlimmer. Das Leben der Burrows' wurde bedroht, erst durch Internet-Trolle und dann von den ekelhaften Aasgeiern vor dem Hotel, die sie beschuldigen, einen Serienkiller nach Paris gelockt zu haben. Eine Gruppe religiöser Spinner hat ihnen angeboten, einen Exorzismus durchzuführen, andere wollen für sie beten. Verleger und Nachrichtenagenturen versprechen der Familie horrende Summen für ein Interview, doch die Kinder und ihr Onkel haben sich im Hotel verbarrikadiert.

Ich muss ihnen helfen.

Ich verschaffe mir durch den Lieferanteneingang Zutritt zum Hotel. Ich habe Glück. Die Schicht ist gerade zu Ende. Ein Schwarm Zimmermädchen verlässt das Gebäude.

Ich konzentriere mich auf eine Frau, ein mageres Ding mit heller Haut und mausbraunem Haar, die als Einzige nicht mit einer Freundin schwatzt oder sich lautstark von ihren Kolleginnen verabschiedet. Ihre Körperhaltung verrät, dass sie weiß, wie sich echter Hunger anfühlt, und fürchterliche Angst hat, weil hinter jeder Ecke neuerliche Entbehrung lauern könnte. Osteuropäerin, schätze ich.

Gerade einmal sechzig Euro kostet es mich, alles über die Burrows' und das Drama zu erfahren, das sich hier abspielt, seit sie hier eingecheckt haben. Das Management will sie so schnell wie möglich loswerden, aber die Polizei besteht darauf, dass sie bleiben. Natürlich sind andere Gäste bereits abgereist. Wer will schon in einem Hotel bleiben, das sich in einen derartigen Zirkus verwandelt hat? Die Frau vertraut mir an, dass sie draußen auf den Fluren hören können, wie sich Onkel und Kinder streiten. Schreien, schreien, schreien, die ganze Zeit. Und das Mädchen? Es heult. Was für ein Chaos.

Ich bohre nach. Schichtwechsel? Grundriss des Hotels? Die Spinde des Personals? Zimmernummern? Für weitere zwanzig Euro erzählt sie mir alles. Ich entlocke ihr ihren Namen – Nyura, sie ist Ukrainerin –, schreibe die Nummer von einem meiner Wegwerfhandys auf einen Zettel und drücke ihn ihr in die Hand.

»Mein Name ist Hannah Potter«, erzähle ich ihr und benutze damit den Namen einer toten Doppelgängerin, auf die ich schon länger nicht zurückgegriffen habe. »Ich denke, wir könnten einander sehr nützlich sein.«

Natalie

Außenseiterin

Wenigstens sieht der Rest der Welt Natalie jetzt so, wie sie sich selbst sieht: als eine Außenseiterin.

In gewisser Weise ist es eine Erleichterung. Sie muss nicht länger so tun, als wäre sie tapfer, die Ruhe selbst oder *normal.* Was von ihrer Familie noch übrig ist, wurde in dieser Hotelsuite eingesperrt, in die Einsamkeit verbannt. Wenigstens wissen alle, was sie sind. Gebrandmarkte.

Zwei Polizisten wurden vor ihrer Tür postiert, dazu einige weitere auf der Straße vor dem Hotel, die sich mit der sensationsgierigen Presse und den (wütenden oder verängstigten) Irren herumschlagen. Eigentlich sollte sie Angst wegen der ganzen Aufregung haben, doch stattdessen wird sie von Ungeduld und Reue getrieben.

Nach ihrem Gespräch mit Lilja hätte sie eigentlich auf dem direkten Weg zu Dads Büro gehen und die anderen Leute befragen müssen. Stattdessen hat sie kalte Füße bekommen und ist ins Hotel zurückgekehrt, wo Onkel Frank bereits außer sich vor Wut auf Jake und Sorge um sie war.

Sie hat sich entschuldigt, ihm zu erklären versucht, dass sie Angst hatte zu ersticken, wenn sie noch länger in diesem Zimmer herumgesessen hätte. Sie hat Stein und Bein geschworen, sie würde sich nie wieder rausschleichen, auch um Jake aus der Schusslinie zu bekommen.

Alles, was sie von Lilja erfahren hat, behält sie erst einmal für sich, weil sie das Rätsel selbst lösen will. *Vor wem könnte Dad sich gefürchtet haben?*

Allmählich hat Onkel Frank sich wieder beruhigt. Trotzdem traut Natalie sich nicht, sich noch einmal wegzuschleichen. Und dann ist die Presse aufgetaucht. Seitdem ist es das reinste Irrenhaus hier.

Obwohl ihr Bruder und ihr Onkel sie im Auge behalten, verbringt Natalie jeden Tag etwas Zeit allein im abgeschlossenen Badezimmer und fügt sich winzige Schnitte mit einer Rasierklinge zu, die sie unter dem Deckel des Toilettenspülkastens festklebt. Das Ritual verschafft ihr die dringend benötigte Erleichterung. Erst das Gefühl dieses quälenden Drucks, des Messers auf der Haut, gefolgt vom köstlichen Schnitt, dem hervorquellenden Blut, jener süßen Wohltat, die der Schmerz mit sich bringt.

Verbrennen. Ritzen. Reißen. Beißen. Verbrennen. Ritzen. Reißen. Beißen. Die Rotation tut Natalie gut. Einige der anderen Mädchen in der Therapie waren Puristen, die auf perverse Art stolz darauf waren, dass Trichotillomanie, also das Ausreißen der Haare, ihre einzige Methode war, und die Natalie deshalb für ihre Bandbreite der Selbstverstümmelung verspotteten. Natalie sieht das Ganze nicht so eng.

Wenn sich nur ihre Anspannung nicht so schnell wieder aufbauen würde. Inzwischen streiten sie sich ständig. Über die dämlichsten Sachen.

Natalie nimmt den Eiskübel und geht nach draußen in den Flur. Sie hat sich enorme Mühe gegeben, um das Mitgefühl der uniformierten Polizisten zu erlangen, die sie beschützen. Sie lassen sie an der Eismaschine vorbei bis zum Treppenhaus gehen, wo sie für ein paar Minuten Frieden findet. Wie können sie ihr das verwehren? Sie ist doch bloß ein dünnes junges Mädchen mit großen Augen und einem tragischen Leben. Die Polizisten können hören, wie im Innern der Suite immer wieder Streit ausbricht; sie wissen, wie schwer sie es auch jetzt noch hat.

Natalie schlüpft ins Treppenhaus und setzt sich auf die oberste Stufe, stellt den leeren Eiskübel neben sich. Sie wickelt eine Haarsträhne um ihren Zeigefinger. Zieht daran. Genießt den kurzen Moment der schmerzhaften Euphorie, als die Haare sich aus den Wurzeln lösen.

Die Stimme der Frau ist leise. »Natalie? Natalie Burrows?« Amerikanischer Akzent.

Natalie zuckt zusammen. »Ich darf nicht mit der Presse reden«, sagt sie automatisch.

»Nein, nein, ich bin keine Journalistin, sondern bin … war eine Freundin deines Vaters.«

Natalie betrachtet die Frau. Sie ist Anfang dreißig? Hellbraunes Haar fällt in weichen Wellen bis auf ihre Schultern. *Sie fühlt sich wohl in ihrer Haut*, ist Natalies erster Gedanke. *Modische, dezente Kleidung*, ist ihr zweiter Gedanke. *Kommt mir vage bekannt vor*, ist der dritte, obwohl Natalie sie nicht einordnen kann.

»Wirklich? Woher denn?« Natalie registriert, wie argwöhnisch ihre Frage klingt.

Die Frau stellt sich als Hannah Potter vor, eine Amerikanerin, die in Paris lebt und für ein Innenarchitekturbüro arbeitet. Sie erklärt, Brian und sie hätten sich in einer Selbsthilfegruppe für die Überlebenden von Gewaltverbrechen kennengelernt.

Wenn Dad in Paris zu einer Selbsthilfegruppe gegangen ist, wäre mir das neu. Wie ist die Frau ins Hotel gelangt? Was zum Teufel will sie von mir? Natalie kneift die Augen zusammen.

Mit einem Lächeln fährt Hannah fort. »Bestimmt hältst du mich für völlig verrückt. Ich habe tatsächlich ein Zimmermädchen bestochen, damit sie mich reinlässt! Aber dein Vater hat bei den Treffen immer nur über dich und deinen Bruder gesprochen. Er hat euch so sehr vermisst, als ihr nicht da wart. Wo wart ihr noch mal? Amsterdam?«

Als Hannah so überraschend intime Details über ihren Vater enthüllt, spürt Natalie, wie ihr Tränen in die Augen steigen. Mit einem Mal sehnt sie sich danach, sich zu ritzen, zu beißen, zu kneifen oder zu verbrennen. Sie drückt die Knie fest zusammen. Schlingt die Arme darum.

Hannah setzt sich neben sie. »Mein Mann und mein Sohn Ben. Ich habe sie verloren. Sie wurden vergangenes Jahr bei einem Überfall an einer Tankstelle erschossen. Das war in San Diego. Darum habe ich diesen Job in Paris angenommen. Es sollte ein Neuanfang sein.« Hannah zögert. »Mein Junge war erst sechs.«

Jemand anders, der weiß, wie es sich anfühlt, wenn alles total beschissen ist. Natalie murmelt ein aufrichtiges »Das tut mir leid«. Sie weiß aus Erfahrung, dass es wenig bringt, wenn man mehr sagt.

»Danke, Natalie. Dein Verlust tut mir auch sehr leid. Deine *Verluste*. Dein Dad hat auch viel über deine Mom gesprochen.«

Natalie wirft ihr einen raschen, taxierenden Blick zu.

Hannah zuckt vielsagend mit den Schultern. »Es ist einfach anders, stimmt's? Wenn es ein Gewaltverbrechen ist, meine ich. Wenn die natürliche Ordnung der Dinge von einer Waffe oder einem Messer gestört wird.«

Oder von einem Körper, der sich offenbar in Luft aufgelöst hat. Natalie denkt immer noch die ganze Zeit daran: Wo können die Überreste ihrer Mutter sein?

»Jedenfalls«, fährt Hannah fort, »wollte ich dir sagen, dass euer Dad, als ich ihn das letzte Mal gesehen habe, nur darüber reden konnte, wie sehr er euch liebte. Wie stolz er auf euch war. Ich dachte, es hilft dir vielleicht, wenn du das hörst.«

Hannah wischt die Handflächen an den Oberschenkeln ab und steht auf. »Ich will deine Zeit nicht länger in Anspruch nehmen.«

»Warten Sie!«

Hannah sieht sie überrascht an. Natalie zögert. Diese Frau ist eine Wildfremde; Natalie hat keinen Grund, ihr zu vertrauen. Sie hätte in dem Moment weglaufen sollen, als sie sie gesehen hat.

Aber seit Tagen hockt sie mit Onkel Frank und Jake in diesem verdammten Hotelzimmer, und keiner von ihnen will über den Mord an Dad reden. Natalie hat es so satt, dass man ihr ständig sagt, sie soll sich hinsetzen und den Mund halten. Sie will, dass es endlich aufhört.

»Wissen Sie, ob mein Dad … Hatte er vor jemandem Angst?«

Hannah wirkt verwirrt. »Warum fragst du das?«

»Ich habe die Projektmanagerin auf seiner Baustelle getroffen. Sie hat mir erzählt, er hätte sich vor etwas gefürchtet.«

»Hat er ihr erzählt, vor wem oder was?«

»Nein. Aber ich will unbedingt noch mit denen reden, mit denen er zusammengearbeitet hat. Jemand könnte mehr wissen. Lilja … das ist die Projektmanagerin, hat gesagt, die Polizisten hätten sie überhaupt nicht ernst genommen. Vielleicht haben sie ja noch mehr übersehen. Sie sind überzeugt, dass es ein Raubüberfall war, nur weil sein blöder Laptop fehlt! Und mein Onkel war stocksauer, weil ich kurz mal rausgegangen und spazieren gegangen bin. Er sagt, ich soll mich raushalten, und genau das tut er auch. Vor allem wegen des ganzen Theaters da draußen …« Natalie macht eine Geste, die verrät, dass sie auf die Fanatiker, die Durchgeknallten und Hassprediger vor dem Hotel anspielt.

Hannah setzt sich neben sie auf die Stufe. »Was würdest du machen, wenn du rauskönntest?«

»Ich würde zu Dads Arbeitsplatz gehen. Mit allen reden. Herausfinden, was mit ihm los war. Er *muss* doch irgendwas zu *irgendwem* gesagt haben, wenn Lilja recht hat.«

»Ich könnte das machen ... mich für dich umhören, meine ich.«

»Warum sollten Sie das tun?« Natalies Stimme klingt schärfer als beabsichtigt.

»Es liegt ganz bei dir.« Hannah hob die Hände. »Ich werde nichts tun, solange du es nicht willst.«

Wieder zögert Natalie. Onkel Frank und Jake werden ausrasten, wenn sie davon erfahren. Sie hat keine Ahnung, wer diese Frau ist. Andererseits kann diese Hannah Potter vielleicht etwas Nützliches in Erfahrung bringen.

»Also gut«, entscheidet Natalie. »Bitte. Und dann kommen Sie wieder und erzählen mir alles.«

Catherine

Vertrauen

Eigentlich hat es mich nicht überrascht, wie leicht es war, sich Zugang zum Hotel zu erkaufen. Auch nicht, dass ich ohne großen Aufwand von Natalies »heimlichen« Ausflügen ins Treppenhaus erfahren habe. Nyura hat sich dank meiner Bezahlung als recht auskunftsfreudig entpuppt.

Ich fühle mit Natalie, dieser zerbrechlichen jungen Frau, die im Mittelpunkt der Tragödie steht. Gott allein weiß, was sie im Internet über sich und ihre Familie lesen musste, wie sie die Ungeheuerlichkeit ihres Verlusts erträgt. Aber obwohl ich meine Herangehensweise genau kalkuliert habe, frage ich mich immer noch, wie ich so leicht ihr Vertrauen gewinnen konnte.

Vielleicht hat sie mich aus purem Frust ins Vertrauen gezogen; weil sie gerade erst angefangen hatte nachzuforschen, nur um gleich darauf von ihrem Onkel in diesem Hotelzimmer eingesperrt zu werden.

Oder versucht sie, mich auf ihre Art zu manipulieren? Glaubt Natalie, sie benutzt die arme, trauernde Witwe »Hannah« für ihre eigenen Zwecke? Ich muss vorsichtig sein. Etwas sagt mir, dass da irgendwas ist, das ich noch nicht sehe. Ich fürchte, aufgrund meiner

Schuldgefühle könnte mir die Objektivität abhandenkommen.

Meine Antennen sind auf Empfang eingestellt. Was erzählt mir ihre Bereitschaft, sich einer Fremden anzuvertrauen? Was kann ich bei unserer nächsten Begegnung zu meinem Vorteil nutzen?

Sollten meine Manipulationsversuche ein ungutes Gefühl in Ihnen heraufbeschwören, denken Sie daran, dass ich hehre Ziele verfolge.

Ich schüttele meine Bedenken ab. Dank Natalies Offenheit habe ich nützliche Informationen erhalten, mit denen ich nicht gerechnet hatte. Unmittelbar vor seinem Tod hatte Brian Burrows vor etwas Angst. Das ist eine erste Spur. Ein Anfang. Ich muss sofort mit Brians Mitarbeitern reden.

Teil 4

Der Ursprung

Es gibt so viele Geschichten.

Dies ist nur eine von ihnen.

Geschichten verändern sich mit jedem Erzählen, die Zeit schleift ihre Ecken und Kanten.

Gehen wir trotzdem ein Stück in der Zeit zurück.

Frank

Seit 23 Tagen vermisst

Frank faltete die letzten Wäschestücke und stapelte die ordentlichen Berge in einen Korb, um sie nach oben zu tragen. Er vermisste seine Mädchen, aber er war auch froh, dass sie wieder nach Hause gefahren waren. Dieses Haus war kein guter Ort für sie.

Brian schlief kaum, schlüpfte jeden Morgen bei Sonnenaufgang aus dem Haus und machte einen langen Spaziergang. Er müsse allein sein, um die Anspannung loszuwerden. Um nachzudenken.

Wenn die Welt allmählich erwachte, kam Brian zurück, kochte Kaffee, setzte sich an die Frühstückstheke und trank dann eine Tasse nach der anderen, schwarz, während er die Druckausgabe der *New York Times* studierte, die täglich geliefert wurde.

Jeden Morgen um Punkt neun rief er den ermittelnden Beamten an, den Rest des Tages forschte er im Internet. Er suchte nach Geschichten über vermisste Frauen, beleuchtete jeden einzelnen Fall im Detail, als ließen sich daraus irgendwelche Rückschlüsse auf das Verschwinden seiner eigenen Frau ziehen. Er stürzte sich geradezu auf Berichte über Leute, die irgendeiner kranken Obsession nachhingen. Eine Zeit lang war er völlig fixiert auf die Meldungen über eine Sekte namens »The Farm«, die Vätern Unterschlupf bot, die ihre eigenen Kinder entführt hatten; schließlich hatte das FBI dem Treiben dort ein Ende gemacht.

Im Büro rief Brian nicht an. Der Barcelona-Auftrag war angesichts der Ereignisse erst einmal auf Eis gelegt.

Jake kam und ging, wie es ihm gerade in den Kram passte. Er hatte immer noch ein paar enge Freunde in der Nachbarschaft. Das behauptete er zumindest. Ob er sich tatsächlich mit ihnen traf oder nicht, konnte Frank nicht sagen. Jake war achtzehn und hatte einen Führerschein, deshalb konnten sie ihn im Haus nicht einsperren. Und angesichts der ständigen Spannungen zwischen Jake und Brian hielt Frank es für das Beste, wenn der Junge rauskam, Zeit für sich allein hatte und in Ruhe nachdenken konnte.

Natalie meinte, sie würde viel schlafen, was durchaus möglich war. Oder sie verschanzte sich einfach. Als typischer Vorstadt-Teenager der oberen Mittelschicht hatte sie ein Zimmer, das mit Satellitenfernsehen und einem Internet-Soundsystem ausgestattet war, ein iPhone, einen Laptop und ein eigenes Badezimmer.

Doch nun wollte sie auch noch ihre Mahlzeiten in ihrem Zimmer einnehmen. Frank war unentschlossen. Sollte er ablehnen? Darauf bestehen, dass sie herunterkam?

Brian hatte ihn nur mit leerem Blick angestarrt.

Frank hatte Sonderurlaub genommen und war darauf vorbereitet, so lange zu bleiben, wie er gebraucht wurde – ein weiterer Punkt auf Dellas endloser Beschwerdeliste. Aber hier hatte er wenigstens eine Aufgabe; eine, die weit darüber hinausging, sich um den Haushalt zu kümmern. Er wurde gebraucht, und zwar in einer völlig anderen Art und Weise, als Della ihn brauchte – für sie war er nichts als ein Esel, der Geld schiss. Hier hingegen sorgte er dafür, dass sie ihr Leben weiterlebten, bei der Stange blieben. Brian, Jake und Natalie.

Frank hatte sogar vorgeschlagen, dass Natalie ihre Kunst benutzte, um ihre Gefühle zu verarbeiten. Gestern, nachdem Della und die Zwillinge abgereist waren, hatte er sie mit dem Versprechen, ihr ein neues Skizzenbuch zu kaufen, aus dem Haus gelockt. Er hatte ihr gleich mehrere gekauft, dazu Kohlestifte, Pastellkreide, Bleistifte und Aquarellfarben.

Er trug den Wäschekorb nach oben. Jake war ohne ein Wort nach dem Abendessen verschwunden. Brian hockte an der Frühstückstheke, das blaue Licht seines Laptops erhellte sein abgespanntes Gesicht.

Ein leises Wimmern drang an Franks Ohren, als er die Treppe hinaufging. Es hörte sich fast an wie ein Katzenbaby. Er folgte dem Geräusch zu Natalies Zimmertür, stellte den Korb ab und klopfte leise.

»Nat, alles in Ordnung?«

Zu seiner Überraschung wurde die Tür sofort aufgerissen, als hätte sie auf ihn gewartet. Ihre Augen waren gerötet, die Wangen fleckig. Sie trat zu ihrem Bett und kroch unter die Decke.

Frank schob die Seidenbänder mit Blumenmuster beiseite, die vom Baldachin hingen, und setzte sich neben sie.

»Rede mit mir, Süße.«

»Ich weiß etwas über Mom …«, flüsterte Natalie.

Frank gefror das Blut in den Adern.

Dreiundzwanzig Tage, und jetzt *macht sie plötzlich den Mund auf?* »Was weißt du, Nat?«, fragte er leise.

»Ich habe Angst, es dir zu erzählen.«

»Natalie, wenn du irgendwas weißt, das mit dem Verschwinden deiner Mutter zu tun hat, musst du es sagen.«

»Ich weiß nicht, was ich tun soll«, flüsterte Natalie.

»Erzähl es mir. Ich werde dir dabei helfen.«

Sie wischte sich die Tränen ab, zog ein Taschentuch aus der Schachtel auf ihrem Bett und putzte sich die Nase.

»Da war ein Mann. Er war ihr … keine Ahnung … ihr Liebhaber? Dad weiß nichts davon.«

Frank spürte, wie ihm Röte in die Wangen stieg. »Wie kommst du darauf?«

»Ich habe die Nachrichten gesehen! Auf ihrem Handy. Zwischen ihr und so einem Arschloch namens Will C.«

»Bist du sicher, dass er nicht nur ein Freund war?«

»Ich bin nicht blöd!«

»Das weiß ich.«

»Da ist noch mehr. Ich habe Moms Handy.«

»Was?« Bestimmt hatte er sich verhört.

»Ich habe ein paar Nachrichten gesehen. Ich wollte es wissen. Ich habe Moms Handy an dem Tag genommen, als sie …«

Natalie schob die Hand unter die Matratze und zog das Handy hervor.

»Ich habe es ausgeschaltet, damit man es nicht, du weißt schon, zurückverfolgen kann. Ich hatte so ein schlechtes Gewissen, weil ich es genommen hatte. Und schreckliche Angst, dass Dad das über Mom und den Kerl rausgefunden hat, und je länger es dauerte, umso unsicherer wurde ich. Ich hatte keine Ahnung, was ich tun sollte.«

Natalie kroch in eine Ecke des Betts, schlang die Arme um die Knie und begann, an der Seite ihres Daumennagels zu kauen.

»Wir müssen es deinem Vater erzählen«, sagte Frank ernst.

»Das wird ihn umbringen!«

»Und der Polizei auch.«

»Kriege ich jetzt Ärger?« Sie sah ihn ängstlich an.

»Es wäre besser gewesen, wenn du uns das schon früher erzählt hättest, Nat …«

»Aber wir können es doch wieder in Ordnung bringen, oder?«, unterbrach Natalie ihn. »Ich meine, Mom hatte doch ihr Handy nicht bei sich, deshalb hätten wir es sowieso nicht benutzen können, um sie zu finden.«

Frank blutete das Herz. Das arme Kind hatte die ganze Zeit unter der Heimlichtuerei gelitten. Sie hatte versucht, ihren Vater zu beschützen, ihre Mutter, ihre

Familie. »Ich sage einfach, ich hätte gerade das Handy gefunden. In der Wäschekammer.«

»Das würdest du für mich tun?«

»Selbstverständlich.«

Welchen Unterschied macht das jetzt noch? Was passiert ist, ist passiert.

Frank nahm das Telefon mit nach unten in die Wäschekammer. »Fand« es. Lud es auf und »stellte fest, dass es Mallorys war«. Dann ging er nach oben und erzählte Brian von seiner Entdeckung.

Frank übergab Brian das Handy und beobachtete ihn, während er ihre Textnachrichten las. Frank wusste, was er dort sehen würde; er hatte sie selbst bereits gelesen. Will C.s Austausch mit Mallory spiegelte eine Intimität wider, die nicht erst seit gestern bestand. Kosenamen. Insiderwitze.

Brian legte das Handy beiseite. »Weißt du, was das Schlimmste ist?« Die Erinnerung umwölkte seine Augen. »Ich bin nicht mal überrascht. Vielleicht habe ich es versaut. Vielleicht hat sie nie wirklich mir gehört. Ich weiß es nicht mehr.«

»Es tut mir so leid.« Die Tiefe von Brians Schmerz hinterließ bei Frank ein hohles Gefühl der Nutzlosigkeit.

»Ich sollte Detective Benson anrufen.«

Brian und Frank wussten beide, was dieser Anruf auslösen würde.

Die Presse hatte endlich von ihnen abgelassen, um sich auf frischeres Fleisch zu stürzen. Doch jetzt gab es einen neuen, größeren Skandal, der die Anschuldigungen und Verdächtigungen wieder aufflammen lassen würde. Und sie würden noch tiefer in ihrem Privatleben wühlen.

Neue Wunden schlagen, alte infizieren.

Mit anderen Worten: die nächste Runde in der Hölle.

Natalie

Seit fünfunddreißig Tagen vermisst

Natalie hatte ihn in den Nachrichten gesehen; er hatte die Hände erhoben, um sein Gesicht vor der Meute der Reporter zu schützen, die ihm Fragen zuriefen, als er aus seinem hübschen Ziegelsteinhaus im Kolonialstil kam.

Will Crane. Einundvierzig Jahre alt. Lebte seit sechs Jahren von seiner Frau getrennt. Keine Kinder. Natalie erinnerte sich an ihre erste Begegnung, als sie letzten Dezember bei ihm einen Weihnachtsbaum gekauft hatten. Crane hatte ihnen geholfen, ihn auf dem Dach von Moms SUV festzuzurren.

Natalie musste ihn von Angesicht zu Angesicht sehen, musste einen *richtigen* Blick auf ihn werfen, auf sein Gesicht, in seine Augen. Um den Mann aus der Baumschule mit dem freundlichen Lächeln und den überschwänglichen Weihnachtswünschen mit *diesem* Monster, das ihre Welt zerstört hatte, unter einen Hut zu bringen.

In der Morgendämmerung verschanzte Natalie sich in dem Gebüsch, das Will Cranes Garten von dem seines Nachbarn trennte.

Die Spitze ihres Sneakers grub sich in die frisch aufgelockerte Erde unter dem Busch.

Den Boden für den Frühling auflockern, dachte sie, eine Formulierung, die sie häufig von ihrer Mutter gehört hatte, wenn sie vor einem Blumenbeet hockte, strahlend und bester Laune nach einem Vormittag im Garten.

Das Wohnviertel war ruhig. Eine einzelne Lampe brannte über Cranes Haustür, ansonsten war das Haus dunkel und verschlossen. Zwei Ü-Wagen von lokalen Nachrichtensendern parkten auf der anderen Straßenseite, ihre Satelliten in den Himmel geneigt wie die halb geknickten Ohren eines dösenden Hunds.

Verdammt, Mom. Vielleicht hatte sie so gestrahlt, weil sie gerade von einem Schäferstündchen mit ihrem Liebhaber kam, und nicht, weil es ihr Spaß machte, die Erde umzugraben und die bunten Knospen zu betrachten.

Mallory hatte es nie leiden können, wenn Natalie Geheimnisse vor ihr gehabt hatte. *Wem schreibst du da? Leg das Handy weg! Nicht beim Abendessen! Kannst du mir bitte zuhören, wenn ich mit dir rede? Was verbirgst du vor mir?*

Vielleicht einen Plan, wie sie Wodka zum Abschlussball einschmuggeln sollte? Das war die schlimmste von Natalies Sünden. Im Vergleich zu ihrer Mutter kam sie sich wie die Tugendhaftigkeit auf zwei Beinen vor.

Ehebrecherin. Hure. Schlampe. Billiges Flittchen. Luder. *Nutte.*

Vielleicht ficke ich ihn ja. Ich steige mit Will C. in die Kiste, dachte sie boshaft. *Der werde ich es zeigen!*

Als ob sie das jemals könnte! Als ob er sie wollte!

Eine Lincoln-Limousine fuhr vor Cranes Haus vor, aus der ein rotgesichtiger Mann in einem marineblauen Anzug und gestreifter Seidenkrawatte ausstieg. Er trat zur Tür und klingelte. Sekunden später wurde er hereingelassen. Wie auf ein geheimes Signal hin trafen weitere Fahrzeuge ein. Reporter steckten auf dem Bürgersteig ihr Revier ab, checkten die Batterien ihrer Mikros, brachten sich in Position. Natalie ging auf, dass sie tatsächlich herbeigerufen worden waren.

Der Mann in dem marineblauen Anzug öffnete die Tür. Blitzlichtgewitter, Kameras surrten. Seine Stimme war dünn und unerwartet schrill. »Mein Mandant William Crane wird jetzt eine kurze Erklärung verlesen, darüber hinaus zum jetzigen Zeitpunkt jedoch keine Fragen beantworten oder weitere Kommentare abgeben.«

Die Neugier und Anspannung waren förmlich mit Händen greifbar, mischten sich mit dem Anflug von ohnmächtiger Angst.

Der Anwalt nickte in den dunklen Hausflur, und da war er. Natalies Opfer, Will Crane: groß, dunkles Haar mit einzelnen grauen Strähnen, kräftige, ineinander verkrallte Hände. Seine Stimme jedoch klang aufrichtig und klar. »Ich würde gerne etwas richtigstellen in Bezug auf Mallory Burrows.«

Der Name ihrer Mutter kam mit müheloser Vertrautheit über Cranes Lippen. Natalie hatte nicht gewusst, was sie erwartet hatte … *das* jedenfalls nicht.

»Mallory und ich sind uns vor etwas mehr als einem Jahr begegnet. Wir wurden Freunde. Ich werde das Ausmaß unserer Beziehung nicht weiter kommentieren.«

Was für ein edler Ritter, dachte Natalie höhnisch. *Wie charmant und diskret – Mallory erst vögeln und dann nicht darüber reden wollen.*

»Ich habe absolut nichts mit ihrem Verschwinden zu tun, kooperiere jedoch voll und ganz mit den Ermittlungsbehörden. Die Polizei wird Ihnen das bestätigen.«

Glaubt mir, flehten seine Augen und huschten von einem Zuhörer zum nächsten. *Glaubt mir.*

Für den Bruchteil einer Sekunde war Natalie sicher, dass er ihr direkt ins Gesicht sah. Sie zog sich tiefer in ihr Versteck zurück.

»Ich bete für Mallorys sichere Heimkehr. Und ich bitte darum, dass jeder, der irgendwas über sie weiß … wo sie ist … wie es ihr geht …« Cranes Stimme bricht. »Ich liebe Mallory, ihre Kinder lieben sie. Wir wollen, dass sie nach Hause kommt. Bitte helfen Sie uns, wenn Sie können.«

Natalie wich zurück. Es war seine beiläufige Liebeserklärung, die Andeutung, dass er *alles* über sie oder Jake wusste, indem er so redete, als wäre *er* Mallorys Familie, bei der Jake und sie nur eine untergeordnete Rolle spielten, die glücklichen Kinder aus einem früheren Kapitel ihres Lebens, während ihr Vater einfach verschwand, wie bei einem billigen Zaubertrick.

Jake

Seit einundneunzig Tagen vermisst

Wie konnte eine Frau einfach verschwinden?

Jake wanderte durch das Haus, suchte nach Spuren seiner Mutter, nach irgendwelchen Hinweisen. Dabei hatte es keinerlei Ähnlichkeit mehr mit ihrem Haus. Überall standen Kartons herum, stapelweise Sachen für Goodwill, große schwarze Mülltüten, die entsorgt werden würden.

Dad hatte all das beschlossen; hatte es lediglich verkündet, ohne mit ihnen darüber zu reden. Sie verkauften das Haus und zogen nach Manhattan. Einfach so. Keine Diskussion. Und heute fand der Umzug statt.

Jake starrte auf die hellgelben Quadrate und Rechtecke an der von der Sonne ausgebleichten Wand im Flur, wo erst kürzlich die letzten gerahmten Familienfotos abgenommen und vorsichtig in Luftpolsterfolie verpackt worden waren. Er versuchte sich zu erinnern, wo seine Lieblingsfotos gehangen hatten, hatte es aber schon jetzt vergessen.

Überall dort, wo Möbel zur Seite gerückt, Gegenstände abgenommen und verpackt worden waren, hatten sich die Abnutzungserscheinungen gezeigt, waren Münzgeld, alte Rechnungen und Ticketschnipsel zum

Vorschein gekommen, ebenso wie die verblassten Spuren der Edding-Stifte, mit denen Natalie die Wände angemalt hatte; ein lange vermisster Saphir-Ohrring von Mallory mit leuchtendem Stein, den Jake sich in die Tasche gesteckt hatte. Und Erinnerungen. Millionen von Erinnerungen.

Jake fuhr mit dem Finger über den leeren Kaminsims im Esszimmer und wischte hastig den grauen Staubfilm an seiner Jeans ab.

Er hatte damit gerechnet, dass er traurig sein würde, doch vor allem fühlte er sich schuldig. Er wusste, wie gering die Wahrscheinlichkeit war, dass Mom zurückkommen würde. Trotzdem fühlte es sich an, als würden sie alle sie verlassen. Als könnte sie jederzeit wiederkommen, nur um ihr Haus leer vorzufinden, ihre Familie fort, und daraus folgern, dass sie sie niemals geliebt hatten.

»Bye, Mom«, flüsterte Jake.

Ihr neues Heim bestand aus zwei zusammengelegten Apartments aus der Vorkriegszeit an der Upper West Side – für Manhattaner Verhältnisse geradezu ein Palast, für jemanden, der in Westport groß geworden war, winzig. Jakes Zimmer befand sich am einen Ende mit einem separaten Eingang, allerdings würde er nur bleiben, bis das Semester wieder anfing und er ins Wohnheim downtown zurückkehrte.

Die Umzugshelfer luden die Möbel und Berge von Kartons ein. Brian bestellte Pizza für alle. Der Typ vom Kabelfernsehen tauchte wie durch ein Wunder im versprochenen Zeitfenster auf. Alle notwendigen Schritte, mit denen Jakes altes Leben ausradiert und wie beim Malen nach Zahlen durch ein neues ersetzt wurde, erfolgten in der richtigen Reihenfolge.

Als sie abends bei einem völlig versalzenen Essen vom chinesischen Lieferservice saßen, tat Brian so, als wäre dieser Umzug ein Riesenabenteuer. Als würde sich alles wieder *normalisieren*.

Aber während Natalie ihr Moo Shu lobte und Brian sich sein Hühnchen mit Brokkoli in den Mund schaufelte, stocherte Jake in seinem gebratenen Reis mit Schweinefleisch herum. Mallorys Geist schien immer noch bei ihnen zu sein. Wie konnte es je anders sein?

Jake zog sich in sein Zimmer zurück, schob die unausgepackten Kartons beiseite und setzte sich mit seinem Laptop auf die nackte Matratze. Wie sollte er das hier überleben, bis das College wieder losging? Es war schier unerträglich, auch nur in der Nähe seines Vaters zu sein. Er hasste es, an Will Crane zu denken; allein bei der Vorstellung, dass seine Mutter eine Affäre gehabt haben könnte, kam ihm die Galle hoch. Er hasste es, sich wegen Natalie Sorgen zu machen. Er hasste es, hier zu sein, in diesem Apartment. Er hasste absolut alles.

Jake ging die Fotos auf seinem Computer durch: Familiengeburtstage und Urlaube – Kauai, Vermont, St. Croix, Griechenland. Natalie, die eine Grimasse schnitt. Mom, die trotz des bedrückten Ausdrucks in den Augen lächelte, während Brian, großspurig und selbstbewusst wie immer, besitzergreifend einen Arm um ihre Schultern legte.

Jake vergrößerte ein Foto seines Vaters und starrte in die Tiefen seines eingefangenen Blicks. Brians Zorn kam selten zum Vorschein, doch wenn, dann war er gewaltig. O ja, das hatte Jake am eigenen Leib erfahren. Er würde nie den Abend vergessen, an dem sein Vater ihm eins aufs Maul gegeben hatte, bloß weil er sich auf die Seite seiner Mutter schlug, genauer gesagt auf die Seite der *Familie*. Jake konnte sehen, wie Brian vor Eifersucht explodierte und es an Mallory ausließ, bevor sie auch nur Gelegenheit hatte, sich zu verteidigen.

Wenn Brian es gewesen war, würde er ihn umbringen, schwor er sich.

Frank

Seit 96 Tagen vermisst

Drei Wochen lang hatte Frank auf dem Boot der Burrows' gewohnt, das im Jachtklub am Saugatuck-Hafen lag.

Bei seiner Rückkehr nach Hause hatte Della ihm die Scheidungspapiere vorgelegt. Sie hatte außerdem die Schlösser an den Türen des gemeinsamen Hauses ausgetauscht und ihr Gemeinschaftskonto leer geräumt. Ihm war es genau ein Mal gestattet gewesen, die Zwillinge zu sehen, seit er zurück war, wobei Della ihre Erlaubnis beinhart als Druckmittel benutzte, um ihre geradezu obszönen Forderungen an ihn durchzusetzen.

Die Scheidung von Della machte ihm nichts aus; ihre Beziehung war schon lange vorbei. Aber die Mädchen. Mädchen brauchten ihren Vater. Und er brauchte sie.

Eine Vielzahl von Erinnerungen stürmte auf ihn ein. Er spürte, wie das Boot auf dem Wasser schaukelte, lauschte dem Ächzen von Tauen, dem Knarzen und Knirschen von Holz und Metall.

Er wusste noch, wie Brian das erste Mal Mallory mit nach Hause gebracht hatte, damit sie die Familie kennenlernte. Es war ein langes Wochenende über den 4. Juli, und in Mystic, Connecticut, herrschte der übliche patriotische Feiertagstrubel, mit Wimpeln und Flaggen und der Parade auf der Main Street. Mallory war hin und weg von der Art, wie die Leute hier den Unabhängigkeitstag begingen: mit Rasenbowling und nachgespielten Bürgerkriegsszenen, Bootsrennen auf dem Mystic River, einem Buchstabierwettbewerb für die Kinder wie in guten alten Zeiten.

Natürlich waren auch sie mit dem Boot rausgefahren, hatten ein Picknick gemacht, das Mom zusammengepackt hatte, und sich bei ein paar Bierchen vom Deck aus das Feuerwerk angesehen. Dad und Mom waren restlos von Mallory begeistert, das konnte jeder sehen; außerdem: Wann waren sie einmal nicht mit den Entscheidungen ihres Goldjungen Brian einverstanden?

Aber Frank musste zugeben, dass auch er ihrem Charme erlag. Sie war bildschön. Und sie behauptete sich Brian gegenüber, lag ihm nicht schmachtend zu Füßen, wie viele seiner früheren Freundinnen es getan hatten. Und sie zeigte aufrichtiges Interesse an Frank, fragte ihn allerlei Dinge und, was noch viel wichtiger war, hörte sich auch aufmerksam seine Antworten an.

Frank holte eine Flasche Bourbon aus einem Schrank und nahm einen großen Schluck. Die bernsteinfarbene Flüssigkeit brannte in seiner Kehle.

Er trauerte um Mallory, litt unter dem Schmerz mit, der seinen Bruder, seine Nichte und seinen Neffen im Würgegriff hielt. Er sehnte sich nach seinen Töchtern.

Er trauerte um verlorene Chancen, geschlossene Türen, getroffene Entscheidungen.

Er fragte sich, ob einer von ihnen jemals wieder glücklich sein würde.

Natalie

Seit 101 Tagen vermisst

Niemand würde jemals auch nur einen der vielen Gegenstände in der angeschlagenen Holzkiste als echten Schatz betrachten, für Natalie hingegen war jeder einzelne ein Heiligtum.

Sie zog sie aus dem Versteck ganz hinten in ihrem Wandschrank. Das polierte Holz war zerschrammt, die Messingbeschläge und das kleine Schloss angelaufen und zerkratzt. Sie schob den Schlüssel hinein und spürte Vorfreude in sich aufkeimen, als der Mechanismus den Schlüssel fasste und es aufsprang.

Sie hob den Deckel an und ließ den Blick über ihre Schätze schweifen: Mallorys Lieblingslippenstift, ein dunkles, rosiges Pink. Ein aus einem bildschönen dunkelblauen Lapislazuli gefertigtes Herz. Skizzenbücher, jedes einzelne datiert und sorgfältig beschriftet. Eine Urkunde, die Natalie als Erstplatzierte beim Buchstabierwettbewerb in der Mittelschule auswies. Eine bunte Menehune-Figur von einem Familien-Winterurlaub in Kauai. Ein halb gerauchter Joint, den sie vorsichtig in das Faltblatt mit dem Programm vom Kabarettabend ihrer Highschool gelegt hatte (eine Erinnerung an jenen magischen Abend, als Adam Nash sie zwischen den Vorführungen hinter die Turnhalle abgeschleppt, high gemacht und dann geküsst hatte).

Der Kabarettabend. Die letzte tolle Erinnerung ihres ganzen Lebens, dachte sie verbittert. Der letzte verheißungsvolle Abend, *bevor* …

Adam Nash hatte den Blick abgewandt und sie einfach stehen lassen, als er sie *danach* wiedersah. Und wer konnte es ihm verdenken? Schließlich war ja nichts zwischen ihnen gelaufen. Es war nur ein Kuss gewesen.

Natalie spielte mit der Menehune mit dem langen braunen Haar, dem neongrünen Blätterröckchen, dem hellgelben Stirnband und der Krone aus Blumen auf dem Kopf. Die Menehune waren so etwas wie die Kobolde Hawaiis, hatte man ihnen während ihres Traumurlaubs erzählt. Auf der Reise hatten sie viel gelacht, waren liebevoll miteinander umgegangen, eine heile Familie.

Sie hatten in einem süßen Häuschen am nördlichen Ende der Insel gewohnt, mit einem spektakulären Blick auf den Ozean und einer offenen Veranda, auf der sie die Mahlzeiten einnahmen. Sie hatten Spiele gespielt, DVDs geschaut, *viel* gelacht. Sie hatten Wanderungen und Trips mit dem Kajak unternommen, hatten frischen Langflossenthunfisch gegrillt, Salsa aus gehackter Ananas gegessen und mit dem Mixer Slush-Eis mit tropischen Früchten gemacht.

Und dann war da die Qualle gewesen.

Dad hatte einen Boots- und Schnorchelausflug an der wunderschönen Na-Pali-Küste gebucht. Sie waren mit ihrem Katamaran in eine kleine Bucht gesegelt und hatten dort Anker geworfen. Ausgestattet mit Taucherbrille, Schwimmflossen und Schnorchel war Natalie eine der Ersten, die in das türkisfarbene Wasser eintauchte.

Im Ozean herrschte vollkommene Stille bis auf das Fauchen ihres Atems durch den Schnorchel. Winzige gelbe Fische flitzten vor ihr hin und her, ein großer Plattfisch in leuchtendem Blau schwebte vor ihrer Nase vorbei. Sie sah lange, dünne Fische mit orangeweißen Streifen. Eine Meeresschildkröte, so groß wie ihr Oberkörper.

In ihrer Begeisterung hob Natalie den Kopf, um ihre Familie an ihren Eindrücken teilhaben zu lassen. Stimmen strömten auf sie ein. Kreischende Kinder, das Lachen ihrer Mutter. Mallory war immer noch auf dem Boot. Sie hatte den Kopf in den Nacken geworfen, während eines der Crewmitglieder, ein Typ mit tätowierten Armen und blondem Wuschelkopf, ihr Bein in seiner schwieligen Hand hielt, um ihr die unhandlichen Schwimmflossen anzuziehen. Seine Hand lag eindeutig viel zu weit oben an ihrem Schenkel. »Mom, eine Meeresschildkröte!«, rief Natalie, doch Mallory hatte sie nicht gehört. Enttäuscht tauchte Natalie wieder unter Wasser.

Der stechende Schmerz war verblüffend heftig. Er kam völlig unerwartet, bohrte sich durch ihre rechte Schulter. Reflexartig schlug sie mit der Linken danach und zog etwas von der Schulter, das wie klebrige blaue

Fäden aussah. Sie tauchte auf und schrie vor Schmerzen.

»Das ist nur ein Quallenschwarm«, rief der tätowierte Kerl. »Schwimm weg!«

Doch Natalie hatte völlig die Orientierung verloren und schwamm geradewegs in den Schwarm hinein. Sie waren überall, trafen ihre rechte Wange, ihre Nase, ihren Hals, ihre Schulterblätter, ihre linke Achselhöhle. Der Schmerz war grauenvoll, aber auch irgendwie aufregend. Natalie hatte sich noch nie so lebendig gefühlt.

Sie zogen sie an Bord des Boots, spritzten sie mit kaltem Wasser ab und trugen eine Salbe auf, um den Schmerz zu lindern, während sie Witze darüber rissen, dass es am schnellsten besser werden würde, wenn sie auf sie pinkelten. Mom wickelte ein Handtuch um sie, hielt sie in ihren Armen, strich ihr übers Haar und murmelte tröstliche Beschwichtigungen.

Natalie saß in ihrem neuen Zimmer in einem Apartment, von dem sie sicher war, dass es sich nie wie ihr Zuhause anfühlen würde, fuhr mit der Handfläche über ihre Haut und verfolgte unbewusst die Spur, die die widerlichen Biester ihr an jenem Tag im Paradies in die Haut gebrannt hatten.

Würde sie je aufhören, ihre Mutter zu vermissen?

Sie hörte das Telefon läuten. Die Stimme ihres Dads, als er sich meldete.

Es war Detective Benson.

Natalie verschloss ihre Schatzkiste und schob sie zurück in das Versteck. Sie schlich in den Flur. Spähte in die Küche. Ihr Vater grunzte ein paar Antworten und Fragen ins Telefon, dann legte er auf. Seine Miene war gequält.

»Was ist los, Daddy?«

Ein Brief sei auf dem Revier eingegangen, erwiderte er tonlos. An die zuständigen Ermittler im Fall Burrows adressiert. Der Verfasser behauptete, er sei für den Tod von Mallory Burrows verantwortlich. Er verhöhnte die Cops, erklärte, er sei längst über alle Berge und dass sie ihn nie im Leben erwischen würden. Der Brief war getippt und trug Will Cranes Unterschrift. Er habe Mallory ermordet, weil sie ihn verlassen wollte, weil sie ihre Familie statt ihres Liebhabers gewählt habe. Die Stimme ihres Vaters brach. Mallory hatte sich für sie entschieden. Und das hatte sie das Leben gekostet.

Crane hatte sich also abgesetzt. Das war die Formulierung, die Detective Benson verwendet hatte, sagte Daddy. »Abgesetzt.«

Natalie wollte schreien. Aber wenn sie damit erst anfing, konnte sie vielleicht nie wieder aufhören.

Teil 5

Annäherung

Wenn ich die Geschichte anders erzählen könnte …

Es wäre eine Geschichte voller Hoffnung und Glaube und mit glücklichem Ende.

In der die Liebe über alles siegt und das Gute gewinnt.

Schließlich können wir uns alle Lügen erzählen, die wir wollen.

Selbst dann, wenn sie uns am Ende einholen.

Catherine

Schlamm

Ich biege genau in dem Moment um die Ecke, als eine schlammverkrustete Beinprothese ans Ufer des Kanals gespült wird. Erschrocken mache ich einen Satz nach hinten, damit mich das brackige Wasser nicht trifft.

Arbeiter in Wathosen und neongelben Sicherheitsjacken ziehen Fahrräder und verrostete Motorräder aus dem Schlamm des zum Teil trockengelegten Wasserwegs. Weinflaschen und Plastikmüll, Verkehrshütchen und durchnässte Kleidung. Es ist widerlich, trotzdem kann ich nicht wegsehen. Die Flaschen und den Müll verstehe ich ja, aber wie und warum sind all die Fahrräder und Motorräder da unten gelandet? Das falsche Bein?

Ich bleibe stehen und beobachte die witzelnden Arbeiter. Einer zieht eine durchweichte aufblasbare Sexpuppe aus dem Morast, was für einen neuerlichen Heiterkeitsausbruch sorgt.

Der Canal Saint-Martin war einst Teil eines Viertels, das von der Arbeiterklasse bewohnt wurde, erlebt jedoch gerade einen Aufschwung und gilt als neues Szeneviertel. Apartmentgebäude, Restaurants und Bars sprießen wie Pilze in der Regensaison. Das Restaurant, dessen Umbau Brian Burrows überwacht hat, ist so ein Gewächs.

Der Umbau ist im vollen Gang; Brians Tod hat die Fortschritte ganz offensichtlich nicht aufgehalten. Das Gebäude, Teil eines stillgelegten alten Kraftwerks, wurde vollständig entkernt. Überall sieht man die bläulichen Flammen der Schweißgeräte; Beton wird gemischt und ausgekippt.

Ich suche nach der Projektmanagerin, Lilja Koskinen, und stelle mich ihr als Hannah Potter vor, eine Freundin der Burrows', was ja beinahe stimmt.

Liljas freundliches Gesicht verzerrt sich vor Schmerz, und sie lädt mich ein, mit ihr im Baustellenwohnwagen einen Kaffee zu trinken.

Ich folge ihr hinein. Sie deutet auf die beiden Klappstühle, die vor dem einzigen Metalltisch stehen. Ich setze mich, während sie den Helm abnimmt und aus der Warnjacke schlüpft. Sie bereitet den Kaffee zu: Eine French Press. Fein gemahlene Bohnen. Eine einzelne Kochplatte. Brühend heißes Wasser.

Sie drückt ihre Besorgnis über Natalie und Jake aus, die *»pauvres enfants«*. Ich nutze ihre Gesprächseröffnung und erkläre ihr, ich sei auf Natalies Bitte hier.

»Könnten Sie mir noch mal sagen, was genau Sie Natalie erzählt haben? Etwas darüber, dass ihr Vater Angst hatte? Ich bin sicher, das arme Mädchen hat das missverstanden, deshalb würde ich sie gern beruhigen.«

Lilja reicht mir einen Becher Kaffee und gießt sich

selbst einen ein, ehe sie sich setzt. Ich nehme einen Schluck. Der Kaffee ist bitter. Stark. Köstlich.

Ihre Geschichte stimmt mit der früheren Version überein, aber nicht so sehr, dass dadurch mein Verdacht erregt wird. Tatsächlich vermute ich, dass Lilja Koskinen ein Mensch ist, der normalerweise die Wahrheit sagt. Das ist ihre Art.

»Es war so ein kurzer Wortwechsel, und dann war Mr Burrows auch schon wieder weg. Vielleicht hätte ich …«

»Bitte machen Sie sich keine Vorwürfe«, unterbreche ich, als ich sehe, wie ein Schatten über ihre hellen Augen zieht. »Wir treffen jeden Tag Entscheidungen, gehen nach rechts, nach links, verpassen den Bus, nehmen einen Anruf entgegen … Wenn wir jede einzelne hinterfragen, verlieren wir den Verstand. Es gibt nichts, was Sie hätten anders machen können.«

Lilja bedenkt mich mit einem erleichterten Lächeln, doch dann steht sie abrupt auf. »Ich muss wieder an die Arbeit …«

Ich frage sie, ob es noch jemanden hier gibt, der vielleicht eine Ahnung hat, was Brian in den letzten Tagen seines Lebens widerfahren sein könnte; jemanden, der vielleicht weiß, was Brian solche Angst eingejagt hat. Lilja zögert. Sie sei froh, wenn *sie persönlich* etwas beitragen könne, aber seit dem Mord und nach all den Geschichten in der Zeitung … einige der Männer seien abergläubisch, und sie könnten sich bei dem Projekt keine weiteren Verzögerungen erlauben.

»Abergläubisch?« Ich kann meine Überraschung nicht verhehlen.

Lilja öffnet die Tür des Wohnwagens und zeigt nach draußen. Ich drehe mich gerade rechtzeitig um und sehe einen Funkenschauer, der in einem glitzernden Bogen vom Brenner eines Schweißers herabregnet.

»Es ist die Geschichte des Gebäudes«, erklärt Lilja. »Tunnel unter dem Kraftwerk wurden während des Zweiten Weltkriegs als Versteck für Pariser Juden benutzt. Das war besonders riskant, weil das Kraftwerk zwar von einheimischen Arbeitern geführt wurde, aber unter Aufsicht der Nazis stand.« Lilja atmete tief durch. »Aber kurz bevor die Stadt befreit wurde, hat jemand die versteckten Familien verraten. Männer, Frauen und Kinder – sie haben sie auf die Straße getrieben und erschossen, ihre Leichen ließ man als Warnung liegen.«

Mir stockt der Atem. Selbst nach allem, was ich gesehen und getan habe, entsetzt mich die Fähigkeit der Menschheit, sich wie Barbaren zu gebärden, immer wieder aufs Neue.

»Mitglieder der französischen Résistance schlugen zurück, indem sie eine Bombe im Gebäude deponierten«, fährt Lilja fort. »Die Explosion setzte das Kraftwerk außer Gefecht, tötete aber auch siebzehn Menschen.«

Die Trauer um die unschuldigen Toten hat mich verstummen lassen.

»Nach dem Krieg verfiel das Gebäude zusehends. Es war seit Jahrzehnten ein Paradies für Hausbesetzer.«

Aber die Neukonzeption und Renovierung seien jetzt, da dieses Viertel so beliebt war, unausweichlich gewesen, erklärt Lilja. Brians Konzeption des Klubs mit angeschlossenem Restaurant sei eine respektvolle, wenngleich wagemutige Hommage an die Geschichte des Gebäudes. Eine heftige Debatte in Politik und Presse habe die Bauarbeiten ohnehin bereits verzögert, durch die zusätzlichen Verzögerungen nach seinem Tod steckten sie nun in noch größeren Schwierigkeiten, erklärt sie.

»Einige unserer Männer glauben, die hässliche Vergangenheit sei irgendwie mit Brian Burrows' hässlichem Tod heute verknüpft. Es ist verdammt schwer, im Zeitplan zu bleiben. Ich weiß nicht, ob ich es mir leisten kann, wenn Sie noch mit anderen sprechen.« Lilja führt mich aus dem Wohnwagen.

»Ich weiß, dass Sie genauso besorgt um die beiden Kinder sind wie ich«, sage ich laut genug, dass sie mich über den Lärm hinweg verstehen kann. »Es ist so traurig. Vor allem Natalie.« Ich begegne Liljas Blick. »Ich würde *alles* tun, um ihr zu helfen.«

Lilja kaut auf ihrer Lippe. Dann bittet sie mich zu warten.

»Aber nicht hier auf der Baustelle«, sagt sie, als sie kurz danach wiederkommt, und drückt mir einen Zettel in die Hand. Schließlich geht es hier um die *pauvres enfants*.

Jake
Crane

Jake sitzt im Badezimmer der Suite auf dem Wannenrand und erläutert seinem Freund Rami über Skype seine Theorie. Jake vermisst Rami. Es ist ein wundervolles Gefühl, in seine ausdrucksvollen Augen zu blicken. Zu sehen, wie er konzentriert die Stirn runzelt, während er Jakes Ausführungen lauscht.

Plötzlich zerfällt Ramis Gesicht in digitalisierte Quadrate, und seine Stimme verblasst zu einem statischen Rauschen. Frustriert schlägt sich Jake mit den Fäusten auf die Oberschenkel. Er hat gerade erst richtig angefangen!

Dann klopft jemand an die Badezimmertür.

»Einen Moment noch!«, ruft er. Da Jake im Wohnzimmer der Suite schläft, ist das Badezimmer der einzige Raum, der so etwas wie Privatsphäre bietet.

»Ich muss pinkeln.« Es ist Natalie.

Auf dem Bildschirm versucht ein verpixelter Rami, Jake zu beruhigen. »Hör auf die Cops. Wenn sie sagen, es war ein Raubüberfall, dann war es das vermutlich. Die ganzen Spekulationen ... Du machst dich nur verrückt.«

Jake weiß das, aber er kann nicht anders.

»Jake!« Wütend hämmert Natalie an die geschlossene Tür.

Jake drückt die Spülung, obwohl er die Toilette nicht benutzt hat. Er verabschiedet sich von Rami, klappt seinen Laptop zu und tritt aus dem Badezimmer.

»Das wird aber auch Zeit«, schnaubt Natalie, als sie sich an ihm vorbeidrängelt und die Tür hinter sich zuknallt. Jake fragt sich, ob sie sich gleich wieder selbst verletzen wird. Noch etwas, das ihn verrückt macht.

Wenige Augenblicke später taucht Natalie wieder auf und zieht den Reißverschluss ihrer Jeans hoch.

»Warum hast du dich im Badezimmer versteckt? Mit wem hast du geredet?«

»Mit Rami.«

»Ist er jetzt dein Freund?«

Jake spürt, wie ihm die Röte ins Gesicht steigt. Er wendet sich ab und greift nach der Fernbedienung, um den Fernseher auszuschalten.

»Hey! Ich habe mir das gerade angesehen!«

»Und jetzt nicht mehr.«

»Du hast ja eine Laune.«

»Kann ich dich was fragen, Nat?«

»Wenn ich antworte, gibst du mir dann die Fernbedienung zurück?«

»Glaubst du, was mit Dad passiert ist, hängt … mit Mom zusammen?«

»Wie meinst du das?« Seine Schwester wird blass. »Glaubst du etwa, was diese ganzen Spinner sagen? Dass wir verflucht sind?«

»Natürlich nicht. Aber was, wenn Crane doch zurück ist …«

»Nein!«, ruft Natalie entsetzt und laut genug, dass Frank aus seinem Zimmer kommt.

»Was ist hier los?«

Jake legt einen Arm um Natalies schmale Schultern. Sie zittert. »Tut mir leid, Nat«, sagt er. »Ich wollte dich nicht aufregen.«

Er schiebt Natalie zum Sofa und drückt sie in die Polster.

»Was hast du zu ihr gesagt?«, zischt Frank ihm zu.

»Ich habe bloß angedeutet, dass dieser Mistkerl Crane etwas mit dem Mord an Dad zu tun haben könnte.«

»Warum um alles in der Welt sagst du das?«

Mit eindringlicher Stimme legt Jake die Argumente dar, die er gerade eben noch Rami vorgetragen hat. »Crane ist vor drei Jahren verschwunden; er könnte überall sein. Warum nicht in Paris? Vielleicht hat er Dad verfolgt? Oder vielleicht war Dad Crane auf der Spur? Hat versucht, ihn aus der Reserve zu locken …«

Unwillkürlich weicht Frank einen Schritt zurück. Seine Lippen verziehen sich voller – Wut? Abscheu? Jake kann es nicht sagen.

»Halt den Mund!« Die Stimme seines Onkels ist messerscharf. »Siehst du nicht, was du deiner Schwester damit antust?«

Nat kauert mit angezogenen Knien auf dem Sofa, als wollte sie sich ganz klein, unsichtbar, machen.

Jake bemerkt die Spur eines Blutergusses (oder ist es eine Brandverletzung?) auf der zarten Haut an der Innenseite ihres Handgelenks. Ihr linker Daumen schiebt sich unter dem Bündchen hervor und drückt rhythmisch immer wieder tief in die Wunde hinein. Ihr Blick ist ins Leere gerichtet, ihr Mund schlaff.

Jake sagt nichts.

Catherine

Curry

Lilja hat mir zwei Namen genannt: Ursine Fournier, die Sekretärin und Assistentin, die Brian für diesen Auftrag eingestellt hat, und Hank Scovell, ein junger Kollege aus Brians New Yorker Team, der jetzt für die Renovierung zuständig ist.

Scovell hält sich für ein paar Tage in den Staaten auf, sollte aber gegen Ende der Woche wieder hier sein.

Ursine Fournier ist genau dort, wo Lilja sie vermutet hat, nämlich in einem indischen Restaurant in der nahe gelegenen Rue de Lancry, wo sie ein grünes Curry isst und mit dem attraktiven Kellner flirtet. Ursine ist ein hübsches Mädchen Anfang zwanzig mit glänzenden dunklen Haaren und mandelförmigen Augen.

Ich stelle mich wieder als Hannah Potter vor, eine Freundin der Burrows', und erzähle Ursine, Lilja habe mir verraten, wo ich sie finde. Ich frage sie, ob ich mich für einen Moment zu ihr setzen und ihr ein paar Fragen über ihren früheren Chef stellen darf. »Hier geht es um einen Mord«, erklärt sie dem sexy Kellner wichtigtuerisch und bedeutet mir, ich solle mich setzen.

Ursine beantwortet meine Fragen bereitwillig. Sie hat von Anfang an für Brian bei diesem Projekt mitgearbeitet, war seine »Frau an der Basis hier in Paris«, während er anfangs noch zwischen Paris und New York pendelte.

Und, ja, sie mochte ihn *sehr*. Ihre Augen werden feucht. Er war ein richtig guter Chef, Monsieur Burrows. Fair, kommunikativ. Aber diesen Sommer war er irgendwie anders als sonst. Er wirkte besorgt, schien Mühe zu haben, sich zu konzentrieren, was ihn manchmal etwas reizbar machte.

Sie senkt die Stimme und gesteht mir, dass Hank Scovell nicht annähernd dasselbe Format hat wie Brian. Er neigt zu Wutausbrüchen. Düster stochert sie mit der Gabel in dem currygetränkten Reis auf ihrem Teller herum. Ich nehme mir vor, mehr über Hank Scovell in Erfahrung zu bringen.

Behutsam lenke ich sie zum Thema zurück. Brian. Was hat er ihr erzählt? Worüber hat er sich Sorgen gemacht?

»Ich weiß es nicht. Als ich ihn gefragt habe, meinte er, es sei etwas Persönliches. Aber er hat etwas von *Angst* gesagt. Das ist mir im Gedächtnis geblieben. Er war immer so lebhaft, so vital, deshalb konnte ich mir nicht vorstellen, dass er sich vor irgendetwas fürchtete. Oder vor jemandem.«

Ursine nickt bedächtig, als hätte sie soeben eine große, fundamentale Wahrheit ausgesprochen.

Mallory Burrows hatte Angst. Sie hatte sich an mich gewandt. Und ich hatte sie im Stich gelassen. Und ihr Ehemann? Auch er hatte Angst. Und jetzt ist auch er tot. Gab es zwischen diesen beiden Tragödien eine Verbindung? Wenn ich die erste verhindert hätte, wäre es mir gelungen, auch die zweite zu verhindern?

Die Gewürze des Currys steigen mir in die Nase, und plötzlich wird mir übel, ich bekomme keine Luft mehr. »*L'eau, s'il vous plaît*«, sage ich zu dem sexy Kellner.

Mit gierigen Schlucken kippe ich die kühle Flüssigkeit hinunter, sobald er sie auf den Tisch stellt. »Haben Sie eine Idee, wem Brian sich außer Ihnen anvertraut haben könnte?«

Ursine kneift die Augen zusammen. »Er hat sich Ihnen nicht anvertraut? Ich dachte, Sie waren seine Freundin.«

Sie ist schlauer, als sie aussieht, die kleine Ursine.

»Er hat mich auch ausgeschlossen«, lüge ich ernst. »Ich wünschte, er wäre nicht so verschlossen gewesen. Vielleicht hätte eine von uns ihn ja retten können.«

Ursine nickt traurig.

»Hier ist meine Nummer.« Ich schiebe ihr die Nummer meines Wegwerfhandys zu. »Wenn Ihnen noch etwas einfällt, rufen Sie mich bitte an.«

Ich danke ihr für ihre Zeit. »Er mag Sie«, flüstere ich ihr mit einem Nicken in Richtung des Kellners zu. Ursine läuft knallrot an, als ich das Restaurant verlasse.

Natalie

Behandlung

Es ist bereits kurz nach drei Uhr früh, und bisher hat sie kein Auge zugetan. Das Herz schlägt ihr bis zum Hals. Es ist gefangen, in ihrem Brustkorb gefangen, so wie sie in dieser Suite.

Sie sehnt sich danach, sich zu verbrennen oder sich zu ritzen, irgendetwas zu tun, damit die lähmende Angst, die Sorge, die sie wach hält, endlich nachlässt, aber Onkel Frank hat die ganze Suite durchkämmt und ihre sorgfältig gehorteten Werkzeuge konfisziert, nachdem er ihre Ärmel hochgeschoben und ihre vernarbten und von frischen Wunden übersäten Arme vor Jake entblößt hatte.

Sie dachte, sie hätte es geschickt angestellt. Sie aß genug, damit ihr Gewicht niemanden beunruhigte, und beschränkte ihre Verletzungen auf Stellen, die von Hosenbeinen und Ärmeln bedeckt wurden. Die eine Stelle am Handgelenk, nun ja, das war ein Versehen. Sie konnte nicht anders.

Es war das reinste Kinderspiel gewesen, einen der Gendarmen zu überzeugen, ein Feuerzeug in die Suite zu schmuggeln! Sie rauche heimlich, erzählte sie ihm. Es kümmerte ihn nicht. Er war Franzose.

Jake war entsetzt, als er die Brandwunde und die anderen Verletzungen entdeckte. Natürlich auch besorgt und zerknirscht, weil er sie so unter Druck gesetzt hat. Aber Natalie weiß, dass er sich auch von ihr abgestoßen fühlt. Sie macht ihm keinen Vorwurf deswegen (oder sonst irgendwem). Sie findet sich ja selbst zum Kotzen.

Will Crane. *Nein.* Sie kann nicht mal an ihn denken. Natalie erschaudert. Drückt ihren Daumen tief in die offene Brandwunde an ihrem Handgelenk. Vom Schmerz steigt eine befriedigende Übelkeit in ihr auf, gefolgt von – oh, wie herrlich – dieser puren Ekstase, die einsetzt, sobald der Schmerz verebbt.

Behandlung.

Onkel Frank hat gedroht, sie auf dem direkten Weg einliefern zu lassen, sobald sie wieder in New York sind.

Kein Wunder, dass sie nicht schlafen kann.

Alte Erinnerungen an jenen schicksalhaften Abend kommen wieder hoch.

Daddy. Onkel Frank. Jake. Ihre beste Freundin Melissa Masterson und Melissas Mutter Sunny. Alle waren so ernst. Voller Schuldgefühle, und zugleich wie elektrisiert von dem Drama, das sich vor ihren Augen abgespielt hat.

Die Sanitäter, der Arzt, die Spritze.

Jake, der mit den Tränen kämpfte, als sie sie hinaustrugen. Das salzige Rinnsal, das unter ihren eigenen halb geöffneten Lidern hervorquoll.

Eine lange Fahrt in irgendeinem Wagen.

Davondriften. Mit einem Ruck hochfahren. In eine absolut irreale Realität.

Ein freudloser Ziegelsteinbau mitten im verfluchten Nirgendwo.

Magensonden. Zwangsernährung.

Schlafen.

Weinen.

Es wurde besser. Ehrlich.

Bei Tageslicht betrachtet war es eigentlich gar nicht so schlimm hier. Die Anlage war sogar richtig schön und veränderte sich im Laufe der Jahreszeiten, bunte Sommerblumen machten den zimtfarbenen Herbstblättern Platz.

Natalie trauerte um ihre vermisste Mutter. Und sie war auch wütend auf sie. Sie hat ihrem verletzten Vater und, was vielleicht noch wichtiger war, sich selbst die irrationale Wut vergeben, die sie ihm gegenüber hegte.

Onkel Frank brachte ihre Cousinen zu einem Besuch vorbei, und sie spielten Tischtennisdoppel im Pausenraum. Sie weinte in Jakes Armen, als er allein kam.

Sie nahm an der Gruppentherapie teil, ging zur Kunsttherapie. Ertrug die Vorträge über Ernährung. Erkundete das Gelände. Schloss die eine oder andere Freundschaft.

Sie lernte eine andere Art, die Kontrolle über ihren Körper zu haben, eine fürsorglichere, weniger schädliche. Sie schloss die Türen zur Vergangenheit. Verriegelte sie. Warf die Schlüssel weg.

Sie lernte, in der Gegenwart zu leben. Begann, eine Zukunft zu planen. War für jeden einzelnen Tag dankbar. Sie lernte, sich selbst zu lieben.

Meistens. Bis sie es nicht länger aushielt.

Verbrennen. Ritzen. Reißen. Beißen. Alte Gewohnheiten lassen sich schwer überwinden.

Sie sieht auf die Uhr. 3.27 Uhr.

Sie versucht es mit einer erprobten Strategie von Dr. Bloom. *Machen Sie eine Liste und erledigen Sie zehn andere Dinge, bevor Sie sich selbst Schaden zufügen. Wenn Sie es nach diesen zehn Dingen immer noch wollen, tun Sie es.*

Anfangs war Natalie entsetzt gewesen, aber sie hatte es auch aufregend gefunden. Dr. Bloom *erlaubte* ihr, sich selbst wehzutun.

Natalie begriff rasch, dass sich das Ganze meistens in ihrem Kopf abspielte – tatsächlich ließ der Drang, zu verbrennen, zu ritzen, zu reißen, zu beißen bereits nach, noch bevor sie bei Punkt acht angelangt war. Bis zum Ende schaffte sie es selten.

Okay. Eins. *Bitte um Hilfe.* Sie dreht ihr Handy zwischen den Fingern hin und her. Trifft eine Entscheidung. Tippt eine Nachricht.

Zu Natalies Überraschung erscheinen fast sofort die drei kleinen Punkte auf dem Display: Jemand tippt eine Antwort. Sie wartet eine gefühlte Ewigkeit.

Endlich. *Habe mit Lilja und Ursine gesprochen. Warte noch aufs Gespräch mit Hank Scovell. Mehr in Kürze. Halte durch!*

Was haben sie Ihnen erzählt?, schreibt sie zurück.

Bange starrt sie auf das Handydisplay, doch es kommt keine weitere Antwort.

Catherine

Schadsoftware

Bestürzt, weil ich auf Natalies Hilferuf reagiert habe, verstaue ich mein »Hannah Potter«-Wegwerfhandy in der hintersten Schubladenecke.

Ich sollte das Ganze auf der Stelle beenden, mein vorschnell ins Leben zurückgerufenes Alter Ego wieder im Nirgendwo verschwinden lassen und tunlichst jeden Kontakt zur Burrows-Familie meiden. Zumindest so lange, bis Elenas Austausch stattgefunden hat. Trotz meiner Schuldgefühle und meines tiefen Bedauerns über mein Versagen bei den Burrows'. Es gibt Wichtigeres zu tun.

Das Foto von Boris' verabscheuungswürdigem Brandzeichen, seinem »Monogramm«, das ich ihm von Budapest aus zugemailt habe, war mit einer besonders scheußlichen Malware infiziert, die ich selbst programmiert habe.

Boris bekam seinen Beweis, dass ich Elena hatte, gestattete mir jedoch unwissentlich mit dieser Spähsoftware, riesige Datenpakete von seinen Computern auf meine zu transferieren. Seit Stunden gehe ich nun schon Korrespondenz und Transaktionen durch, zeichne Passwörter auf, erstelle Listen mit Partnern und folge den komplexen Geldströmen, die Boris' Blutgeld reinwaschen sollen.

Boris ist sehr vorsichtig und schlau vorgegangen, aber ich bin entschlossen, ihn zur Strecke zu bringen.

Mein Computer gibt das Signal, dass ich über meinen Tor-Account, den ich für die Kommunikation mit ihm eingerichtet habe, eine Nachricht bekommen habe. Mein Herzschlag beschleunigt sich. Auf geht's.

Ich öffne die Nachricht. Sie ist unverblümt und kommt sofort zur Sache. Boris will mit mir telefonieren. Er hat das Foto des Monogramms erhalten und ist bereit zu verhandeln.

Nun ist es an mir, ihn warten zu lassen. Er soll besorgt sein, verwirrt. Außerdem will ich noch mehr Daten sammeln.

Stunden später verlasse ich die Conciergerie, wo einst Marie Antoinette eingesperrt war. Es war nur ein kurzer Besuch, aber die Gefängniszelle der Königin ist für mich ein Prüfstein, eine Erinnerung daran, dass alle Geschichte nur Erzählung ist.

Der Himmel rötet sich mit dem letzten Licht der Abenddämmerung. Wenn ich mich beeile, schaffe ich es und werde mit der letzten Gruppe für diesen Tag in Sainte-Chapelle eingelassen.

Die Kathedrale ist bezaubernd wie immer, mit ihren hohen Buntglasbogenfenstern, diesem atemberaubend kristallklaren Farbenregen der Kunst im Namen des Glaubens.

Ich trete auf den kleinen Balkon direkt vor der Kirche, halte dem jungen chinesischen Paar die Tür auf, das wieder ins Innere geht. Ich stütze die Ellbogen auf die Balustrade und betrachte die Kräne und Planierraupen auf der Baustelle ein Stockwerk unter mir, die bis zum Morgen ruhen werden. Beiläufig bringe ich einen Stimmenverzerrer am Handy an, der meinen Elena-Geschäften vorbehalten ist. Es ist ein Allerweltsteil, das ich online für gerade einmal vierhundert Euro bestellt habe. Trotzdem ist es überaus nützlich.

Ich werde für den Russen wie ein Mann klingen, was seine Vermutungen nur bestärken wird.

Ich wähle die Nummer. Boris und ich werden uns schnell einig. Er wird in Bitcoin zahlen. Ich werde ihm Elena liefern. Danach trennen sich unsere Wege.

Zumindest lasse ich ihn das glauben.

Frank

Die Mädchen

Obwohl Frank fest entschlossen ist, ihre Ausreise mithilfe der amerikanischen Botschaft schleunigst in die Wege zu leiten, sitzen sie immer noch in diesem verfluchten Hotel in Paris fest. Laufende polizeiliche Ermittlungen, tuschel, tuschel, bla, bla, bla, aber noch wollen sie Brians Leiche nicht freigeben und auch nicht, dass der Rest der Familie abreist, bevor diese Formalität erledigt ist. Elf Tage sind vergangen, seit Della ihm eröffnet hat, sie werde das alleinige Sorgerecht fordern. Franks Stresslevel geht langsam durch die Decke, weil der Gerichtstermin mit jedem Tag näher rückt.

Frank hört seine eigene Stimme so, wie seine Töchter sie vermutlich wahrnehmen, als er am Telefon mit ihnen spricht: weinerlich, schwach.

Wie konnte er Della nur erlauben, dass er sich so machtlos fühlt? Sie sind wütend, seine Mädchen. Die Intensität ihres Zorns hat ihn zutiefst erschüttert. Della ist eine wahre Meisterin der Manipulation und setzt alles daran, dass sie einen möglichst schlechten Eindruck von ihm haben.

Resigniert lässt er sich auf die Bettkante sinken. Klopft sich angespannt mit zwei Fingern seiner linken

Hand auf den Oberschenkel. »Ich verspreche euch, dass ich so schnell wie möglich nach Hause komme. Vermutlich schon am Ende der Woche.«

Analise stößt ein bockiges, gedehntes »Daaadddy« hervor, während die temperamentvolle Adelaide ihm nur ein scharfes »Leck mich« entgegenschleudert.

»Nimm gefälligst nicht solche Ausdrücke in den Mund«, tadelt er sie. »So redet man nicht. Nat und Jake brauchen mich. Und ihr solltet etwas mehr Mitgefühl zeigen nach allem, was wir hier durchmachen.«

Addy lässt noch ein paar ausgewählte Schimpfworte vom Stapel, bevor Frank ein Klicken hört.

»Ana?«, fragt er vorsichtig.

»Ich bin noch hier.« Ihre Stimme klingt leise, gedämpft. »Daddy, du fehlst mir so.«

Frank geht das Herz auf. »Ich liebe dich, Baby. Und du fehlst mir auch. Aber es wird alles gut, versprochen. Sag das auch deiner Schwester. Ich komme bald nach Hause und kümmere mich um euch, so schnell ich nur kann.«

Catherine

Schaden mit Freude

Es ist ein göttliches Vergnügen zu beobachten, wie etwas, das man so sorgfältig geplant hat, sich scheinbar mühelos und wie vorhergesehen entwickelt.

Da mir die Spyware Zugang zu Boris' sämtlichen Onlinekonten, Passwörtern und Mitarbeitern verschafft, habe ich den Tag damit verbracht, in seinen sorgsam gehüteten Operationen Chaos und Verwüstung zu stiften. Ich werde ihn an Europol ausliefern, aber zuerst mache ich ihm noch ein bisschen das Leben zur Hölle. Ich kann nicht anders.

Er ist ein eitler Fatzke – wöchentliche Pediküre, die Fingernägel werden sogar zweimal pro Woche poliert und gefeilt. Seine Mähne, auf die er so stolz ist, wird sorgfältig alle zwei Monate gestylt, um eine beginnende kahle Stelle zu kaschieren. Seine Garderobe lässt er sich von einem der versiertesten Designer von ganz Paris schneidern, um die Rundung seines Bauchs zu kaschieren. Er liebt es, auf großem Fuß zu leben – teure Mahlzeiten und kostspielige Nutten.

Ich merke mir diese verlockenden Details, bevor ich mich an mein Tagwerk begebe: Die Umleitung einer Bitcoinzahlung für eine Lieferung Automatikwaffen.

Der ursprüngliche Empfänger des Geldes ist außer sich, aber das weiß Boris nicht, weil ich die wütenden Tiraden des Empfängers abgefangen und gelöscht habe. Die Waffen werden nicht wie geplant an Boris geliefert, und die Vorstellung, wie er vermutlich zu schwitzen beginnt, wenn er die Bestellung seines Käufers nicht erfüllen kann, erfüllt mich mit tiefer Befriedigung.

Natürlich ist mir klar, dass ich mir derartige Spielchen verkneifen und stattdessen mein Augenmerk darauf richten sollte, Elena in Sicherheit zu bringen. Danach kann ich mit Boris machen, was ich will. Aber wenn ich aufhöre, über die unterhaltsamen Möglichkeiten nachzudenken, den Russen zu ärgern (ich habe auch an seinen Kundenkonten bei all den exklusiven Pariser Geschäften ein bisschen herumgeschraubt), kämen mir unweigerlich die Burrows' in den Sinn.

Bring es einfach zu Ende.

Jake

Suche

Es ist ein heißer Tag. Jakes T-Shirt klebt auf seiner Haut; der Schweiß rinnt ihm über den Rücken und in den Bund seiner Jeans. Er hat sich die Baseballmütze tief in die Stirn gezogen, die übergroße Sonnenbrille verdeckt seine Augen.

Mit der Hilfe eines zum Flirten aufgelegten Zimmerservice-Kellners ist er durch die Hotelküche entkommen und in die belebten Straßen von Paris eingetaucht, wobei er einen großen Bogen um die Reporter macht, die immer noch vor dem Hotel herumlungern – ein gutes halbes Dutzend, die auf den Motorhauben ihrer Autos oder den Sitzbänken ihrer Motorräder hängen, rauchen, gelangweilt in den Rinnstein spucken, während sie darauf warten, ein Foto oder einen brauchbares O-Ton zu ergattern.

Die vor der Suite postierten Polizisten hingegen sind seit heute Morgen verschwunden. Eine offizielle Information gab es nicht, sondern lediglich einen kurzen Anruf von Aimee Martinet bei Onkel Frank, noch dazu erst, nachdem sie bereits abgezogen waren.

Die Polizisten hatten sich wie Gefängniswärter aufgeführt. Aber nun, da sie weg sind, wird ihm bewusst, dass sie ihm auch ein Gefühl von Sicherheit vermittelt haben.

Trotz der Massen ringsum, die sich die Gehsteige entlangschieben, hat er sich noch nie so einsam gefühlt.

Er fürchtet sich davor, mit Natalie zu reden. Ihr Zustand ist beunruhigend. Oder mit Onkel Frank, der ihn jedes Mal bloß anschnauzt, er solle die Klappe halten. Jakes Französisch ist lausig, aber selbst wenn er die Sprache beherrschen würde, mit wem könnte er hier reden?

Jake zückt sein Handy und macht noch ein Foto.

Er hat das inzwischen verlassene Sommerapartment als Ausgangspunkt benutzt und den ganzen Tag damit verbracht, die umliegenden Straßen methodisch nach Überwachungskameras abzusuchen. Er hat sich ihre genauen Adressen notiert, die Stellen fotografiert, wo sie angebracht sind, und versucht herauszufinden, was ihre Linsen genau erfassen.

Er will beweisen, dass William Crane an dem Tag in Paris war, als sein Dad ermordet wurde. Je länger er darüber nachdenkt, umso überzeugter ist er, dass Crane der Täter ist. *Sie hat sich für uns entschieden, du kranker Irrer. Und das konntest du einfach nicht ertragen.*

Jake ist überzeugt, dass Crane irgendwo auf den Bändern der Überwachungskameras auftauchen wird. Er fragt sich, ob Crane noch in der Stadt ist, durch die Straßen spaziert und sich insgeheim mit seinem Verbrechen brüstet. Seinen Verbrechen. *Mehrzahl.*

Jake wird hieb- und stichfeste Beweise brauchen, wenn die Polizei ihm glauben soll. Die Beamten haben bereits die Überwachungskameras in dem Viertel überprüft (zumindest behaupten sie das) und dabei nichts Nützliches gefunden.

Aber natürlich wussten sie nicht, dass sie nach Crane Ausschau halten sollten. Und wie soll man einen Mann finden, von dem man nicht weiß, dass man nach ihm sucht?

Jake will lieber nicht darüber nachdenken, wie viele der Kameras bloß Attrappen sind; bestimmt funktionieren einige von ihnen gar nicht, und die Aufzeichnungen dieses Tages sind vermutlich ohnehin längst gelöscht oder überspielt worden.

Egal. Jake erträgt es keinen Tag länger in diesem Hotel, wo er zusehen muss, wie Natalie vor seinen Augen dahinwelkt. Er muss etwas unternehmen.

Der Gedanke an Natalie quält ihn. Es war der pure Horror, nachdem Mom verschwand; Natalies rascher Absturz, dicht gefolgt von der schmerzlichen Entscheidung, sie in ein Therapiezentrum zu geben. Er hat ein schlechtes Gewissen, weil er dabei geholfen hat, kann den flehenden Ausdruck in ihren Augen nicht vergessen. Wie hilflos er sich damals gefühlt hat, hin- und hergerissen. Und jetzt fängt alles wieder von vorne an. Sie verletzt sich selbst. Er muss herausfinden, was mit ihren Eltern passiert ist.

Kurz bleibt er neben einem üppig mit Geranien bepflanzten Weinfass aus Eichenholz stehen. Der Geruch nach feuchter Erde steigt ihm in die Nase, und er gestattet sich den immer noch seltenen Luxus, sich an seine Mutter zu erinnern. Monatelang nach ihrem Verschwinden und dem Auftauchen des Briefs bedeutete der Gedanke an sie pure Qual.

Sie haben eine Trauerfeier abgehalten, zu der eine Menge Leute kamen, und neben der Traurigkeit über ihren Verlust gab es sogar Raum dafür, sich voller Freude an sie zu erinnern. Aber Jake ertrug den Gedanken nicht, dass ihr Leichnam an irgendeinem unbekannten Ort verrottete, deshalb lehnte er ein richtiges Begräbnis schlicht ab. Er begriff, dass es leichter war, seine Erinnerungen und Gefühle zu verdrängen, an einen Ort zu schieben, wo sie ihm nicht länger wehtun konnten.

Tränen brennen in seinen Augen. Mom. Wie sie ihn bei seinen Basketballspielen von der Seitenlinie anfeuerte. Ihm das Haar zerzauste, wenn sie ihm auf der Treppe entgegenkam. Wie verständnisvoll, nein, besser noch, wie *obercool* sie reagiert hat, als er sich ihr gegenüber outete.

Sie war nicht der Inbegriff der Tugendhaftigkeit, nicht das idealisierte Bild einer Mutter, sondern konnte hitzköpfig sein und im Eifer des Gefechts Dinge sagen, die alle Beteiligten später bereuten. Manchmal zog sie sich für Tage in ihr Zimmer zurück, wo sie irgendwelche schwachsinnigen Umstylingshows oder *Law & Order* ansah und es Jake überließ, sich um Natalie und sich selbst zu kümmern, solange Dad nicht in der Stadt war.

Aber bei Gott, er vermisst sie.

Als er nach ihrem Verschwinden zurück ans College kam und jenes unterschwellige Gefühl der Ungewissheit schließlich dem Entsetzen und dem Schock des Verlusts wich, stürzte Jake sich gleichermaßen in sein Studium und ins Nachtleben. Er konnte nicht an seine Mutter denken, auch nicht an Natalie, die in diesem Therapiezentrum im Norden der Stadt eingesperrt war. Er musste jede Minute des Tages und der Nacht ausfüllen, übertrieb es regelmäßig, bis er völlig ausgebrannt war.

Aber Nat ging es besser, und sie kam wieder nach Hause. Jake schaffte es, ausgezeichnete Noten nach Hause zu bringen (nur Bestnoten in jenem ersten Semester nach seiner Rückkehr), aber er erkannte auch, dass er sich Pausen gönnen musste. Und das tat er auch. Sie alle versuchten nach Kräften, ihre Wunden heilen zu lassen, genau wie ihre jeweiligen Therapeuten es ihnen empfahlen. Dieser Sommer in Europa sollte für sie alle wie ein Neustart sein.

Hat ja prima funktioniert, denkt er verbittert.

Jake schüttelt die Gedanken ab, die sich immer schneller im Kreis drehen, und konzentriert sich auf die vor ihm liegende Aufgabe. Da ist noch eine Kamera, über dem Eingang eines Antiquitätengeschäfts. Sie ist auf die Straße gerichtet. Jake macht Fotos von ihr und ihrem vermutlichen Winkel und tippt Name und Adresse des Geschäfts in seine Liste.

In diesem Moment bemerkt er das Funkeln der Antiquitäten im Schaufenster. Die Sonne spiegelt sich in einem silbernen Bilderrahmen, in eleganten Zigarettenetuis, dem Jugendstilschmuck. Sein Blick schweift über die Sammlung von Taschenuhren, Elfenbeinfigürchen, ein Teeservice mit Goldrand, Messer mit verzierten Knochengriffen.

Ein Schauer überläuft ihn. Plötzlich hat er das Gefühl, verfolgt zu werden. Spiegelt sich in der Schaufensterscheibe hinter ihm die Gestalt eines Mannes?

Jake wirbelt herum. Sein Herz hämmert, er hebt den Arm, ballt die Faust und ist überzeugt, das Gesicht von Will Crane hinter sich zu sehen.

Drei hübsche Teenagermädchen schreien vor Schreck auf und laufen in alle Richtungen davon. Ein buckliges altes Weib klopft mit ihrem Gehstock auf den Asphalt und spuckt in seine Richtung, als sie vorbeigeht.

Aber Will Crane ist nirgends zu sehen.

Catherine

Krass

Hank Scovells Eifer, mit »Hannah Potter« zu sprechen, ist eine Verlockung, der ich einfach nicht widerstehen kann.

Brian Burrows' ambitionierter Stellvertreter lädt mich auf ein Glas Wein in ein Restaurant namens »Les Enfants Perdus« in der Rue des Récollets am Canal Saint-Martin ein. Die verlorenen Kinder. Wie passend.

Im vorderen, quadratischen Teil des Restaurants sind die Ziegelwände freigelegt, der schmale Raum dahinter ist mit Mahagonivertäfelung ausgestattet. Trotz der frühen Stunde ist das Restaurant gut besucht. Auf einer Kreidetafel sind die Spezialitäten des Tages in verschnörkelter Schrift aufgelistet. Kellner mit weißen Schürzen servieren Teller mit kunstvoll arrangiertem frischem Gemüse und kross gebratenem Fleisch. An der kleinen Bar ist nur Platz für drei Hocker. Zwei sind leer. Hank Scovell sitzt auf dem dritten.

Natürlich habe ich ihn recherchiert. Ich weiß, dass er in Michigan aufgewachsen ist und an der Cornell Architektur studiert hat. Ich habe seine Bankkonten und die Kreditkartenabrechnungen überprüft (er gibt etwas mehr aus, als er sollte), weiß, dass er alleine lebt und auf der Suche ist und nicht davor zurückschreckt, auch einmal ein Foto von seinem nackten Penis zu verschicken (ich persönlich finde diese Vorliebe ja kindisch und albern, werde mich jedoch bemühen, es nicht gegen ihn zu verwenden).

Ich begrüße ihn, stelle mich als »Hannah Potter« vor und bedanke mich für seine Bereitschaft, sich mit mir zu treffen. Er scannt mich ab, scheint mich mit seinem Blick förmlich auszuziehen. Ich kann Ursines Abscheu nachvollziehen.

Er trinkt Sancerre. Ich bestelle dasselbe.

»Sie sind also eine Freundin von Brian?«

Etwas an seinem Tonfall ist aggressiv, beinahe vorwurfsvoll.

»Na ja«, antworte ich vorsichtig, »*Freundin* ist vielleicht etwas zu viel gesagt. Wir haben uns in einer Trauergruppe kennengelernt, hier in Paris, kurz vor seinem Tod.«

Er schürzt die Lippen und fixiert mich mit einem Anflug von Verschlagenheit. Für sich genommen, mögen Scovells Gesichtszüge durchaus attraktiv sein, in ihrer Gesamtheit jedoch scheinen sie nicht recht zusammenzupassen – seine Augen sind zu klein, die Stirn ist zu niedrig, die Nase zu schief. Trotzdem kann man einen Anflug von Intelligenz in seinen Augen nicht leugnen. Oder Hunger.

»Ich wusste gar nicht, dass Brian überhaupt in einer Trauergruppe war«, gibt er zurück.

Ich zucke mit den Schultern. »Das ist vermutlich etwas, worüber man nicht gerne spricht«, erwidere ich und verfalle in bedeutungsschwangeres Schweigen.

Scovell trinkt einen Schluck Wein. »Hervorragender Tropfen, nicht? So frisch und aromatisch.«

Ich nippe an meinem Glas. Lächle zustimmend. »Köstlich.«

»Warum genau schnüffeln Sie im Mordfall von Brian herum?« Da ist sie wieder, diese unverbrämte Aggression.

Ist das einfach seine Art?

Oder hat er etwas zu verbergen?

Vielleicht etwas zu verlieren?

Ich lache leichthin. Berühre seinen Arm. Kokettiere ein wenig. »So, wie Sie es ausdrücken, hört es sich an, als wäre ich eine abgebrühte Privatdetektivin, was ich definitiv nicht bin. Mir tun einfach seine Kinder so leid. Er hat oft über sie geredet. Ich habe Natalie kennengelernt und mich bereit erklärt, mit Lilja zu reden. Sie hat mich an Sie verwiesen. Ende der Geschichte.«

Scovells ohnehin kleine Augen verengen sich zu argwöhnischen Schlitzen. Er öffnet den Mund, doch statt etwas zu sagen, leckt er sich mit seiner rosa Zunge die wulstigen Lippen, ehe er noch einen Schluck Wein trinkt.

»Also, was wollten Sie mir erzählen?«, dränge ich.

Scovell kippt den Rest seines Sancerre hinunter und bedeutet dem Barkeeper, ihm noch ein Glas zu bringen. Eine amerikanische Familie – Eltern in den Fünfzigern mit drei mürrischen Kids im Teenageralter – betritt das Restaurant und stürmt die Bar, weil ihr Tisch noch nicht bereit ist.

Ich berühre Scovells Schulter und beuge mich dicht an sein Ohr. »Wir alle wollen doch, dass derjenige, der das getan hat, seine gerechte Strafe bekommt, oder?«

Unsere Blicke treffen sich, doch der kalte Ausdruck in seinen Augen verrät mir, dass er auf der Hut ist. Die amerikanische Familie lässt sich vom Oberkellner zu ihrem Tisch im hinteren Teil des Restaurants führen. Scovells Blick folgt ihnen. Ich greife nach meiner Jacke und der Tasche.

»Wie Sie meinen«, sage ich, »aber Sie waren doch derjenige, der um dieses Treffen gebeten hat. Aber Sie haben recht. Ich sollte mich heraushalten. Es geht mich nichts an. Wenn Sie etwas wissen, reden Sie mit der Polizei.«

Eins, zwei, drei. Ich bin sicher, er wird mich aufhalten, bevor ich bis zehn gezählt habe.

Vier, fünf, sechs.

Scovell packt mich am Handgelenk. »Warten Sie. Da ist etwas, das ich Ihnen zeigen will.«

»Lassen Sie mich los«, fauche ich.

Er zieht seine Hand zurück, als ob er sich verbrannt hätte. »Tut mir leid.« Er läuft tiefrot an.

Ich setze mich wieder auf den Hocker. Greife nach meinem Weinglas. »Okay. Was haben Sie für mich?«

Natalie

Kuchen

Onkel Frank ist noch einmal zur Botschaft gefahren, *schon wieder*, Jake bereits seit Stunden verschwunden, keine Ahnung, wohin. *Scheiß drauf*, denkt Natalie, ich gehe auch raus. Es war schwachsinnig genug, dass sie sich von Onkel Frank so lange hat einsperren lassen. Schließlich ist sie achtzehn, erwachsen. Und durchaus in der Lage, eine Weile ohne Anstandswauwau durch die Pariser Straßen zu schlendern.

Sie verdrängt den unangenehmen Gedanken, dass er sie bloß zwingt hierzubleiben, weil er Angst um sie hat. Sie will es wissen, auch wenn es gefährlich ist. Sollte da draußen tatsächlich ein Irrer herumlaufen, der ihren Vater auf dem Gewissen und es jetzt auch noch auf sie abgesehen hat, dann soll er doch kommen! Sie mag klein und zierlich sein, aber anlegen sollte sich lieber trotzdem keiner mit ihr, das wird dieser Blödmann schon noch merken. Wer auch immer er sein mag, verdammt noch mal.

Angestachelt von ihrer neu gewonnenen Waghalsigkeit, schlüpft sie aus dem Hotel, halb in der Erwartung, dass sich ihr jemand entgegenstellt und sie aufhalten will. Aber da ist keiner.

Sie schlängelt sich durch das Gewirr aus Fußgängern, Radfahrern, Autos und Taxis, schlendert müßig an den Schaufenstern der Boutiquen vorbei, an Eisdielen und *Pâtisseries*. Vor einer bleibt sie stehen und bewundert die prachtvollen Kuchen und Törtchen im Fenster, quadratische, kuppel- und halbmondförmige Kunstwerke, mit Blattgold und Blumen aus farbigem Fondant verziert.

Erst jetzt wird ihr bewusst, dass sie den ganzen Tag noch nichts gegessen hat. Sie betritt die *pâtisserie* und wählt das opulenteste Törtchen im Fenster aus. Vorsichtig packt sie es aus, schiebt sich genüsslich einen winzigen Bissen nach dem anderen in den Mund, lässt die Masse ganz langsam auf der Zunge zergehen, während sie weiter durch die bevölkerten Straßen streift.

Irgendwann checkt sie ihr Handy. Kein Wort von Jake. Kein Wort von Hannah Potter. Kein Wort von Onkel Frank.

Sie könnte sich ohne Weiteres in Luft auflösen, genauso wie ihre Mutter vor drei Jahren. Einfach verschwinden, spurlos. Wer oder was sollte sie daran hindern?

Blanke Verzweiflung erfasst sie, als ihr bewusst wird, dass es keinen Ort mehr gibt, an den sie gehen kann.

Außer diesem beschissenen Hotel.

Sie leckt sich die Finger ab, drückt ein weiteres Mal ihre feuchten Fingerspitzen in die Brandwunde an ihrem Handgelenk. Der Schmerz, der sie durchzuckt, ist köstlich, genauso süß und betörend wie das Törtchen.

Catherine

Les Puces

Die Metrostation Porte de Clignancourt ist der letzte Halt der Linie 4 am nördlichsten Ende des 18. Arrondissements. Ich bin schon Hunderte Male hier gewesen, trotzdem trifft mich jedes Mal, wenn ich aus dem Schacht auf die Straße trete, eine Art Kulturschock.

Die Bürgersteige sind verschmutzt, der Müll quillt aus den Behältern und weht über die Straße, überall prangen knallbunte obszöne Graffitis.

Einwanderer aus aller Herren Länder rufen, pfeifen, preisen an, zeigen auf die alles andere als einladenden Waren auf den schäbigen Decken vor ihnen.

Les Puces, der größte Flohmarkt unter freiem Himmel in Paris und seit jeher beliebte Touristenattraktion, liegt nur wenige Straßen entfernt, doch um dorthin zu gelangen, muss man sich tapfer einen Weg an den Gestalten vorbei bahnen, die billige T-Shirts, gefakte Sonnenbrillen und Designerhandtaschen, afrikanische Trommeln, Drogen und billigen Sex anpreisen.

Aber was noch viel wichtiger ist: Hier gibt es auch Handys.

Entschlossen schiebe ich mich durch das Gedränge. Am Morgen habe ich bemerkt, dass jemand versucht hat, meine Firewall zu überwinden. Zwar konnte ich den Virus im Handumdrehen unschädlich machen, trotzdem habe ich einen enormen Schreck bekommen. War ich nachlässig? Weiß der russische Mistkerl jetzt mehr über mich, als er sollte?

Ich habe das Handy, das ich für alles benutzt habe, was mit Elenas Entführung im Zusammenhang steht, sofort deaktiviert und weggeworfen und mich auf den Weg hierher gemacht. Ich könnte mich selbst ohrfeigen. Ich hätte das Ding längst austauschen müssen.

Zehn Minuten später habe ich fünf neue Handys.

Zwischen drei Tunesiern entbrennt ein erbitterter Streit um den Platz an der Straßenecke. Die versammelte Meute stachelt die Streithähne an, drängt sie, sich gegenseitig an die Gurgel zu gehen, und schließt Wetten ab, wer am Ende gewinnt.

Ich packe meine Einkäufe in meine braune Chloé-Ledertasche, zum Pfefferspray, dem Elektroschocker und dem Lederetui mit den aufgezogenen Spritzen (als Frau muss man immer vorbereitet sein). Sirenen heulen in der Ferne. Eilig entferne ich mich.

Ich betrete den eigentlichen Flohmarkt. Normalerweise würde ich mir Zeit zum Bummeln nehmen. Es fasziniert mich immer wieder, was man hier so alles finden kann: Antike Fahrräder, Ölgemälde, Erstausgaben von Büchern, Webteppiche und Wandbehänge mit raffinierten Mustern, Globen und Kompasse, allerlei Uhren, hölzerne Tennisschläger von anno dazumal. Porzellan, Kristall und Auslegeware. Erlesenen Schmuck,

Handtaschen, Kleider, Hüte und Handschuhe. Möbel aus vielen Epochen, Stühle mit Gobelinpolster und Spiegel mit Malergoldrahmen. Militärausrüstung aus beiden Weltkriegen, nautische Gerätschaften, Teleskope. Kupfertöpfe, Reisetruhen und hübsche alte Schilder einstiger Geschäfte, COIFFURE oder BOUCHERIE.

Ich kann Stunden damit zubringen, hier Schätze zu entdecken, mir Geschichten jener Zeiten und der Menschen auszudenken, die diese Artefakte zurückgelassen haben. Vielleicht ist dies mein einziges Hobby. Heute allerdings eile ich über den Markt, so schnell ich kann.

Am hinteren Ende trete ich hinaus, gehe an einem Geschäft vorbei, in dessen Schaufenster sich silberne Teekannen, Kerzenhalter und Zinnkrüge stapeln, und biege in eine schmale Gasse ein. Vor einem metallenen Rolltor bleibe ich stehe und klopfe, zwei Mal, dann eine kurze Pause und dann dreimal schnell hintereinander.

Quietschend öffnet sich das Tor. Delphine steht mit einer Schutzbrille auf der Nase und einem brennenden Schweißbrenner in der Hand vor mir. Sie winkt mich herein und lässt das Tor hinter uns wieder zufallen.

Der riesige Raum, ein ungenutztes Lagerhaus, ist düster erleuchtet. Fenster gibt es nicht. Trübes Licht fällt durch zwei verschmutzte Oberlichter. An der Wand stehen mehrere Autos, ältere Modelle, unbekannte Marken.

Delphines neueste Skulptur ist eine riesige menschliche Gestalt, die sie aus Wrackteilen zusammenschweißt. Daneben wirkt die Trittleiter, auf der sie steht, wenn sie am »Gesicht« der Kreatur arbeitet, winzig. Das Metall glüht noch rot.

Delphine schaltet den Schweißbrenner aus und nimmt die Schutzbrille ab. Behutsam reibt sie mit den Fingerspitzen über die ovalen Abdrücke, die die Brille rings um ihre Augen hinterlassen hat.

»Sieht gut aus«, sage ich bewundernd und zeige auf ihre Arbeit.

Delphine zuckt mit den Schultern. Komplimente spielen für sie keine Rolle. Sie tut das für sich selbst, als eine Art Therapie. Ihre geschweißten Metallskulpturen sind eine Hommage an ihren jüngeren Bruder, der ermordet wurde. Immer wieder erschafft sie den Jungen, den sie verloren hat, aus Stahl und Eisen, Kupfer und Messing. Erst schweißt sie die Teile zusammen, und dann, wenn sie damit fertig ist, jagt sie sie in die Luft.

»Ich brauche dich«, sage ich. »Ein Teil meiner Kommunikation bezüglich Elena könnte gefährdet sein.«

Delphines Augen weiten sich leicht. Sie weiß besser als jeder andere, wie vorsichtig ich bin. Sie legt den Schweißbrenner und die Schutzbrille weg.

»Balint bringt sie in den Unterschlupf in Stockholm. Ich will, dass du ihn dort triffst. Bleib bei ihr, bis sie Europa endgültig verlassen hat. Das sollte nur noch ein paar Tage dauern.«

Delphine löst das Gummi, mit dem sie ihr langes

dunkles Haar zu einem Pferdeschwanz hochgebunden trägt.

»Und wann soll ich aufbrechen?«

»Jetzt.«

Jake

Steak mit Pommes

Dies ist eindeutig das Ungemütlichste in der Geschichte aller Familienabendessen. Ein neuer Rekord. Und Jake muss es wissen, weil es in der Vergangenheit bereits zahllose von ihnen auf die Liste der grauenvollsten Abendbrote geschafft haben.

Da gab es beispielsweise das Lieferservice-Abendessen am Abend nach dem Verschwinden seiner Mutter (nachdem die Polizei mit ihren Fragen, ihrer Herablassung und ihren abgedroschenen Binsenweisheiten im Gepäck endlich abgezogen war), dann die endlosen Mahlzeiten aus Onkel Franks limitiertem Repertoire: Spaghetti Bolognese, Steak vom Grill, Brathähnchen, alles serviert mit einer Portion Kummer und einem Klacks lähmender Angst. Und nicht zu vergessen jenes berühmte »letzte Abendmahl«, bevor sie Natalie einliefern ließen (bei dem Jake, Brian und Frank so angespannt waren, dass förmlich die Funken sprühten), und das schweigende Essen am Abend nach Mallorys Gedenkfeier, bestehend aus versalzenem Fleisch, säuerlichem Roggenbrot und grobem Senf, die sich zu einem klebrigen Klumpen in ihren Mündern geformt hatten.

Heute Abend hat Natalie maximal zwei Pommes gegessen und ihr Steak so dünn geschnitten, wie sie nur kann (Jake hat sie dabei ertappt, wie sie das Fleisch unter den Berg Kartoffeln schob). Sie sieht auch nicht gut aus. Ihr Gesicht ist ganz blass, ihre Augen wirken leer.

Onkel Frank dagegen stopft sich einen fetten, saftigen Bissen des blutigen Fleischs nach dem anderen in den Mund, spült sie mit großen Schlucken Rotwein runter, zieht seine Fritten durch die gelbe Mayonnaise, bevor er sie sich in den Mund stopft. Jake starrt auf Franks mahlende Kiefermuskeln, während er versucht, sich einen Reim auf das zu machen, was sein Onkel ihnen mitzuteilen versucht.

Frank ist stocksauer auf die Botschaft. Obwohl Jake nicht weiß, was er erwartet hat. Noch ist Brians Tod ein ungelöster Mordfall. Hat Frank allen Ernstes erwartet, man würde ihnen fröhlich zum Abschied winken?

Außerdem ist Jake gar nicht so versessen darauf wie Frank, Paris hinter sich zu lassen, weil er glaubt, etwas auf der Spur zu sein.

Das Ganze ist durchaus nachvollziehbar. Dad hätte nie damit aufgehört, nach Crane zu suchen. Auch wenn Brian immer wieder betont hat, sie müssten »nach vorn schauen« und dass »*sie* es gewollt hätte, dass wir weitermachen«, hatte Jake immer gewusst, dass diese Ermutigungen nur Natalie und ihm dienten. Nach Moms Tod war Dad ein gebrochener Mann gewesen. Jake konnte sich nicht vorstellen, dass er sie je vergessen würde.

Und dann waren da die Aussagen, von denen Nat ihm erzählt hat: Dads Kollegen schwören Stein und Bein, er hätte in den Tagen vor seinem Tod vor etwas Angst gehabt. Auch hier passt Jakes Theorie über Will Crane perfekt. Vor wem hätte Dad sich sonst fürchten sollen?

Mit einem Mal bereut er bitter, dass er so viele Nettigkeiten nicht ausgesprochen, sondern seinem Vater meist nur hässliche Dinge an den Kopf geworfen hat.

Hastig trinkt er einen Schluck Wein. Er will diese Traurigkeit nicht spüren. Sein Kopf beginnt zu schmerzen.

Onkel Frank jammert immer noch herum. Natalie schiebt ihr Essen auf dem Teller herum.

Jake ertappt sie dabei, wie sie das Steakmesser mit dem Knochengriff in ihrer Tasche verschwinden lässt. Ihre Blicke treffen sich, er öffnet den Mund, will etwas sagen, aber …

Bitte, flehen ihre Augen. *Bitte verpfeif mich nicht.*

Jake wendet den Blick ab, rammt sein eigenes Messer in sein Steak und malt sich aus, es sei Will Cranes weiches Fleisch.

Er verpfeift Natalie nicht. Sondern überlässt ihr das schwere, schmierige Messer, das sie in ihre bestickte Baumwolltasche gesteckt hat.

Warum, weiß er selbst nicht.

Catherine

Im Treppenhaus

Ich habe sämtliche Elektronik ausgetauscht, alle meine Pläne geändert, Delphine weggeschickt. Ich halte die Fäden in diesem Spiel wieder in der Hand. Natalie hat mich mit einer unnachgiebigen Beharrlichkeit mit Nachrichten zugeballert, wie nur Teenager sie aufbringen. Als ich endlich geantwortet habe, konnte ich ihre Erleichterung fast körperlich spüren.

Die Reporter vor dem Hotel haben sich weitgehend verzogen, vermutlich sind sie bereits auf der Jagd nach dem nächsten Skandal. Nur drei Mitglieder der vierten Gewalt drücken sich noch herum: ein großer, massiger Typ mit pockennarbigem Gesicht, eine gertenschlanke, energiegeladene Frau mit Hakennase und ein ketterauchender Fotograf mit silberner Mähne, der stets seine Kamera im Anschlag hat.

Ich schleiche mich zum Hintereingang des Hotels, drücke fünfzig Euro in Nyuras wartende Hände und trete ein. Ein fauliger Gestank, vermischt mit der penetranten Schärfe von Bleiche, schlägt mir entgegen. Die Sohlen meiner Schuhe quietschen auf den Fliesen.

Mit einem Anflug von Beklommenheit gehe ich langsam die Treppe hinauf. Was, wenn Scovells Informationen sich als weitere Sackgasse entpuppen? Wenn ich einer jungen Frau falsche Hoffnungen mache, die schon jetzt am Abgrund balanciert? Das ist nicht der richtige Zeitpunkt für diese Fragen. Aber warum fühle ich mich so grauenhaft?

Auf dem Treppenabsatz im zweiten Stock bleibe ich stehen.

Mein ganzes Leben habe ich alles so arrangiert, dass ich stets die Kontrolle behalte. Über alles. Zu jeder Zeit. Selbst meinen Exzessen fröne ich ausnahmslos nach meinen Regeln und innerhalb meiner Parameter.

Aber mein Leben ist in einer Weise mit dem Leben der Burrows' kollidiert, dass dieses Gebot ausgehebelt wurde. Meine Exzesse sind schuld an ihrem Verlust.

Ich kann immer noch umkehren. Es ist nicht zu spät.

Nein. Ich schulde es ihnen.

Ich schulde es Mallory.

Ich erklimme die letzte Treppe, bin nervös und fühle mich in meiner Haut nicht wohl. Oder sollte ich lieber »in Hannah Potters Haut« sagen?

Natalie sieht noch bleicher aus als bei unserer letzten Begegnung, versinkt geradezu in ihrem langärmeligen Shirt und der Jeans. Ihre Züge erhellen sich, als sie mich sieht.

»Ich hatte schon Angst, Sie kommen nicht.«

»Hier bin ich.«

Die Tür zum Hotelflur geht auf. Ich lege mir einen Finger auf die Lippen und ziehe sie mit mir unter die Treppe.

Ein Mann tritt durch die Tür. Er ist Mitte vierzig, attraktiv und sportlich, mit grau melierten Haaren. Er blinzelt, während sich seine Augen an das helle Licht im Treppenhaus gewöhnen.

»Ist schon in Ordnung«, versichert Natalie mir. »Das ist nur mein Onkel Frank. Ich habe ihn gebeten zu kommen.

Verdammt. Damit habe ich nicht gerechnet.

»Miss Potter?«, fragt Frank. »Natalie sagt, Sie haben Informationen über meinen Bruder?«

Ich trete vor. Wir sehen einander an. Etwas an der Intensität seines Blicks macht mich nervös. Aber ich bin hier. Ich muss eine Frage stellen. Ich werde doch wohl mit einem Vertreter aus Connecticut und diesem Teenager fertigwerden?

Ich ergreife seine ausgestreckte Hand und schüttle sie.

Wer A sagt, muss auch B sagen, denke ich und komme sofort zur Sache.

»Sie kennen Hank Scovell?«

Frank Burrows' Miene verrät nichts, doch Natalie sagt: »Natürlich. Er hat für meinen Dad gearbeitet.« Sie wendet sich an ihren Onkel. »Erinnerst du dich? Er war Dads Stellvertreter bei dem Projekt hier.«

»Genau. Also, Natalie, ich habe mit Lilja gesprochen, die mir geraten hat, mich mit dem Assistenten deines Vaters zu treffen. Er hat ihren Eindruck bestätigt, dass dein Vater vor etwas oder jemandem Angst hatte.«

»Vor wem? Hatte sie irgendeine Idee?« Frank Burrows sieht mich verwirrt an.

»Nein. Aber Hank Scovell hat noch mehr gesagt. Brian hat sich auch ihm anvertraut. Er hatte ein Foto von einem Mann gemacht, der ihn verfolgt hat. Dieses Foto hat er an Scovell geschickt, um herauszufinden, ob er ihn kannte. Er hat sich gefragt, ob er etwas mit dem Projekt zu tun haben könnte. Ob er vielleicht einen Groll gegen sie hegt.«

»Hat Mr Scovell das Foto nicht an die Polizei weitergeleitet?«, hakt Natalie mit hoffnungsvoller Miene nach.

»Das hat er wohl, aber er hatte den Eindruck, als hätte die Polizei dem Foto keine große Bedeutung zugemessen. Sie schienen eher andere Spuren zu verfolgen.«

»Hat Scovell den Mann auf dem Foto erkannt?«

»Er behauptet, nein. Aber ich habe es hier. Vielleicht wissen Sie ja, wer er ist.«

Ich ziehe eines der Handys aus meiner braunen Lederhandtasche und rufe das Foto auf, das Scovell mir geschickt hat. Ich schätze den Mann auf Anfang dreißig. Er hat eine Hand erhoben, um sein Gesicht gegen die Kamera abzuschirmen. Seine hellblauen Augen sind entsetzt aufgerissen, ansonsten jedoch sieht er ganz nett aus mit seinem dichten blonden Haar, das ihm ins Gesicht fällt.

Ich reiche Natalie das Handy, die das Foto eingehend betrachtet, während sich ihre Züge verdüstern. »Noch nie gesehen.«

Sie gibt das Handy an Frank weiter, der mit zwei Fingern das Foto vergrößert, um die Gesichtszüge des Mannes besser sehen zu können.

»Keine Ahnung«, sagt er und gibt mir das Handy zurück. »Nat, warum gehst du nicht zurück ins Zimmer und lässt mich kurz allein mit Miss Potter reden.«

»Jemand muss doch wissen, wer er ist! Er hat Daddy verfolgt!«, ruft Natalie verzweifelt.

»Bitte lass mich kurz allein mit Miss Potter reden«, wiederholt Frank.

Zu meiner Überraschung schlingt Natalie ihre dünnen Arme um mich. »Danke, dass Sie es versucht haben«, flüstert sie, bevor sie mich loslässt.

Frank Burrows wartet, bis die Tür zum Treppenhaus sich hinter ihr schließt. »Ich bin Ihnen wirklich dankbar, Miss Potter. Ich werde mich mit der Polizei in Verbindung setzen und sie bitten, sich den Mann auf dem Foto genauer anzusehen.«

»Stimmen Sie Natalie zu, dass die Polizei nicht so gründlich ermittelt, wie sie sollte?«

»Woher zum Teufel soll ich das wissen? Die sagen uns einen Scheißdreck. Und die Botschaft ist genauso nutzlos. Wir müssen endlich wissen, was passiert ist. Wir alle. Damit Brian in Frieden ruhen kann.« Er stöhnt. »Wir wollen einfach nur nach Hause.«

»Es muss sehr schwer für Sie sein«, murmele ich. So oft bleibt nichts anderes zu sagen.

»Sie haben keine Ahnung, was hier los ist!« Und dann sprudeln die Worte nur noch so aus ihm heraus, über seinen Sorgerechtsstreit, sein Gefühl, seine Töchter zu verraten, weil er sich um Brians Kinder kümmert, seine Sorge um Natalie und Jake, weil Nat in alte

Verhaltensmuster zurückfällt und sich selbst verstümmelt, während Jake ständig zwischen Rückzug und Wut schwankt, wobei Frank fürchtet, er könnte sich in einen Wahn hineinsteigern.

Er spricht über die Isolation im Hotel, seinen Abscheu gegen den Presserummel, darüber, wie schrecklich er seine Töchter vermisst. Er ist am Ende seiner Kräfte, hat keine Ahnung, was er tun soll.

Unwirsch fährt er sich mit der Hand über die Augen.

»Es wird alles gut«, murmele ich, obwohl ich nur zu gut weiß, dass rein gar nichts gut wird. Von manchen Katastrophen kann man sich nicht erholen.

Frank zieht ein zerknülltes Taschentuch aus seiner Tasche. »Danke fürs Zuhören.« Er putzt sich die Nase. »Ich habe sonst niemanden zum Reden. Und ich versuche, für die Kinder stark zu sein …« Er verstummt.

»Natürlich.« Ich nicke verständnisvoll. »Aber darf ich Sie fragen – hat Brian sich Ihnen anvertraut? Wissen Sie, warum er so große Angst hatte?«

Er steckt das Taschentuch wieder ein. »Nein. Ich wünschte, er hätte es getan. Sie scheinen ein sehr netter Mensch zu sein, und ich verstehe auch, dass Sie nur helfen wollen. Aber ich rate Ihnen, sich lieber von uns fernzuhalten. Mein Bruder wurde wegen eines Laptops ermordet. Wer auch immer das getan hat, für den hat ein Menschenleben keinen Wert.«

»Ich kann gut auf mich aufpassen.«

»Ja. Das hat Brian auch gedacht.«

Jake

Verdächtiger

Jake sitzt ungeduldig in dem schäbigen Warteraum der Präfektur und knibbelt mit dem rechten Daumennagel an dem vergilbten Klebeband, das ein Plakat an der Wand hält. Seit über vierzig Minuten lässt sie ihn bereits warten, verdammt noch mal! Und das nach all der Scheiße, die sie ihm ohnehin schon zugemutet hat!

Bei seinem ersten Anruf war Aimee Martinet durchaus höflich, hat sich sogar mitfühlend gezeigt. Beim nächsten Mal hat sie ihn jedoch abgewimmelt und dann gänzlich aufgehört, seine Anrufe anzunehmen. Also hat Jake die Taktik geändert und angefangen, ihr E-Mails zu schreiben. Mehrere. Schließlich hat sie ihm geantwortet, er könne einen Termin vereinbaren und gemeinsam mit seinem Vormund vorbeikommen. Also hat er brav einen Termin ausgemacht. Allerdings ohne Onkel Frank etwas davon zu sagen.

Wenigstens hatte er endlich eine Audienz bei diesem verdammten Miststück.

Bei diesem Gedanken regen sich Gewissensbisse in ihm. Wenn er will, dass Aimee Martinet auch nur ein Wort von dem glaubt, was er sagt, kann er es sich nicht erlauben, so auszuflippen. Er muss sich beruhigen. Er verkrallt die Hände fester ineinander und beschließt, sein Temperament zu zügeln.

Da ist sie. Sie öffnet die Tür zum Allerheiligsten. Ihr Blick fällt auf Jake, dann schweift er umher, auf der Suche nach Frank. Die hohen Absätze ihrer dunkelblauen Pumps klackern auf dem Fußboden, als sie näher kommt.

»Ist Ihr Onkel nicht hier?«, fragt sie ohne Umschweife.

»Nein, ich …«

»Dann müssen Sie wieder gehen«, erklärt sie mit fester Stimme. »Machen Sie einen anderen Termin. Er muss dabei sein.«

»Ich brauche nur zehn Minuten«, bettelt Jake. »Was ist schon dabei, wenn Sie sich anhören, was ich zu sagen habe? Außerdem bin ich einundzwanzig. Er ist mein Onkel, aber nicht mein Vormund.«

Sie legt den Kopf schief und betrachtet Jake abschätzig, doch er hält ihrem Blick selbstbewusst stand. Der Ausdruck in ihren Augen verändert sich. Die Entscheidung ist gefallen.

»Kommen Sie mit.«

Jake folgt ihr den Flur entlang zum selben Konferenzraum wie beim letzten Mal; der, von dem Jake ziemlich sicher ist, dass es sich bei dem Spiegel an der rot gestrichenen Wand um einen Einwegspiegel handelt.

Sie bedeutet ihm, sich zu setzen. Er gehorcht und beginnt zu reden, legt alles dar, was er weiß: seine Theorie über den Liebhaber seiner Mutter, Will Crane, seine

Nachforschungen zu den Kameras in unmittelbarer Umgebung des Apartments, seine Überzeugung, dass sie, wenn sie das Videomaterial all dieser Kameras prüfen, Crane darauf sehen würden.

Sie lässt ihn reden, ohne zu unterbrechen, während er mit ruhiger Stimme seine auf Logik und Analyse beruhenden Argumente vorbringt. Jake weiß, dass er recht hat. Schließlich geht ihm die Luft aus, und sein anfänglicher Wortfluss versandet in gestammelten halb garen Phrasen.

Er ist nicht sicher, wie er ihre Miene deuten soll.

Immer wieder presst sie die Lippen aufeinander, streicht sich eine Strähne hinters Ohr. »Eine ziemlich beeindruckende Präsentation«, bemerkt sie.

Jakes Herz macht einen Satz. Ist er etwa zu ihr durchgedrungen? Offensichtlich. Sie glaubt ihm. Vor Erleichterung wird ihm schwindelig.

»Das einzige Problem ist, dass wir bei der Ermittlung eine völlig andere Spur verfolgt haben. Eine, die recht vielversprechend aussieht.«

Er kann seine Verblüffung nicht verhehlen. Das hat er nicht erwartet. Doch sie wirkt so überzeugt, scheint geradezu versessen darauf, seine Erkenntnisse über Will Crane abzuwiegeln.

»Welche Spur denn? Was haben Sie herausgefunden?«

Sie beugt sich vor und berührt leicht seinen Unterarm. »Tja, erstens wissen wir, dass Sie früher nach Paris zurückgekommen sind, als Sie uns glauben ließen. Die Wahrheit ist, dass Sie am Tag vor dem Mord an Ihrem Vater zurückgekehrt sind«, sagt sie, ohne den Blick von ihm zu nehmen.

Catherine

Überwachung

Ich schlüpfe aus den Schuhen und schließe die Haustür hinter mir.

Meine Kommandozentrale wartet auf mich; vor mir liegt eine Menge Arbeit. Ich presse meinen Daumen auf den Fingerabdruckscanner, setze mich auf den Stuhl und rolle zwischen den beiden Schreibtischen hin und her, fahre die Computer hoch. Aus einer Schublade nehme ich eine Flasche Tequila und genehmige mir einen ordentlichen Schluck. Ich muss den Schmerz lindern, kann es mir aber nicht leisten, unkonzentriert zu werden.

Mein Magen verkrampft sich, als ich Delphines Nummer in ein Handy tippe. Seit Stunden versuche ich vergeblich, sie zu erreichen.

Ich trete ans Fenster und blicke auf die Straße unter mir. Die wenigen Leute, die jetzt noch umherziehen, sind ziemlich betrunken. Oder halten sich in den Schatten versteckt. Mein Anruf landet auf der Mailbox. Schon wieder.

Ich wende mich wieder den Bildschirmen zu und studiere die Aufzeichnung der Überwachungskamera vor dem Unterschlupf in Stockholm. Das Gebäude ist in

Dunkelheit gehüllt. Balint und Elena müssten inzwischen längst dort sein. Ebenso Delphine.

Das Scharren eines Schlüssels, der in ein Schloss gesteckt wird, lässt mich aufhorchen. Auf den Bildschirmen sehe ich nichts. War das ein Türknauf, der gedreht wird? Mit hämmerndem Herzen registriere ich, dass das Geräusch nicht von einem meiner Monitore kommt.

Jemand ist in meiner Wohnung.

Falls es ein Handlanger des Russen sein sollte, ist er unter Garantie bewaffnet. Ich ziehe eine Dose Pfefferspray aus dem Fach unter meinem Schreibtisch.

Schritte hallen auf den Dielenbrettern wider. Der Eindringling ist auf dem Weg in mein Schlafzimmer. Zweifellos geht er davon aus, dass ich fest schlafe und damit ein leichtes Ziel bin. Ein eisiger Schauder überläuft mich. Sind sie schon früher in meine Wohnung eingedrungen? Sind sie ein und aus gegangen und haben sich alles genau angesehen, während ich nichts davon mitbekommen habe?

Ich glaube nicht, dass der Russe mich kaltmachen will. Nicht solange er nicht weiß, wo Elena steckt. Aber ich habe mit eigenen Augen gesehen, zu welcher Grausamkeit er in der Lage ist. Nur allzu deutlich erinnere ich mich an die Initialen, die der Scheißkerl Elena ins Fleisch gebrannt hat.

Auf nackten Füßen tappe ich leise den Flur entlang, sorgsam darauf bedacht, nicht auf das knarzende Dielenbrett zu treten. Meine Finger schließen sich um die Pfefferspraydose.

Eine dunkle Gestalt steht in der Tür zu meinem Schlafzimmer. Ein Mann. Er zögert; vielleicht hat er gesehen, dass das Bett leer ist. Er dreht sich um. Ich überwinde die Distanz zu ihm mit drei raschen Schritten. Als ihm das Pfefferspray ins Gesicht sprüht, schreit er auf und geht in die Knie.

Zu spät erkenne ich den Eindringling. »*Merde!* Was machst du denn hier?«

»Ich wollte dich überraschen«, keucht Gerard schmerzerfüllt.

Ich könnte mich in den Hintern treten, weil ich seinem Drängen nachgegeben und ihm einen Schlüssel zur Wohnung gegeben habe. Ich hätte es besser wissen müssen. Leute, die mir zu nahe kommen, werden verletzt. Manchmal von mir selbst.

»Bleib, wo du bist«, befehle ich.

Wenig später lasse ich mich mit einer Schüssel kaltem Wasser und einem sauberen Geschirrtuch neben ihm auf die Knie sinken. Er stöhnt, als ich seine Augen und sein Gesicht mit dem feuchten Lappen abtupfe.

»Warum tust du mir das an?«, jammert er. »Meine Frau besucht ihre *maman*, und wir haben uns so lange nicht …«

»Du hast mich fast zu Tode erschreckt«, antworte ich ebenfalls auf Französisch. »Schleichst dich mitten in der Nacht in meine Wohnung! Eine Frau hat das Recht, sich selbst zu verteidigen.«

Zwanzig Minuten später setze ich Gerard in ein Taxi und schicke ihn in die nächstgelegene Notaufnahme.

Er solle behaupten, er sei auf offener Straße von einem Unbekannten angegriffen worden. Seine Frau mag ja seine Affären tolerieren, aber nach einigem eindringlichen Zureden versteht Gerard, dass es mir lieber ist, wenn wir diesen Vorfall lieber für uns behalten.

Außerdem habe ich klammheimlich meinen Schlüssel von seinem Ring entfernt.

Gerard weiß es noch nicht, aber ich werde ihn nie wiedersehen.

Als ich in meine Kommandozentrale zurückkehre, sehe ich auf einem der Monitore des Stockholmer Unterschlupfs eine Bewegung. Ich trete näher und zücke mein Handy.

Auf dem Bildschirm beobachte ich Delphine, die den Schlüssel in das Haustürschloss steckt. Sie nimmt den Rucksack ab und kramt nach dem klingelnden Handy, während sie sich mit der Schulter gegen die Tür stemmt.

Ich schalte auf die nächste Kamera. Delphine betritt die Diele, schließt die Tür mit ihrer Hüfte. Sie knipst das Licht an und stellt den Rucksack auf den Boden, um mit beiden Händen darin wühlen zu können.

»*Oui?*«, meldet sie sich endlich.

»Wo warst du denn die ganze Zeit?«, fauche ich.

»Der Flug hatte Verspätung. Irgendein Theater am Flughafen. Aber B ist jetzt mit der Lieferung unterwegs.«

Ich atme durch. Alles wird gut.

Perfekt.

Jake

Der Ring

Jake läuft durch die Straßen, rempelt eine Frau mit Kinderwagen an. Er streckt die Hand aus, um sie aufzufangen, wobei er sie versehentlich berührt, wo er sie lieber nicht berühren sollte. Kreischend schlägt die Frau mit ihrer Handtasche nach ihm und lässt einen Schwall von Obszönitäten vom Stapel.

Mit einer Entschuldigung auf den Lippen weicht Jake zurück, dreht sich um und läuft los. Die Gesichter der Passanten verschwimmen zu einem undefinierbaren Gewirr aus Farben und Umrissen; Stimmen, ein Hupkonzert, die eingängige Melodie eines Geigenstücks widerstreiten mit dem ohrenbetäubenden Rauschen in seinem Kopf.

Dieses elende Miststück. Wie konnte sie in aller Seelenruhe dasitzen und ihn all seine Argumente haarklein darlegen lassen, während sie ihre Falle bestückte und sie dann zuschnappen ließ. Es geht niemanden außer ihm selbst etwas an, warum er einen Tag früher nach Paris zurückgekommen ist.

Er ist aus der Puste, drosselt sein Tempo. Schließlich bleibt er stehen, stützt sich mit beiden Händen auf den Knien ab und saugt gierig die Luft ein. Scheiße.

Die Polizei verdächtigt ihn. Sie glauben, er hat seinen Vater ermordet.

Ein kleines Mädchen hält einen glänzenden Goldring vor Jakes tränende Augen.

»Du hast das fallen lassen, ja?«, fragt das Kind mit ausgeprägtem Akzent und blickt ihn mit einem hinreißend schüchternen Lächeln aus großen braunen Augen an.

Jake spürt, wie eine Hand in die Gesäßtasche seiner Jeans wandert, und wirbelt herum. Ein Mann von etwa Anfang dreißig, dünn, drahtig und mit denselben großen braunen Augen wie das Mädchen hält Jakes Geldbörse in seiner knochigen Hand.

Befeuert von seiner aufgestauten Wut, brechen sich Jakes Gefühle Bahn. Er holt aus und schlägt zu. Der Schwung des Hiebs lässt beide Männer auf den Bürgersteig knallen.

Krachend landet seine Faust im Gesicht des Kerls. Er heißt das schmerzhafte Knacken von Knorpelgewebe und Knochen willkommen, als die Nase des Typs zerschmettert.

Die Haut an Jakes Knöcheln platzt. Sein Blut vermischt sich mit dem des Fremden.

»Papa, Papa, Papa!«, schreit das Mädchen.

Jake rollt sich von dem Taschendieb herunter, rappelt sich auf, hebt seine Geldbörse vom Bürgersteig auf.

Das Mädchen geht neben ihrem Vater in die Knie. Tränen rinnen über ihr entsetztes kleines Gesicht.

»Tut mir leid«, murmelt Jake an das Mädchen gewandt. »Es tut mir leid. *Désolé.*«

Ein paar Schaulustige sind stehen geblieben und starren ihn an. Ein fetter Tourist mit Bauchtasche und Socken in den Sandalen filmt Jake mit seinem iPhone. Jake kann das nicht zulassen.

Mit seinem Portemonnaie in einer blutigen Hand und dem iPhone des Fettsacks in der anderen stürzt er davon, bevor der Typ auch nur den Mund aufbekommt und nach Hilfe rufen kann.

Catherine

Einfach

Mallory Burrows hat mich in den vergangenen drei Jahren regelrecht verfolgt.

Was nur allzu logisch ist.

Wieder und wieder habe ich die Geschichte umgeschrieben: So, dass ich niemals diesen ersten Drink oder den darauffolgenden zu mir genommen, niemals das Flugzeug verpasst habe. Nie versagt habe. In meinen Tagträumen bringe ich Mallory in Sicherheit, während ich ihren Stalker aufspüre und ihn liquidiere. Es war ein einfacher Job.

Zumindest hätte es einer sein sollen.

Ich habe mir ausgemalt, wie ich den Hinweisen auf ihren Mörder nachging, wie ich Crane aufstöberte, ihn zu einem Geständnis zwang, der Polizei übergab und die Leiche der armen Mallory ihrer Familie zurückbrachte, damit sie bestattet werden konnte. Und sie damit abschließen konnten.

Ich weiß nur zu gut, wie sich Ungewissheit anfühlt.

Stattdessen bin ich nach Paris geflohen und habe mich damit zufriedengegeben, Mallorys Familie in ihrer Unwissenheit leiden zu lassen. Ich bin nicht nur eine Enttäuschung, sondern auch ein Feigling.

Wollen Sie eine weitere meiner Lieblingsfantasien hören?

Mallory ist am Leben und glücklich in ihrem Exil, mit ihrem Liebhaber Will. Ihr Verschwinden und Cranes Brief waren Beweis genug für ihren Tod und nur ein ausgeklügelter Betrug, ausgeführt von einer verzweifelten Frau, die ihrem alten Leben entkommen und ein neues anfangen wollte. Wer weiß? Es könnte stimmen. Habe ich nicht für zahlreiche Kundinnen bereits dasselbe getan?

Der Mord an Brian Burrows macht dieses reizende kleine Märchen weitaus weniger wahrscheinlich.

Und nun kann ich das Gefühl nicht abschütteln, wie Natalie Burrows die Arme um mich schlang, ebenso wenig wie die Trauer in ihren Augen, die sich anfühlte, als würde ich in einen Spiegel sehen.

Ich habe diesem Mädchen die Mutter genommen. Und auch den Vater, wenn zwischen den beiden Morden eine Verbindung besteht.

Ich betrachte das Foto, das Scovell mir geschickt hat. Wer ist dieser Mann? Hat er Brian Burrows verfolgt? Warum? Hat er ihn ermordet? Und falls ja, weshalb? Steht er irgendwie mit Mallory und ihrem Liebhaber in Verbindung? Kann es sein, dass sie noch leben und Brian ihr gemeinsames Opfer ist?

Wie kann ich diesen Mann finden, bevor er erneut zuschlägt?

Ich greife nach der Tequilaflasche.

Ich hasse diesen Tag. Ich hasse Verzögerungen. Ich

hasse Fehler. Ich hasse es, wenn ich um ein Haar scheitere.

Ich hasse auch unbeantwortete Fragen. Ich will es *wissen*.

Vor allem hasse ich es, wenn mir etwas Sorgen bereitet.

Schlimme Dinge passieren, wenn ich das tue.

Natalie

Knöchel

Die kleine Deckenlampe mit dem ausladenden Schirm wirft einen einsamen Lichtkegel auf den Boden des Hotelzimmers. Ansonsten ist das Licht gedämpft, die dicken orangen Vorhänge zugezogen. Natalie kauert in einer Ecke, die Knie bis ans Kinn hochgezogen.

Worüber genau haben Hannah und Onkel Frank gesprochen, nachdem sie sie allein gelassen hat? Was weiß er?

Diese Frage beschäftigt sie schon den ganzen Tag.

Sie haben keine Geheimnisse voreinander, Onkel Frank und sie. Vielmehr vertrauen sie einander welche an. Schon seit Natalie ein kleines Mädchen war. Weshalb also enthält er ihr jetzt etwas vor?

Sie hält sich Jakes T-Shirt, das sie aus dem Stapel seiner Schmutzwäsche gezogen hat, vor die Nase und saugt tief seinen Geruch ein. Blut von ihren abgeknibbelten Nagelhäutchen ist auf der weißen Baumwolle getrocknet.

Wo ist Jake?

Als er zum Abendessen nicht nach Hause aufgetaucht ist, hat Onkel Frank bei Aimee Martinet angerufen. Er wurde ganz blass, während er lauschte, dann ist er in seinem Schlafzimmer verschwunden und hat die Tür hinter sich zugeschlagen.

Natalie hat versucht, ihn zu belauschen, doch seine Stimme war zu leise, um etwas zu verstehen. Nach einer Weile ist Onkel Frank wieder aufgetaucht. Sie hat ihn bestürmt. Was hatte Martinet gesagt? Wo steckte Jake?

»Ich habe nur gesagt, dass ich mir Sorgen mache, weil Jake so spät nach Hause kommt.«

»Das ist nicht wahr! Ich habe dein Gesicht gesehen.«

»Ich weiß nicht, wovon du sprichst.«

»Warum lügst du mich an?«

»Natalie! Das reicht. Ich weiß, dass du dir Sorgen machst. Das tue ich auch. Aber du kennst deinen Bruder doch. Wahrscheinlich lässt er einfach irgendwo Dampf ab. Mach dir bitte keine Sorgen«, fügte Onkel Frank hinzu.

Ach ja. Keine Sorgen machen. Das ist ein verdammt beschissener guter Rat.

Und warum schien Hannah Potter Onkel Frank so nervös zu machen? Was zum Teufel hat das alles zu bedeuten?

Natalie weiß nicht, wo ihr der Kopf steht. Wie kann sie Onkel Frank verdächtigen? Was genau soll er denn getan haben? Nur weil er auch besorgt ist? Wer zum Teufel macht sich denn hier *keine* Sorgen?

Warum kann ich nicht einfach meinen beschissenen Verstand ausschalten?

Natalie sehnt sich nach süßer, schmerzender Erleichterung. Danach, den Schmerz zu betäuben, dem die Welt sie aussetzt, indem sie den Schmerz kontrolliert, den sie sich selbst zufügt.

Aber Onkel Frank beobachtet jeden ihrer Schritte. Und Natalie will um jeden Preis aufs College gehen, nicht zurück in dieses Therapiezentrum.

Dr. Blooms Stimme schiebt sich in ihre Gedanken. *»Besorgnis sind Zinsen, die für Probleme gezahlt werden, die noch gar nicht fällig sind. Sei dankbar. Das Leben ist ein Geschenk. Sei dankbar für jeden Tag.«*

Natalie packt Jakes T-Shirt so fest, dass ihre Knöchel weiß hervortreten.

Wie viele verdammte Male hat Dr. Bloom das zu ihr gesagt? *Diese dämliche Kuh! Was, wenn man jedes Recht der Welt hat, sich Sorgen zu machen? Und welcher Teil meines beschissenen Lebens ist ein beschissenes Geschenk, verdammt noch mal?*

Unvermittelt wird Natalie bewusst, dass ihr Studium an der Kunstakademie in Gefahr sein könnte. Sie hat keine Ahnung, wie ihre Familie finanziell dasteht. Was, wenn sie sich das Schulgeld nach Dads Tod nicht leisten können? Ob Jake mehr weiß?

Wo zum Teufel steckt er?

Natalie hämmert an Onkel Franks Tür.

Gedämpftes Stöhnen dringt aus dem Zimmer.

Natalie öffnet die Tür. Frank, in T-Shirt und Boxershorts, schlägt die Decke zurück und springt aus dem Bett. »Was ist los?«

»Los, raus mit der Sprache«, sagt sie. »Was hat Miss Martinet über Jake gesagt?«

Onkel Frank lässt sich auf das Bett sinken.

»Also gut. Sie sagte, Jake sei nicht in Amsterdam gewesen, als dein Dad ermordet wurde. Stattdessen war er hier, in Paris. Er hat uns belogen, Natalie. Die Polizei. Und uns beide.«

Catherine

Spirale

Ich bin betrunken.

Sternhagelvoll.

Ich bin nicht stolz darauf. Sondern ich sage bloß, was Sache ist.

Das letzte Mal, als ich betrunken war …

Ich stolpere zu meinem Bett, die Flasche in der Hand. Stoße mir prompt den großen Zeh am Nachttisch, es tut weh.

Scheiße!

Ich kippe den Tequila in mich hinein. Es ist mir egal, dass er mir übers Gesicht und die Schulter läuft, eine stinkende Spur auf meiner Haut hinterlässt.

Tränen strömen mir über die Wangen. Meine Nase läuft. Mein Schädel dröhnt. Ich fühle mich beschissen.

Ich erhasche einen Blick auf mich in dem Spiegel über der Kommode, als ich auf einen Stapel Kissen falle. Ich sehe auch beschissen aus.

Das letzte Mal, als ich betrunken war …

Das letzte Mal habe ich mein Treffen mit Mallory Burrows verpasst.

Eigentlich habe ich Mallory gar nie persönlich kennengelernt, aber das Foto ihres Gesichts, das danach überall verbreitet wurde, hat sich mir unwiderruflich ins Gedächtnis gebrannt. Diese grauen Augen. Dieselben Augen, wie ich sie inzwischen aus dem bleichen, abgespannten Gesicht ihrer Tochter kenne.

Ich ziehe mir die weiche Chenilledecke übers Gesicht. Atme die Gerüche darunter ein, eine Mischung aus Schweiß und Sex und meiner Lieblingsbodylotion mit Lavendelduft.

Ich stöhne, presse mir die Handflächen auf die verheulten Augen. Flehe um das Vergessen, die Besinnungslosigkeit.

Schließlich legen sie sich über mich.

Ich habe keine Ahnung, wie lange ich weggetreten bin.

Das Aufheulen eines Motors katapultiert mich ins Hier und Jetzt zurück. Ich versuche zu ergründen, wo ich bin.

Ich bin irgendwo eingezwängt. Ein Sicherheitsgurt spannt sich über meinem Schoß.

Ein Sicherheitsgurt?

Das Geräusch stammt von Düsentriebwerken. Ich reiße die Augen auf. Ich bin auf einem Flugzeugsitz festgeschnallt, hänge aber in der Luft, ohne ein Flugzeug um mich herum, ohne einen Piloten. Stattdessen höre ich lediglich dieses unfassbar laute Dröhnen, während ich hilflos und wie gelähmt in meinem Sitz im Nichts schwebe.

Ich reiße den Mund auf, schreie in den Wind.

Und wache auf. Schweißüberströmt und japsend.

Jetzt fällt es mir wieder ein: Diesen Traum hatte ich schon früher.

Grelles Sonnenlicht fällt durchs Fenster. Mein Mund, meine Kehle sind staubtrocken. Ich schleppe mich ins Badezimmer. Trinke das kalte Wasser direkt aus dem Hahn. Erleichtere mich in einem breiten Strahl. Mein Urin stinkt nach Tequila, ebenso wie mein Schweiß. Ich muss dringend duschen, doch der Aufwand erscheint mir zu groß.

Ich war in einer Bar am Flughafen und wollte gerade nach New York fliegen, als es passierte. Mallory hatte mich kontaktiert. Ich war überzeugt davon, dass ihre Angst vor einem Stalker durchaus berechtigt war, und wollte ihr helfen. Aber dann sah ich es. Jeder Nachrichtenkanal berichtete über die Farm, mein früheres Zuhause.

Das FBI hatte die Farm gestürmt.

Habe ich die Farm bereits erwähnt? Vermutlich nicht. Es gibt Orte und Lebensphasen, die man am besten vergisst und hinter sich lässt. Die Farm ist Teil meiner eigenen Geschichte, die ich neu schreiben würde, wenn ich es könnte.

Niemand liebt dich, Catherine. Nur wir lieben dich.

Mein Vater und ich hatten die Farm verlassen, als ich erst acht war. Seitdem war eine Menge passiert. Dort, in dieser grell erleuchteten Flughafenbar, fühlte es sich an, als wäre die Zeit auf der Farm eine halbe Ewigkeit her. Sie fühlte sich fremd an. Definitiv nicht von dieser Welt, *meiner* Welt.

Niemand liebt dich, Catherine. Nur wir lieben dich.

Komisch, dass ich diesen Spruch immer noch im Kopf habe. Dabei ist es alles andere als komisch.

An diesem Tag, als ich eigentlich zu Mallory fliegen wollte, war die Farm mit einem Mal ins Rampenlicht gerückt. Überall lauerten Ü-Wagen und sensationsgierige Reporter. Es ging hier um unsere Welt, meine Welt. Ich verpasste meinen Flug, saß wie gebannt vor dem Fernseher und lauschte wie Millionen anderer Amerikaner den Live-Berichten über diese Sekte aus einer Gruppe Aktivisten, die für die Rechte der Väter kämpften und sich erbittert dem Zugriff durch das FBI zu entziehen versuchten. Ich trank und trank, schob die wachsende Flut der Erinnerungen weg.

Lass uns gehen, Cathy. Lass uns gehen.

Nach über neun Stunden des Wartens, von denen jede einzelne Minute von einer Horde Experten zerpflückt und analysiert worden war, gab ein Hitzkopf aus Father Karls Gemeinschaft den ersten Schuss ab. Die Feds machten die Farm dem Erdboden gleich. Father Karl musste zusehen, wie zwölf seiner Gefolgsleute starben, darunter zwei seiner drei Kinder, bevor er sich seine Schrotflinte in den Mund schob und sich das Hirn wegblies.

Niemand liebt dich, Catherine. Nur wir lieben dich.

Zu dem Zeitpunkt war ich bereits wieder nüchtern, Mallory Burrows wurde vermisst und war vermutlich tot.

Jake

Stampfen

Die Musik ist derb und laut – »*Nouveau punk!*«, hat der Typ vor der Tür gebrüllt, als er die Gäste hereinzulocken versuchte. Der Klub ist voller Skinheads in Lederkluft. Es fühlt sich an, als würde das Blut im Rhythmus der Musik durch seine Venen pulsieren.

Irgendwo im Raum splittert Glas, gefolgt von Schubsen, Stoßen, wütenden Stimmen. Wie eine Welle breitet sich die Gewalt durch den Klub aus.

Der Strudel der Gäste zieht Jake mit sich, auf die Tanzfläche. Es ist eng, voll, klaustrophobisch. Jake reißt die Arme hoch, kämpft um etwas Platz, um atmen zu können, spürt, wie sein Ellbogen auf einen Kiefer trifft. Eine Flut aus Schimpfwörtern in einer Sprache, die Jake nicht erkennt, geht über ihm nieder. Dann wird er in die Luft gerissen und wie eine Puppe durch den Raum geschleudert.

Gut, denkt Jake, als er hart auf dem Boden aufschlägt und ein Stiefel auf seinen Kopf niedersaust, *das ist gut.*

Catherine

Still!

»Cathy.« Das Flüstern ist leise in meinem Ohr. *»Lass uns gehen, Cathy. Lass uns gehen.«*

Ich kämpfe mich aus dem Tiefschlaf. Mama steht vor meinem Bett.

»Los, wir stürzen uns in ein Abenteuer«, flüstert sie, nimmt mich hoch und setzt mich mit einem Ächzen auf ihre Hüfte. Ich bin fünf, ein großes Mädchen inzwischen, deshalb kann Mama mich kaum noch tragen.

Eilig öffnet sie die Haustür. Daddy steht auf der Schwelle.

Er wirft mich in die Luft. Lacht. Seine Pranken schließen sich um meine kleinen Hände.

Ein Drücken. Ein Reißen, so heftig, dass der Schmerz durch meine Schulter fährt.

Ein Blitz. Ein Knall.

Etwas spritzt auf. Rosa, tiefrot und grau.

»Still«, befiehlt Daddy und legt mir die Hand auf den Mund. *»Sei still, Cathy. Pssst.«*

Erst da merke ich, dass ich schreie.

Ich wache in meinem Apartment auf, aus dem Schlaf gerissen von meinem eigenen schrillen Schreien. Es dauert lange, bis ich wieder weiß, wo ich bin.

Paris.
Zu Hause. Ich bin in Sicherheit.
Es war ein Albtraum. Nur ein Albtraum.
Ich zwinge meinen Herzschlag, sich zu beruhigen.
Hebe die Tequilaflasche an die Lippen.
»Lass uns gehen, Cathy. Lass uns gehen.«

Frank

Tagesanbruch

Der verlockende Duft von frisch gebrühtem Kaffee weht in den Frühstücksraum. Frank atmet tief ein und gießt sich aus der Kanne auf dem Sideboard eine Tasse ein.

Der kleine Innenhof, auf den der Frühstücksraum hinausgeht, ist in Dunkelheit getaucht; nur ganz schwach ist das erste Licht des Tages am Himmel zu erahnen. Ein Kellner nickt grüßend und bedeutet Frank, er könne sich hinsetzen, wo er will. Frank lässt den Blick umherschweifen. Er ist der einzige Gast zu dieser frühen Stunde.

Frank wählt einen Tisch direkt neben dem Fenster, klappt seinen Laptop auf, dann bestellt er *jus de pamplemousse* und Croissants. Während sein Computer hochfährt, denkt Frank unbehaglich an Hannah Potter. Es passt ihm nicht, dass diese Fremde in ihren Angelegenheiten herumschnüffelt; ihre heimlichen Gespräche mit Natalie ärgern ihn.

Gleichzeitig verspürt er beim Gedanken an Hannah ein Ziehen in den Lenden. Er rutscht auf der Sitzfläche hin und her, um seine Erektion zu kaschieren.

Er blickt auf das Display seines Handys. Es ist zu

früh, um Aimee Martinet anzurufen. Außerdem würde sie sich doch bei ihm melden, wenn sie etwas Neues über Jake wüsste, oder?

Er öffnet die CNN-Seite und scrollt durch die Nachrichten. Bombenattentate. Schießereien. Ein Chemieunfall. Korruption. Eine sülzige Geschichte über die Liebe zwischen einem Hund und einem Otter. Ewig dieselbe Scheiße.

Heute Morgen hat Frank Natalie auf dem Fußboden schlafend vorgefunden, den Kopf auf Jakes überquellender Reisetasche gebettet und eines seiner T-Shirts wie einen Teddybären im Arm.

Er hat sie hochgehoben und in ihr Bett getragen. Sie war leichter als seine Töchter, die einige Jahre jünger sind. Violette Schatten zeichneten sich unter ihren Augen ab, und sie hat sich kaum bewegt. Wahrscheinlich war sie die ganze Nacht wach und würde noch Stunden schlafen.

Erschaudernd denkt er an ihre Reaktion auf Aimee Martinets Enthüllung über Jake. Aber was hat er erwartet?

Der Kellner bringt ihm den Grapefruitsaft, einen Korb mit Croissants, ein Töpfchen mit cremiger Butter und einen weißen Teller mit drei verschiedenen Marmeladesorten. Frank reißt eines der fluffigen Gebäckstücke entzwei und beobachtet, wie der Dampf aus dem feuchten Inneren aufsteigt. Er bestreicht eine Hälfte mit Butter und Erdbeermarmelade und schiebt sie sich in einem Stück in den Mund.

Es gibt keine andere Möglichkeit, entscheidet er grimmig. Natalie muss wieder in Behandlung. Er bewegt den Cursor über seinen Suchverlauf. Er hat bereits in dem Zentrum angerufen, wo Natalie vor drei Jahren behandelt wurde, nur um zu erfahren, dass Dr. Bloom, die frühere Leiterin, letztes Jahr unter tragischen Umständen bei einem Verkehrsunfall umgekommen ist. Der neue verantwortliche Arzt hat ihm erklärt, es gebe gerade keine freien Betten, wollte ihm jedoch eine Liste mit anderen Einrichtungen mailen. Frank hatte gerade begonnen, die Alternativen zu prüfen, als Natalie ins Zimmer platzte.

Er kann erst mit ihr darüber reden, wenn er sich überlegt hat, wie es weitergehen soll. Und nun, da auch noch Jake verschwunden ist… *Verdammt, wo steckt der Junge bloß?*

Frank weiß nicht, was überwiegt, seine Sorge oder seine Wut. Er schiebt einen weiteren Bissen Croissant in den Mund und checkt seine Mails.

Eine Zahlungsaufforderung des Pflegeheims seiner Mutter, eine aufgebrachte Mail von seinem Anwalt wegen des Sorgerechtsstreits. Himmel. Er muss dringend zurück in die Staaten! Sein ganzes Leben hängt gerade in der Warteschleife. Er trinkt den letzten Schluck Kaffee. Was es auch kostet, er wird sich um diese beiden Kinder kümmern und sie verdammt noch mal aus Paris rausschaffen.

Er steht auf und hastet in die Suite zurück. Ein rascher Blick verrät ihm, dass Jake noch nicht wieder da ist. Er reißt die Tür zu Natalies Schlafzimmer auf, in der Erwartung, sie im Bett liegen zu sehen.

Aber es ist leer. Und auch im Badezimmer ist keine Spur von ihr.

Beide Kinder sind verschwunden.

Catherine

Aufgerüttelt

Ein lautes Klopfen. Das Klirren von zerborstenem Glas. Meine verklebten Augen öffnen sich nur widerstrebend.

Dunkelheit. Nacht? Ich liege auf dem Fußboden meines Schlafzimmers, eine fransenbesetzte Burberry-Stiefelette bohrt sich unangenehm in meine Wange. Keine Ahnung, wie ich hierhergekommen bin.

Ein Knöchel erscheint in meinem Blickfeld.

Meine Hand schnellt vor. Packt das Bein des Eindringlings. Ein lautes »*Merde!*« dringt durch den dunklen Raum, als er (sie?) mit dem Gesicht nach vorne auf dem Boden landet.

Moment mal. Ich kenne diese Stimme.

»Jumah? Bist du das?«, frage ich auf Französisch.

Ein Schwall wütender Flüche geht über mir hernieder. »Wer kommt wohl sonst hier herauf und kümmert sich um deinen versoffenen Arsch? Ich glaube, du hast mir die Nase gebrochen. Scheiße. Fuck. Das tut weh. Du dämliche Kuh!«

Jumah erklärt, er habe zehn lange Minuten an meine Tür gehämmert, ehe er die Feuertreppe an der Seite des Gebäudes hinaufgeklettert sei. Er hätte sich Sorgen gemacht, weil er mich von drinnen zwar gehört, ich aber nicht auf sein Klopfen reagiert hätte.

»Du hast mich gehört?«, stoße ich hervor.

»Ja, geschrien hast du. Als ob dich jemand windelweich prügelt. Aber das war wohl bloß ein Traum, ja?« Verlegen über die Intimität, die Tatsache, dass er Zeuge meines unruhigen Schlafs geworden ist, wendet Jumah den Blick ab.

Er geht ins Bad und kehrt kurz darauf mit einem kühlen, feuchten Waschlappen, einem Glas Wasser und einer Handvoll Prontalgine (diesem einzigartigen, frei verkäuflichen Wundermittel aus Paracetamol und Codein).

Erinnern Sie sich an meinen jungen Freund Jumah? Den halbwüchsigen Sohn meines Gewürzhändlernachbarn, den ich damit beauftragt habe, Elenas Erpresserbrief in Boris' Schoß zu legen?

Als wir uns kennenlernten, war Jumah der jugendliche Intensivstraftäter unseres Viertels und brachte seine Zeit damit zu, die Schwachstellen der vielen Apartments im Marais zu finden, die jetzt als Ferienwohnungen vermietet wurden. Er nahm das Geld, Computer, Schmuck, alles, was sich problemlos heraustragen ließ. Die Touristen füllten einen Polizeibericht aus und fuhren wieder nach Hause, wo auch immer das sein mochte, um ein paar Besitztümer ärmer (dafür aber mit einer dramatischen Urlaubsgeschichte im Gepäck).

Bis er den Fehler beging, sich meine Wohnung vorzunehmen. Ich will nicht weiter ins Detail gehen. Sagen wir einfach, dass ich Jumah auf einen neuen Weg gebracht habe und seine Fähigkeiten für das nutze, was ich gerne als Dienst für die Guten betrachte. Ich bezahle ihn auch anständig. Im Gegenzug hat er meinen armseligen Arsch mehr als einmal nach einem Besäufnis gerettet.

Wenn das keine Freundschaft ist …

Ich nehme die angebotenen Tabletten und das Wasser, lege den Waschlappen auf meine verschwitzte Stirn. Schließe die Augen.

Vielleicht bin ich auch eingeschlafen. Genau kann ich es nicht sagen. Aber dann weht mir plötzlich Kaffeeduft in die Nase. Gesegnet sei der Junge.

»Ich gehe mal los und besorge dir was zu essen«, sagt Jumah auf Französisch. »Du hast nichts hier. Und du wirst es brauchen, wenn du wieder auf die Beine kommen willst. Ich habe Neuigkeiten zu dem Foto, das du mir gegeben hast.«

Er schlüpft aus meinem Schlafzimmer.

»Warte!«, rufe ich ihm nach. »Du hast tatsächlich was zu diesem Kerl gefunden?«

»*À bientôt*«, ruft Jumah. »Erst essen.«

Ich höre das Klirren meiner Schlüssel, als er sie aus der Schale nimmt.

Dann das Geräusch der Tür, die sich leise öffnet und hinter ihm schließt.

Natalie

Der Blick

Natalie fährt sich mit beiden Händen durch ihr wirres Haar, während sie durch den heraufdämmernden Pariser Morgen wandert. Mit Daumen und Zeigefinger arbeitet sie sich an einer Strähne entlang, bis zur Wurzel, ehe sie sie mit einem kurzen Ruck ausreißt. Ein unbeschreibliches Hochgefühl ergreift Besitz von ihr.

»Körperkonzentrierte wiederholte Verhaltensmuster«, so hat Dr. Bloom das genannt, doch Natalie mochte diesen Begriff nicht. Der Nervenkitzel des Verbrennens, das kalkulierte Vergnügen des Ritzens, die wohlige Erleichterung, wenn sich ein Haar aus der Wurzel löst, das leichte Bluten von Fingernägeln und Nagelhäutchen, wenn man sie abbeißt. Verbrennen. Ritzen. Reißen. Beißen. Das gehörte ihr, es war privat und befriedigend; sie verabscheute die klinische Bezeichnung dafür.

Sie zwirbelt die ausgerissene Haarsträhne in ihrer Handfläche und spürt diese Scham, die unweigerlich auf das Wohlgefühl folgt. Sie schiebt die Ärmel hoch und blickt auf die Narben auf ihren Armen, offen, verschorft, verheilt.

Sie muss damit aufhören.

Ein vertrauter Refrain ertönt in ihrem Kopf.

Du dämlicher, hässlicher Freak. Du bist verabscheuungswürdig, grotesk. Kein Wunder, dass Onkel Frank dich so nicht auf die Straße lassen will. Du solltest eingesperrt werden, wie ein Tier. Denn genau das bist du auch.

Vielleicht stimmt es ja sogar, aber zuerst muss sie ihren Bruder finden. Wenn Jake etwas zustößt, wird sie zerbrechen, buchstäblich.

Bitte mach, dass es Jake gut geht. Wenn es ihm gut geht, höre ich mit dieser Scheiße auf, ich schwöre.

Sie bemerkt den mitleidigen Blick einer streng gekleideten Geschäftsfrau und reißt die Ärmel wieder herunter.

»Das geht Sie verdammt noch mal nichts an!«, schreit sie, während die Frau rasch weitergeht.

Es fühlt sich gut an, laut sein, schreien zu dürfen.

Catherine

Lügen

Ich mache mich auf den Weg, um Frank und Natalie Burrows über das zu informieren, was Jumah herausgefunden hat. Vielleicht kann ich ihnen damit ja ein wenig Frieden schenken, dafür sorgen, dass sie einen Schritt zurück ins Licht machen, die Dunkelheit hinter sich lassen können. Klingt das übertrieben? Kann sein, trotzdem meine ich es so.

Diesmal betrete ich das Hotel durch den Haupteingang, schiebe mich am letzten Reporter vorbei, der immer noch hier herumlungert, einem fetten Paparazzo mit Kameras um den Hals.

Frank erwartet mich in der Lobby. Mit ausgestreckter Hand tritt er vor, bugsiert mich in Richtung Hotelbar.

»Danke, dass Sie gekommen sind, Hannah.«

Seine Bereitschaft, sich noch einmal mit mir zu treffen, nachdem er bei unserer letzten Begegnung deutlich gemacht hat, ich solle mich aus den Angelegenheiten seiner Familie heraushalten, hat mich ein wenig überrascht. Doch als ich nun in sein angespanntes Gesicht blicke, dämmert mir, dass ihn weniger das Interesse an meinen Plänen antreibt, sondern dass er eher seine eigenen Ziele verfolgt.

»Was ist passiert?«, frage ich, als wir uns auf die beiden Barhocker aus Chrom und Leder setzen.

Er wirft mir einen Blick zu. »Na gut, ich will gleich zur Sache kommen. Jake und Natalie, sie sind beide verschwunden.«

»Was meinen Sie mit *verschwunden*?«

Furchen graben sich in die Haut über seiner Nasenwurzel. »Jake ist schon seit gestern wie vom Erdboden verschluckt. Natalie hat das Hotel verlassen, während ich beim Frühstück war. Keiner von beiden geht an sein Handy.«

»Und Sie haben keine Ahnung, wo sie sein könnten?«

»Nein.«

»Haben Sie die Polizei eingeschaltet?«

Er schüttelt heftig den Kopf.

»Warum nicht? Was ist hier los, Frank?«

Er trommelt mit zwei Fingern nervös auf seinen Oberschenkel.

»Die Polizeibeamtin, die uns zur Seite stehen sollte, hat gesagt, dass Jake über den Zeitpunkt seiner Rückkehr nach Paris gelogen hat. Er war hier, als sein Vater ermordet wurde, und jetzt will er nicht damit herausrücken, wo er zur Tatzeit gesteckt hat. Er war bei ihr, in der Präfektur, aber sie musste ihn laufen lassen. Und jetzt ist er abgetaucht.«

Glaubt er allen Ernstes, dass sein Neffe, dieser übellaunige Strich in der Landschaft, ein brutaler Mörder ist? Ich sehe Frank in die Augen, sehe Angst darin. Verunsicherung.

»Und Natalie? Was ist mit ihr?«

»Das habe ich doch gerade gesagt. Ich habe keine Ahnung! Allerdings bin ich sicher, dass sie ihren Bruder sucht. Und wenn die Polizei im Hinblick auf Jake recht hat …« Er verstummt.

Ein warnendes Kribbeln kriecht mein Rückgrat hoch.

»Okay. Ich habe das Foto, das Brian von dem Mann geschossen hat, der ihm gefolgt ist, einem Freund gegeben. Er hat ihn aufgestöbert. Wie es aussieht, ist er Schauspieler, ein Amerikaner, der hier in Paris lebt. Er hat meinem Freund erzählt, er sei angeheuert worden, um Brian zu folgen. Als Scherz.«

»Das war bloß ein blöder Streich? Wer zum Teufel sollte so etwas tun?« Franks Gesicht läuft rot an.

»Sein Name ist Victor Wyatt. Sagt Ihnen der Name irgendwas?«

»Nein.«

»Wyatt behauptet, ein Service, für den er ab und zu als männlicher Escort arbeitet, hätte ihn engagiert. Bei dieser Art von Geschäft stellt man für gewöhnlich nicht zu viele Fragen, und genau daran hat Wyatt sich gehalten. Aber es ist ein Anfang.«

Frank winkt den Barkeeper heran und bestellt trotz der frühen Stunde einen Whiskey. Er fragt mich, ob ich auch einen will. Ich lehne ab, obwohl ich damit meinen Kater bekämpfen könnte. Frank kippt seinen Drink mit einem einzigen Schluck runter.

»Ich habe bei Jakes Sachen einen Stapel Postkarten und Flyer für männliche Escorts gefunden, mir allerdings nichts dabei gedacht. Schließlich ist er erwachsen …«

Mir bleibt keine andere Wahl, als ganz offen zu sein. »Glauben Sie, Jake hat seinen Vater ermordet?«

Es folgt eine lange, schmerzhafte Stille.

»Ich weiß es nicht. Ich weiß überhaupt nichts mehr.«

Natalie

Spitzen

Les Halles entpuppte sich als Flop auf der ganzen Linie. Natalie war sicher, dass sie Jake aus einer der bis in die frühen Morgenstunden geöffneten Schwulenbars, die er bei seinen Streifzügen durch die Stadt frequentierte, kommen sehen würde, aber offensichtlich war sie zur falschen Zeit am falschen Ort.

Wieso bin ich so verdammt dämlich? Wie komme ich überhaupt auf die Idee, ich könnte Jake in einer so riesigen Stadt aufstöbern? In bin so eine Idiotin.

Seit Stunden ist sie unterwegs, heißt die zunehmend brutale Hitze des Tages ebenso willkommen wie ihren brennenden Durst und das Gefühl, ihr Kopf sei ein riesiger Ballon, der nur lose an ihrem Hals befestigt ist und jeden Moment in die Wolken davonzuschweben droht.

Auf den Champs-Élysées drängen sich die Touristenmassen. Natalie trottet weiter, leckt sich die trockenen Lippen, ignoriert die Straßenhändler mit ihren Karren, aus denen sie eiskaltes Wasser in Flaschen anbieten. Sie muss sich selbst bestrafen. Weil sie so dumm war.

Irgendwann findet sie sich am Arc de Triomphe wieder und geht die Treppe hinauf. Keuchend erklimmt sie die letzten Stufen und tritt in die glühende Sonne;

Schweiß rinnt ihr über den Rücken und die Schläfen, zwischen ihren Brüsten entlang.

Die Stadt breitet sich unter ihr aus, sternförmig wie die Speichen eines Wagenrads. Sie kann den Eiffelturm am Ende einer von Bäumen gesäumten Avenue sehen, in der Ferne reiht sich ein Wolkenkratzer an den anderen.

Die Aussichtsplattform ist mit einem mit Spitzen bewehrten Zaun gesichert. *Um Todesmutige abzuhalten,* denkt Natalie mit einem Anflug von Ironie. Eigentlich ist sie nicht mit dieser Absicht hier heraufgekommen, aber jetzt ist der Wunsch auf einmal da. Sie fragt sich, ob es anderen beim Anblick des Zauns wohl genauso geht.

Natalie schiebt ihr Gesicht zwischen zwei Stäbe und blickt nach unten.

Du bist irgendwo da draußen, Jake.

Sie checkt ihr Handy. Keine Antwort von ihrem Bruder, obwohl sie ihm mehrere Nachrichten geschickt hat. Sie weiß, dass sie Onkel Frank anrufen sollte, aber sie hat die Nase voll von ihm und seiner Besserwisserei.

Ich vermisse Mom. Der Schmerz ist scharf und unvermittelt. Normalerweise versucht Natalie konsequent, nicht an ihre Mutter zu denken. Sie ist Teil der Vergangenheit, von der Dr. Bloom ihr geraten hat, sie hinter sich zu lassen. Aber wie soll man jemals die eigene Mutter vergessen? Selbst wenn sie den eigenen Vater betrogen, wenn sie einen enttäuscht hat, einen falsch eingeschätzt und einen eiskalt im Stich gelassen hat?

Dr. Bloom hat ihr gesagt, sie solle versöhnlicher sein und daran denken, dass auch Mallory nur ein Mensch war. Ein menschliches Wesen mit Stärken und Schwächen wie jeder andere auch. Und ebenfalls, leider, ein *Opfer*. Ihre Mutter hat Natalie nicht verlassen, sondern wurde *ermordet*. Als müsste Natalie daran erinnert werden.

Natalie hockt sich auf die Fersen und vergräbt das Gesicht in den Händen, um die Erinnerungen auszusperren, die über ihr hereinbrechen. Dr. Bloom hatte recht.

Was bringt es schon, wenn man sich erinnert?

Es tut doch nur weh.

Catherine

Der Künstler

Ich weiß zwar nicht, was ich mir unter Lilja Koskinens Zuhause vorgestellt habe, jedenfalls nicht diese alte, zu Künstlerlofts umgebaute Ziegelfabrik in Belleville. Aber in dem schmutzigen Eingangsbereich hängt eine Liste der Bewohner neben einem uralten, von Hand betriebenen Aufzug mit quietschendem Metallgitter. *Koskinen/Fouquet.* Vierter Stock.

Auf dem Weg nach oben gehe ich im Geiste noch einmal meine Geschichte durch. Ich hoffe auf eine einfache Lösung, darauf, dass Natalie hier ist und ich sie zu ihrem Onkel zurückbringen und dann wieder zu meiner Arbeit mit dem Russen zurückkehren kann.

Im vierten Stock angekommen, öffne ich die quietschende Eingangstür und trete in einen lichtdurchfluteten Raum. Das ganze oberste Stockwerk mit den raumhohen Fenstern ringsum besteht aus einem einzigen, offen gehaltenen Loft mit von Deckenschienen herabhängenden Trennwänden, mit deren Hilfe sich die Räume nach eigenen Wünschen neu untergliedern lassen.

In einer Ecke befinden sich Fouquets Arbeiten, riesige abstrakte Gemälde in gedämpften Sand-, Beige-

und Cremetönen. Die andere Seite des Raums besteht aus einer langen, schmalen Küche mit teuren Geräten und einem Tisch aus Stahl und Stein, an dem locker ein Dutzend Gäste Platz findet. Halb hinter einer der Trennwände verborgen sehe ich den Schlafbereich mit einem ungemachten Bett, auf dem sich schneeweiße Kissen stapeln. Hinter einer anderen ist der vordere Teil einer großen Emaillebadewanne mit Klauenfüßen zu erkennen.

Lilja begrüßt mich und stellt mich ihrem Ehemann vor, einem großen, zaundürren Künstler namens Pierre Fouquet.

Der verlockende Duft nach Knoblauch und Gewürzen steigt von einem köchelnden Topf auf dem Herd auf und widerstreitet mit dem latenten Geruch nach Farbe und Terpentin. Das Paar nippt gekühlten Weißwein aus stiellosen Gläsern. Lilja bietet mir auch ein Glas an, das ich gern annehme.

»Wie kann ich Ihnen helfen?«, fragt sie, lässt sich auf dem gepflegten cremefarbenen Ledersofa nieder und zieht die nackten Füße an. Fouquet bleibt am Herd stehen und rührt den brodelnden Inhalt des Topfes um.

»Ich will Sie nicht beunruhigen.« Mit berechnender Freude registriere ich das alarmierte Flackern, das sofort über Liljas Gesicht huscht. Ich habe sie am Haken. »Das Problem ist bloß, dass Natalie aus dem Hotel verschwunden ist, und ihr Onkel ist krank vor Sorge. Ich dachte, sie ist vielleicht bei Ihnen.«

»Nein!«, ruft Lilja. »Ich habe nichts von ihr gehört.«

»Und von Jake?«

»Auch nicht. Ist er auch verschwunden?«

»Es ist bestimmt nur ihre Reaktion auf das, was passiert ist. Sie machen gerade eine sehr schwere Zeit durch.«

Fouquet schenkt seiner Frau Wein nach und wendet sich an mich. »Keiner von beiden war hier. Und wenn sie herkämen, würde ich sie sofort wieder nach Hause schicken«, sagt er in einem Englisch mit ausgeprägtem Akzent.

Danach findet ein kurzer und heftiger Wortwechsel zwischen Fouquet und Lilja auf Französisch statt. Ich runzle die Stirn, als würde ich kein Wort davon verstehen, obwohl ich natürlich alles mitbekomme.

Fouquet macht sich Sorgen um seine Frau. Er besteht darauf, dass sie sich von den Burrows' tunlichst fernhalten soll. Offensichtlich gefällt es ihm nicht, dass Lilja so große Bewunderung und Respekt für Brian gehegt hat, obwohl Lilja seine Eifersucht als unbegründet abtut. Seit dem Mord an Brian hat er sogar regelrecht Angst um sie. Ihr Streit wird hitziger, als Fouquet seine Frau bedrängt, ihren Job aufzugeben und das Projekt der Kraftwerkrestaurierung sausen zu lassen.

Mit einer Geste bringt Lilja ihren Mann zum Schweigen, so als wäre ihnen plötzlich bewusst geworden, dass ich immer noch hier bin.

»Natürlich würden wir sie nicht einfach wegschicken. Aber was sollen wir tun, wenn sie hier auftauchen oder wir von ihnen hören?«

»Rufen Sie ihren Onkel an.« Ich gebe ihr eine Visitenkarte vom Hotel, auf der ich Franks Handynummer notiert habe. »Und mir geben Sie bitte auch Bescheid. Nur zu meiner eigenen Beruhigung.«

Ich überlasse das Paar seiner Mahlzeit. Auf dem Weg mit dem Fahrstuhl nach unten denke ich voller Neid darüber nach, wie einfach und schön ihr gemeinsames Leben sein muss: so leidenschaftlich geliebt zu werden, jemanden an seiner Seite zu haben, der sich um einen sorgt, sich um einen kümmert, wie Fouquet es offensichtlich mit Lilja tut …

So etwas hatte ich nie, mein ganzes Leben lang nicht.

Und ich werde es auch nie haben können.

Jake

Mandarin

Schmerz. Das ist Jakes erster Gedanke. *Alles tut weh.*

Seine Wange ist gegen den groben Beton gepresst, seine Nase vermutlich gebrochen. Wegen des getrockneten Bluts rings um seine Nasenlöcher hat er Mühe, Luft zu kriegen. Ein Auge ist zugeschwollen, seine Unterlippe dick und aufgeplatzt.

Er rollt auf den Rücken. Stöhnt, als der Schmerz durch seine Brust fährt. Vermutlich hat er sich auch ein paar Rippen gebrochen. Sein eines Auge ist verklebt. Er wischt die Mischung aus Tränen, Schlaf und Dreck weg.

Eine schwarze Silhouette ragt über ihm auf. Er erkennt einen ausgestreckten Arm mit einem roten Regenschirm, der sich über einer schwarzen Katze spannt, die wiederum gespannt eine Angelrute fixiert. Erst jetzt registriert er, dass es sich um ein Wandgemälde handelt. *RUE DU CHAT QUI PÊCHE* steht auf dem blauweißen Emaillestraßenschild.

Jake versucht, sich aufzusetzen. Stöhnt erneut vor Schmerz. Sinkt zurück. Er muss stillhalten. Nur noch ein bisschen …

Vielleicht, wenn er es von der anderen Seite aus versucht …

Er erkennt, dass er in einer Gasse liegt, genauer gesagt halb in der Gasse, halb davor. Seine langen Beine ragen auf den Bürgersteig. Menschen gehen an ihm vorbei, umrunden sie, sehen weg.

Die Erinnerung an die vergangene Nacht flammt vor seinem geistigen Auge auf: Das Mädchen mit dem goldenen Ring, der Fausthieb, den er ihrem Vater verpasst hat und der ihn in einen regelrechten Blutrausch hat fallen lassen. Er hat Ärger gesucht und ihn auch bekommen. Jeden Tritt, jeden Schlag hat er begrüßt, sowohl die, die er ausgeteilt, als auch die, die er eingesteckt hat.

Inzwischen versteht er Natalie besser. Eine perverse Lust liegt in diesem körperlichen Schmerz und der Chance, eine Zeit lang alles andere auszublenden.

Scheiße. Natalie muss inzwischen krank vor Sorge um ihn sein. Wie soll er ihr erklären, wo er war, wenn sie ihn so sieht?

Glocken läuten. Jake zählt mit, auch wenn das metallische Dröhnen seine Kopfschmerzen nur noch schlimmer macht. Fünf Uhr nachmittags. Ein ganzer Tag ist vergangen.

Er wagt einen zittrigen Atemzug. Wimmert, als der Schmerz noch einmal durch seine Brust schießt. Aber er beißt die Zähne zusammen und richtet sich vollständig auf, wobei er sich mit dem Rücken an der wartenden schwarzen Katze abstützt.

Ein Raubüberfall. Er wird Natalie erzählen, jemand hätte ihn überfallen, als er aus einer Bar gekommen sei. Das muss für den Augenblick genügen.

Er hat keine Ahnung, was er sagen wird, wenn dieses Miststück Martinet auftaucht und Natalie von ihrem Verdacht erzählt, Jake habe ihren Dad ermordet.

Er kämpft sich auf die Füße und taumelt los, den Kopf gesenkt, um den neugierigen Blicken auszuweichen. Ein Grüppchen Schickimicki-Typen biegt von der Rue Saint-Honoré ab und steuert geradewegs auf den Eingang des Mandarin Oriental Hotel zu. Er nutzt die Gelegenheit und hängt sich an sie dran, einen Arm erhoben, um sein ramponiertes Gesicht zu verbergen; er folgt ihnen durch die Lobby und in die holzgetäfelte Bar 8, bevor er zu den Aufzügen abbiegt, die zu den Hotelzimmern führen.

Jake zieht seine Geldbörse hervor. Da ist die Schlüsselkarte, zwischen seinem Führerschein und dem Studentenausweis der NYU. Er zieht sie heraus.

Die Doppeltüren eines Fahrstuhls gleiten auf. Ein Paar stolpert unter schallendem Gelächter heraus. Die Frau gerät auf ihren High Heels ins Straucheln, die Hand ihres Begleiters schiebt sich unter ihr dünnes Kleid. Jake tritt an ihnen vorbei und drückt den Knopf für den fünften Stock.

Jake ist zuversichtlich, dass er ihn überreden kann, endlich auszupacken, die Wahrheit zu sagen. Genau hier, in diesem Hotel, in diesem Zimmer, 517, haben sie sich das letzte Mal allein getroffen (zugegebenermaßen war es das erste Mal, dass sie überhaupt allein waren). Dieser Abend hatte etwas Magisches. Weshalb sollte es nicht einfach so weitergehen?

Doch im Aufzug nach oben packt ihn die Angst.

Was, wenn er nicht allein in seinem Zimmer ist?

Oh Gott.

Was, wenn das alles ein schrecklicher Fehler ist?

Der Fahrstuhl kommt zum Stehen. Die Türen gleiten auf. Jake zögert. Tritt auf den dicken Teppich. Die Fahrstuhltüren schließen sich zischend hinter ihm.

Jake geht den Korridor entlang und lässt seine Schlüsselkarte über die beflockte Tapete gleiten. Ssst, ssst, ssst.

Zimmer 517. Jake steckt die Schlüsselkarte in den Türknauf. Der Sensor blinkt grün.

Er schiebt die Tür auf.

»Ich bin zu Hause, Schatz«, ruft er, halb im Scherz, halb um ihn wissen zu lassen, dass er da ist.

»O Gott. Was ist denn mit dir passiert?«

Hank Scovell liegt auf dem kastanienbraunen Sofa. Wut und Besorgnis spiegeln sich auf seiner Miene.

Jake blinzelt. *Wow. Scheiße, ist mir schwindelig.* Er stützt sich mit einer Hand an der Wand ab.

»Ich wurde ausgeraubt. Als ich aus einem Klub kam.« Da, er hat es getan, hat die Lüge zum ersten Mal ausgesprochen. Es muss einfach und nachvollziehbar klingen. Das ist das A und O beim Lügen.

»Komm mit.« Hank führt ihn ins Badezimmer. Er bedeutet Jake, sich auf den Wannenrand zu setzen, während er einen Waschlappen nass macht, ihn auswringt und einen Klecks der hoteleigenen Diptyque-Seife mit Feigenduft daraufgibt.

»Das wird jetzt wehtun«, warnt er.

Er reinigt Jakes Gesicht von Blut und Schmutz, wobei sich ein paar Glassplitter über Jakes linkem Wangenknochen lösen. Jake wimmert.

»Ich habe sogar Pflaster«, verspricht Hank. »Du Glückspilz.«

»Ja, genau. Ich bin ein echter Glückspilz.«

Hank beugt sich vor und löst das verkrustete Blut von Jakes rechtem Auge. Jakes Hand schnellt vor und umschließt Hanks Kinn, während er sich vorbeugt und ihn trotz seiner aufgeplatzten Lippe gierig küsst. Hank erwidert den Kuss voller Leidenschaft.

Doch nach ein paar Sekunden löst Hank sich von ihm, legt entschlossen beide Hände auf Jakes Schultern und drückt ihn zurück auf die Badewanne. »Wir dürfen das nicht tun.«

»Warum nicht?«

»Ich bitte dich. Dein Vater war mein Chef, mein Mentor, mein Freund …«

»Aber ich bin auch dein Freund.«

»Ja. Das bist du. Aber sei doch nicht naiv. Du bist einundzwanzig, ich bin neununddreißig. Wir wissen beide, wie das läuft. Ein älterer Mann verdirbt den jungen, unschuldigen Kerl, verrät bei der Gelegenheit noch das Vertrauen seines Chefs …«

»Wir wissen beide, dass ich dich verführt habe, Hank, nicht umgekehrt.«

»Ich rede davon, wie andere es sehen werden! Ich habe hier sehr viel mehr zu verlieren als du. Und, gütiger Gott, es war schon schlimm genug, bevor dein Vater …«

»Für dich steht *mehr* auf dem Spiel?« Wut flackert in Jake auf. »Die Bullen haben herausgefunden, dass ich einen Tag früher nach Paris zurückgekommen bin, als ich behauptet habe. Sie wollen wissen, warum. Sie glauben, *ich* habe meinen Vater ermordet. Aber das kann ich nicht getan haben, richtig? Weil ich nämlich hier war und dich *gevögelt* habe!«

»Hast du ihnen erzählt, dass wir zusammen waren? Was hast du ihnen erzählt? Verdammt, Jake …«

»*Das* ist deine größte Angst? In welchem Jahr leben wir eigentlich? 1950? Glaubst du, es interessiert irgendwen, ob du schwul bist?«

»Das ist nicht der Punkt! Unser … Verhältnis … Man könnte ein Motiv daraus konstruieren.«

»Wovon zum Teufel sprichst du? Wir geben uns doch gegenseitig ein Alibi.«

»Oder aber wir sind Mitverschwörer für einen Mord, wenn die Bullen es so hindrehen wollen.«

»Aber wir haben doch nichts getan!«

»Darum müssen wir uns auch keine Sorgen machen.«

»Wir sollen also einfach nichts sagen? Sie denken, ich habe es getan, Hank! Sie haben es mir direkt ins Gesicht gesagt!«

Hank legt den Zeigefinger unter Jakes Kinn und sieht ihm in die Augen. »Das werden wir, wenn wir müssen. Wenn es so weit kommt. Wir sind bloß noch nicht an diesem Punkt, das ist alles, was ich sage.«

Jake schiebt seine Hand weg. »Ich gehe jetzt …«

»Okay. Aber sei nicht so streng mit mir, Jake. Du weißt, wer du bist. In der Hinsicht hast du Glück. Ich dagegen … Ich bin mir einfach noch nicht so sicher.«

Catherine

Unzuverlässig

In Ursine Fourniers winziges Apartment im 5. Arrondissement traf ich auf drei siamesische Katzen, eine raffiniert arrangierte Sammlung japanischer Fächer und den heißen Kellner aus dem indischen Restaurant, mit nacktem Oberkörper und einem selbstgefälligen Grinsen im Gesicht.

Aber keine Spur von Natalie.

Falls das Mädchen Trost und Hilfe gesucht hat, dann jedenfalls nicht bei den beiden einzigen Frauen, die sie in Paris kennt. So viel weiß ich nun. Ich versuche, mich in Natalie hineinzuversetzen. Ich verstehe nur zu gut, wie es sich anfühlt, wenn man *nichts weiß*. Wie es einen innerlich zerfrisst, die Gedanken systematisch vergiftet. Wie es einen dazu bringt, eins und eins zusammenzuzählen und sich dabei in einem Teufelskreis aus Horrorszenarien zu verstricken, eins schlimmer als das andere.

Das arme Mädchen. Arme Natalie.

Eilig verdränge ich den Gedanken. Keiner von uns kann sich Sentimentalitäten leisten.

Als es dämmert und der Himmel in einem satten Kobaltblau zu strahlen beginnt, lässt die Gluthitze allmählich nach. Eine willkommene Brise liebkost mein Gesicht.

Wie bei jedem anderen Vermisstenfall beginne ich mit Freunden und Bekannten, ehe ich die Suche auf der Basis meiner gewonnenen Erkenntnisse ausweite. Jeden, dem ich begegne, unterziehe ich einer kühlen, nüchternen Betrachtung: Charaktereigenschaften und Macken, Stärken und Schwächen, Verhältnis zur Wahrheit, der Eigennutz, der ihre Handlungen antreibt.

Das Social Engineering steht bei meinen Bemühungen stets im Vordergrund. Es gibt immer ein menschliches Wesen, das man manipulieren kann.

Ich habe Jumah als Vorhut ins Mandarin Oriental geschickt, wo er Posten bezogen hat. Er hat bestätigt, dass Hank Scovell ins Hotel zurückgekehrt ist und es allem Anschein nach nicht wieder verlassen hat.

Als ich um die Ecke in die Rue Saint-Honoré biege, sieht Jumah mich und strafft die Schultern. Ich trete zu ihm, bedanke mich bei ihm und erkläre, dass ich jetzt selbst übernehmen werde, worauf er zackig salutiert und verschwindet.

Zwei Portiers in makellosen Uniformen flankieren den Hoteleingang. Die schlicht gehaltene Fassade aus golden erleuchteten Rechtecken, die sich zu ordentlichen Reihen von fünf Fenstern in der Breite und sieben Stockwerken in der Höhe formen, wird der asketisch-eleganten Schönheit des Hotels von innen definitiv nicht gerecht. Auf den ersten Blick wirkt es eher klein, dabei erstreckt es sich über einen kompletten Häuserblock und umschließt einen Innenhof mit Wasserbecken und üppiger Begrünung. Die Gästezimmer sind unglaublich, mit einer frappierenden modernen Kargheit und geradezu kühner Zurückhaltung, was die farblichen Akzente betrifft. Auch ich bin hier einmal abgestiegen, in einer glücklicheren, lange zurückliegenden Phase meines Lebens.

Ich will gerade die Straße überqueren, als ich Jake Burrows aus dem Hotel treten sehe.

Quelle surprise.

Er zögert, schaut nach rechts und nach links, bevor er die Avenue entlanggeht. Ich folge ihm.

Jake ist sichtlich erregt. Leicht nach vorn gebeugt geht er die Straße entlang, murmelt vor sich hin, fährt sich aufgebracht mit den Händen durchs Haar.

Ich überlege, wie ich mich ihm nähern soll. Ich weiß nicht, was Natalie oder Frank ihm über mich erzählt haben, wenn überhaupt. Dennoch scheint Hannah Potter meine beste Alternative zu sein. Immer alles schön einfach halten.

Ich beschleunige meine Schritte, bis ich ihn eingeholt habe, was bei seinem Tempo und seinen langen Beinen nicht ganz einfach ist.

»Jake? Jake Burrows?«

Er wirbelt herum und sieht mich an. Ich sehe die Wildheit in seinem Blick, die mühsam unterdrückte Aggressivität in seiner Körperhaltung. Sein Gesicht ist verquollen und voller Blutergüsse, und er bewegt sich ganz vorsichtig, als müsse er seine Rippen schützen.

»Geht es Ihnen gut, Jake? Brauchen Sie einen Arzt?«

»Wer zum Teufel sind Sie?«

»Mein Name ist Hannah Potter. Ich kenne Ihren Onkel. Und Ihre Schwester.«

»Wie haben Sie mich gefunden?«

»Ehrlich gesagt habe ich nach Natalie gesucht. Ich dachte, sie sei vielleicht zu Hank Scovell gegangen.«

»Warum sollte Natalie zu *Hank* gehen?« Jake starrt mich ungläubig an. Verwirrt.

»Jake. Ich versuche nur, Ihnen zu helfen. Beruhigen Sie sich.«

Er stößt ein wildes, unkontrolliertes Lachen aus, fährt herum, stürmt den Bürgersteig entlang und über die Straße.

Der Fahrer eines roten Peugeots muss eine Vollbremsung hinlegen, um ihn nicht niederzumähen. Zornig drückt er auf die Hupe.

Ich überquere ebenfalls die Straße. Jake stapft vor mir her. Ich strecke die Hand nach ihm aus, erwische aber nur einen Zipfel seines blutigen T-Shirts. Er fährt herum. Holt aus.

Ich ducke mich. Der Schwung seines Schlags lässt Jake herumwirbeln. Einen Moment lang befindet sich sein nackter Hals direkt vor meiner Nase. Ich ziehe die Spritze aus der Tasche und ramme sie in sein Fleisch.

Jake sieht mich eine Sekunde lang fassungslos an, ehe seine Beine nachgeben und er zu Boden geht.

Ich fange ihn auf und ziehe ihn wieder auf die Füße. Er ist überraschend leicht.

Vereinzelte Passanten sehen uns neugierig an, doch ich beschimpfe den bewusstlosen jungen Mann aufgebracht auf Französisch, weil er schon wieder zu viel getrunken hat.

Ich sehe mich nach einem Taxi um, als zu meiner Verblüffung ein kleiner weißer Transporter neben mir am Bordstein anhält.

»Steig ein«, drängt Jumah auf Französisch. »Wir haben ein Problem.«

Als bräuchte ich noch ein weiteres Problem.

Frank

Das Grab

Er musste für eine Weile aus diesem verdammten Hotel verschwinden. Frank ist stocksauer auf die beiden, gleichzeitig hat er schreckliche Angst um sie. Und allein beim Gedanken an Brians Stalker, der dank Hannah Potters Hilfe nun endlich ein Gesicht und einen Namen hat, wird ihm ganz anders. *Victor Wyatt*. Schon erstaunlich, was für ein Gefühlschaos ein Foto und vier Silben eines Namens auslösen können.

Frank will unbedingt etwas tun, hat aber keine Ahnung, welche Möglichkeiten er überhaupt hat. Vier Blocks weit ist er ziellos umhergewandert, bis ihm eine Idee kam. Es gibt einen Ort, der ihm Frieden schenkt, ihm hilft, alles wieder in die richtige Perspektive zu rücken.

Er tritt durch das schmiedeeiserne Tor des Père Lachaise, spürt die Erleichterung, die ihn durchströmt. Ein Seufzer dringt über seine Lippen.

Er hat Friedhöfe schon immer gemocht, die Monumente der Liebe und des Respekts, so greifbar und präsent. Das Gefühl, dass Ehre auch den Tod überdauern kann.

Der Père Lachaise ist etwas ganz Besonderes, denn

hier liegen die sterblichen Überreste von französischen Präsidenten und Dichtern, von Wissenschaftlern und Schriftstellern, von Opernstars und Malern, von Staatsmännern und ausländischen Generälen. Hunderte Jahre Geschichte liegen unter den weichen Erdhügeln begraben.

Ehrfurcht gebietende Mausoleen mit in Stein gemeißelten Namen säumen seinen Weg: *Famille* Arman, Gueretor oder Ricard. Ponsat, Bourdieu oder Demonjay.

Viele der Grabsteine sind schlichte graue Steinplatten, andere wiederum aufwendige Steinmetzarbeiten, verziert mit hingegossenen Frauen, feisten Putten oder so realistisch wirkenden Musikinstrumenten, als könnte man tatsächlich auf ihnen spielen. Einige der Gräber sind sorgfältig gepflegt, mit bunten Blumenkästen oder kleinen Bäumen in Töpfen. Andere sind verwahrlost, mit welkem Laub, von Moos überwuchert und mit einem bröckelnden Stein darüber.

Sein letzter Besuch muss 2011 gewesen sein, rein zufällig am Tag nach dem 3. Juli, dem vierzigsten Todestag von Jim Morrison. Hunderte Emo-Kids waren auf den Friedhof geströmt, um in einem Anfall makabrer Ehrerbietung ihrem Idol zu huldigen, und hatten Opfergaben wie Weinflaschen, Platten, Blumen und Poster mit Lippenstiftkussabdrücken hinterlassen. Einige von ihnen lungerten immer noch auf den Wegen herum, hatten Kerzen angezündet und sangen die alten Doors-Songs mit, die ein seelenvoll dreinschauender Teenager auf seiner Gitarre angestimmt hatte.

Heute herrscht weniger Betrieb an Morrisons Grab, wenngleich es immer noch ein Höhepunkt des Friedhofsrundgangs ist. Auch an Oscar Wildes Grabmal hat sich einiges getan. Bei Franks letztem Besuch war es von Herz- und Penis-Graffiti und Lippenstiftabdrücken übersät, dazwischen Initialen von Liebespaaren und Sprüche wie »Lass los« und »Greif nach den Sternen«. Doch nun ist Wildes letzte Ruhestätte sauber geschrubbt und mit einer schützenden Glasplatte versehen.

Das Kopfsteinpflaster bohrt sich schmerzhaft durch die dünnen Ledersohlen seiner Schuhe. Sein Rücken schmerzt, außerdem hat er den Verdacht, dass er sich an der linken Ferse eine Blase gelaufen hat.

Direkt gegenüber von Edith Piafs Grab setzt er sich auf einen Bordstein, lässt sich mit dem Rücken gegen einen Baum sinken und betrachtet den schweren schwarzen Marmorblock mit den geätzten Goldlettern und einer eingemeißelten Darstellung von Jesus am Kreuz. Tontöpfe mit blutroten Begonien umgeben das Monument.

Der Wind frischt auf. Frank blickt zu den rasch vorbeiziehenden Zuckerwattewolken hinauf, dann schließt er die Augen hinter seiner Sonnenbrille und genießt das Gefühl der kühlen Luft auf seinem Gesicht.

Alles verändert sich. Er wünscht, er könnte die Zeit zurückdrehen, einfach die Rückspultaste drücken wie bei einem Filmprojektor.

Für einen Moment tut er so, als würde sein Bruder noch leben, als befänden sich sein Neffe und seine Nichte immer noch in den sicheren Armen väterlicher Fürsorge. Er taucht tiefer in dieses Hirngespinst hinein: Mallory – die lebhafte, wunderschöne Mallory – ist wiederauferstanden. Ihre wunderbare Familie ist intakt, eine Inspiration der ewigen Liebe für alle, in Perfektion erstarrt, in jener magischen Zeit *davor*.

Catherine

Versteck

Jumah lenkt den Transporter routiniert durch die engen Straßen und Gassen des Marais.

Schließlich fährt er in eine offen stehende, leere Garage, an deren Seiten Holzpaletten aufgestapelt sind. Sein Vater Akili erwartet uns bereits, tritt hinter den Van und zieht mit einem Ruck das Rolltor herunter.

Schweigend machen wir uns an die Arbeit. Wir wuchten Jake Burrows aus dem Wagen, schleppen ihn die enge Treppe hinauf und legen ihn im Dachboden ab. Verwitterte Dachbalken verlaufen über die verputzte Decke. Vor den beiden Giebelfenstern hängen grüne Samtvorhänge. Aus einer uralten Truhe quellen alte Kostüme, ein Wust aus Pailletten, Federn und Glitzer. Die rauen Dielenbretter vibrieren von der aufreizenden Musik aus dem Cabaret im Erdgeschoss.

Wir legen Jake auf einer Pritsche in der Ecke ab. Ich untersuche sein Gesicht. Jemand hat die Wunden notdürftig gesäubert und versorgt. Trotzdem sieht er übel aus. Ich ziehe sein Shirt hoch und verziehe beim Anblick der Blutergüsse das Gesicht. In diesem Zustand ist die Bewusstlosigkeit eindeutig das Beste für ihn. Er muss ziemliche Schmerzen haben.

Er sollte für ein paar Stunden außer Gefecht sein, doch ich darf kein Risiko eingehen. Ich ziehe ihm eine weite Kapuze über den Kopf – schließlich soll er noch Luft bekommen – und fessle seine Handgelenke mit Kabelbindern, ehe ich mich flüsternd bei den beiden Männern bedanke.

Ich ziehe an dem Seil der Luke zum Kriechboden und lasse die Leiter herunter. Mit einem letzten Blick auf Jakes reglose Gestalt erklimme ich die Leiter, hebe den Riegel an und klettere aufs Dach hinaus. Für diesen kleinen Dachboden zahle ich jeden Monat eine enorme Summe, nur für diesen Aussichtspunkt, von dem aus ich ungehindert mein Apartment beobachten kann.

Auf dem Bürgersteig, nur wenige Meter von meiner Haustür entfernt, lungern zwei Schatten herum, einer groß und zappelig, der zweite schlaksig und mit trägen Bewegungen. Beide rauchen. Ich sehe, wie sich die glühenden Spitzen regelmäßig bewegen. Sie wirken ganz unschuldig, zwei Freunde, die ein kleines Schwätzchen halten ... wären da nicht die Ausbuchtungen in ihrem Hosenbund. Akili hat sie entdeckt und Jumah angerufen, damit er mich warnt.

Ich entdecke Jumah, der so elegant wie eine Katze über das Dach des Wohnhauses läuft, das an meines grenzt.

Er springt hinüber auf mein Dach, klettert mühelos die Feuerschutztreppe hinunter und schlüpft durch ein Fenster in mein Apartment. Wenig später taucht er wieder auf und kommt auf demselben Weg zurück aufs Dach, mit meinem Notfallrucksack auf dem Rücken.

Wenn mein Geschäft das erlauben würde, hätte der Junge sich eine Beförderung verdient.

Minuten später setzt Jumah sich neben mich aufs Dach und übergibt mir den Notfallrucksack. Ich überzeuge mich davon, dass alles da ist. Reisepässe, die mir drei verschiedene Identitäten bieten, jeder von ihnen auf den Namen einer toten Doppelgängerin aus einem anderen Land ausgestellt: USA, Kanada, Frankreich. Dazu passende Kreditkarten. Zehntausend Euro in bar. Ein halbes Dutzend Prepaidhandys. Ein Laptop. Ein Modemverstärker. Eine Nachtsichtkamera. Ein Elektroschocker. Eine abgepackte Notfallapotheke, die unter anderem drei weitere Spritzen mit dem starken Sedativum Fentanyl enthält.

Ich richte die Nachtsichtkamera auf meine zwei Besucher. Der hochgewachsene Typ ragt grünlich im Sichtfeld auf. Etwas an ihm kommt mir vage bekannt vor, aber ich kann ihn nicht einordnen. Bei dem schlanken Jungen habe ich überhaupt keine Ahnung, aber ich mache ein paar Aufnahmen von den beiden, bevor ich wieder nach unten steige, das Dachfenster verriegele und auf den Dachboden trete.

Ich danke Jumah für seine hervorragende Arbeit und schicke ihn nach Hause, dann klappe ich den Laptop auf und mache mich an die Arbeit.

Natalie

Gewissheit

Natalie läuft die Treppe des Arc de Triomphe hinunter. Sie schließen gleich. Sie gehört zu den letzten Touristen, die die Sicherheitsleute nach unten scheuchen. Zum hundertsten Mal schaut sie auf ihr Handy. Anrufe und Nachrichten von Hannah und Onkel Frank. Nichts von Jake.

Es gibt nicht vieles in ihrem Leben, das Natalie mit Gewissheit sagen kann, aber eines steht fest: Ihr Bruder ist kein Mörder. Sie muss unbedingt mit ihm reden, wird ihn rundheraus fragen, warum er früher nach Paris zurückgekommen ist, mit wem er zusammen war und warum er sie angelogen hat. Sie ist überzeugt, dass sich alles klären, in Wohlgefallen auflösen wird.

Die Sonne steht inzwischen tief, die Hitze des Tages wird vermutlich bis in den Abend anhalten, schwül und stickig.

Natalie erkennt ihr Spiegelbild in einem Schaufenster, beginnt automatisch, sich selbst zu verhöhnen. *Du fetter, hässlicher Freak. Du bist ein Monster, dumm, grotesk, krank. Jemanden wie dich kann man nur hassen,* denkt sie voller Verachtung. Sie wirbelt herum, muss dem Schaufenster den Rücken kehren. Sie schämt sich.

Sie muss Jake finden. Muss beweisen, dass er ihren Vater nicht umgebracht haben kann. Und sie muss ihm auch ihre eigenen Sünden gestehen.

Sie ist ein Ungeheuer, ein Freak. Aber Jake ist gut. Sie weiß es einfach. Seine Güte wird ihre Erlösung sein.

Catherine

Der Talisman

Gegen Mitternacht telefoniere ich mit Frank Burrows. Er hat weder von seinem Neffen noch von seiner Nichte gehört. Er gesteht mir, dass er sich mit einer Ambien ruhigstellen und sich morgen früh mit neuer Energie den Problemen stellen wird. Ich kann es ihm kaum verdenken.

Natürlich erzähle ich ihm nicht, dass ich Jake in meiner Gewalt habe. Ich habe zu viel zu tun; das wird warten müssen.

Den Rest der Nacht bin ich beschäftigt. Ich überzeuge mich, dass Elena in Sicherheit ist, überprüfe, wie weit die Herstellung ihrer Ausweispapiere fortgeschritten ist. Immer wieder wähle ich Natalies Handynummer, aber ohne Ergebnis. Ich hacke mich immer tiefer in die Schichten von Boris' kriminellen Geschäften, bis es mir gelingt, die Verbindungen zu ein paar bekannten Politikern und Bossen seriöser Industriekonzerne herzustellen.

Bloß die beiden Männer vor meinem Apartment konnte ich anhand der Fotos der Nachtsichtkamera nicht identifizieren. Nun, da der neue Tag anbricht, juckt es mich in den Fingern, noch einmal aufs Dach zu steigen. Stattdessen sehe ich nach Jake. Er ist immer noch ausgeknockt, was mir durchaus gelegen kommt.

Ich schleiche mich wieder nach oben zu dem Ausguck, die Kamera in der Hand. Die Männer sind noch da, sie rauchen, lehnen an einem dunkelblauen Renault Talisman, der zehn Meter von meiner Tür entfernt geparkt steht. Ich habe keine Ahnung, ob es ihr Wagen ist, trotzdem mache ich ein Foto vom Kennzeichen.

Schließlich kehre ich in den Dachboden zurück und checke das Nummernschild. Der Renault ist auf einen gewissen Patrice Duszu zugelassen. Ich gebe den Namen in eine Suchmaschine ein, übertrage die neuen Fotos meiner Verfolger auf meinen Computer, hacke mich in die Gesichtserkennungssuchmaske von Europol und lasse das Programm seine Arbeit erledigen.

Dann versuche ich es noch einmal auf Natalies Handy, gefühlt inzwischen zum millionsten Mal. Wieder lande ich direkt auf der Mailbox. Wo steckt das Mädchen nur?

Hör damit auf. Ich muss mich auf die beiden Fremden konzentrieren, die vor meiner Wohnung herumlungern. Wer hat sie geschickt? Was wollen sie?

Jumah kehrt auf den Dachboden zurück, beladen mit süßem Gebäck und *café au lait*. Ich danke ihm und erteile ihm Anweisungen. Er wird heute im Gewürzladen seines Vaters arbeiten. Ein unauffälliges zweites Augenpaar, das meine Haustür im Blick behält.

Mit einem buttrigen *pain au chocolat* in der Hand setze ich mich vor meinen Computer. Bingo. Die Gesichtserkennung von Europol hat den stämmigen Kerl als Arpad Lazar identifiziert, ein Ungar (alias Patrice Duszu, alias Anton Liszt, alias Jacques Tamas). Arpad ist ein reizendes Kerlchen, wenn man Menschenhandel, Erpressung, Körperverletzung, bewaffneten Raub und Mord als positive Beschäftigungen betrachtet.

Ungar also. Jene Nacht in Budapest wird mich für alle Zeiten verfolgen, aber gerade sieht es so aus, als würde sie mir buchstäblich an den Fersen kleben.

Ich habe Z aus einem Menschenhändlerring gerettet, nachdem ihr Bruder Balint mich um Hilfe gebeten hatte, und bei der Gelegenheit ein Dutzend andere ausgehungerte und missbrauchte Mädchen in Sicherheit gebracht. In dieser Nacht hat mich ihr Aufpasser in Budapest aufgestöbert und versucht, mir die Kehle durchzuschneiden. Also habe ich ihn getötet. Ich hatte keine Wahl.

Erinnern Sie sich noch an die Schuhe am Donauufer, die dort zur Erinnerung an die von den Pfeilkreuzlern begangenen Morde stehen? Ein X markiert die Stelle.

Er war ein Monster von einem Mann, trotzdem geht mir sein Tod heute noch nach. Er ist der einzige Mensch, den ich jemals absichtlich getötet habe. Odi Lazar. Arpads großer Bruder. Ich habe keine Ahnung, wie sie mich gefunden haben, aber jetzt ist der Moment gekommen, den Spieß umzudrehen. Mit ein paar raschen Tastenbefehlen setze ich meinen Plan in Bewegung, dann lehne ich mich zufrieden zurück.

Zum Teufel mit der Vernunft. Ich versuche es noch einmal auf Natalies Handy.

Natalie

Meerjungfrau

Von der Aussichtsplattform des Arc de Triomphe aus sahen die Pariser Straßen so wunderschön aus: breit, von Bäumen gesäumt, der Inbegriff eleganter französischer Ordnung. Aber je länger Natalie unterwegs ist, umso mehr ändert sich das Erscheinungsbild. Der Eindruck von gepflegter, überschaubarer Schönheit schwindet zusehends, als die Nobelgeschäfte und Restaurants erst schicken, diskreten Wohnhäusern, dann schäbigen Arbeiterbehausungen und schließlich graffitibeschmierten Wohnblocks weichen.

Die Gegend wird zwielichtiger, die Straßen heruntergekommener, die Schatten bedrohlicher. Natalie hastet an einem Lager mit Obdachlosen vorbei, sie weicht den starren Blicken der Kinder mit leeren Augen aus, den flehenden Händen ihrer Mütter.

Sie beschließt, sich wieder den belebten Geschäftsvierteln zuzuwenden. Sie weiß weder, wohin sie geht, aber das ist ihr egal, noch hat sie eine Ahnung, wie spät es ist, aber auch das kümmert sie nicht. Sie weiß nicht, wo sie schlafen wird. Sie weiß nicht mal, ob sie überhaupt jemals wieder schlafen wird.

Wo ist Jake? Ich brauche Jake.

Natalie fühlt sich seltsam losgelöst von allem, wie ein Alien, das mit klinischer Sachlichkeit diesen merkwürdigen Ort namens Erde inspiziert. Die Passanten wirken so unbeschwert; Gelächter und liebevolles Geplänkel wehen ihr entgegen. *Wer sind diese Leute? Welches verdammte Recht haben sie, so glücklich zu sein?*

Das verlockende Aroma von gegrillten Würstchen steigt ihr in die Nase. Sie folgt dem Duft, fühlt sich davon angelockt wie vom Rattenfänger persönlich, als ihr unvermittelt Erinnerungen an das sonntägliche Barbecue in Westport in den Sinn kommen. Moms spritzig frische Limonade; Dad, der den Weber-Grill beaufsichtigt.

Sie biegt um die nächste Ecke und findet sich mitten auf einem belebten kleinen Platz wieder. Die Gäste drängen sich auf dem Bürgersteig vor den hell erleuchteten Cafés, an den Tischen sitzen Leute, schlürfen Cocktails, rauchen, plaudern und gestikulieren.

Der köstliche Duft dringt aus einem Restaurant in der Mitte des Platzes, wenn man es überhaupt so bezeichnen kann, denn es ist nicht mehr als eine Tür, durch die mit dampfend heißen Speisen beladene Tabletts aus Karton gereicht werden.

Natalie läuft das Wasser im Mund zusammen. Sie kauft ein Würstchen in einem knusprigen Baguettebrötchen mit viel Zwiebeln und gibt reichlich Senf darauf. Gierig schlingt sie es hinunter und kippt ein kaltes Bier hinterher. Sie bestellt in zweites Würstchen, das sie ebenfalls im Handumdrehen verputzt.

Eine Woge der Übelkeit, ausgelöst von dem zu hastig hinuntergeschlungenen Essen und ihrem beschämenden Mangel an Selbstbeherrschung, steigt in ihr auf.

Sie kauft zwei kalte Flaschen Wasser und geht weiter, in einen nahe gelegenen Mini-Park, der kaum mehr als einer Handvoll Bänke und einem gurgelnden Springbrunnen in Gestalt eines kleinen, auf einem Delfin reitenden Jungen Platz bietet. Sie setzt sich auf die erste Bank, die sie sieht, und kippt beide Wasserflaschen hinunter.

Sie klopft ihre Taschen ab, um sicherzugehen, dass ihr Handy, ihre Geldbörse und das Steakmesser noch da sind. Immer wieder hat sie diesen Augenblick im Geiste Revue passieren lassen. So seltsam es auch klingen mag, aber indem Jake ihr erlaubt hat, das Messer unbemerkt verschwinden zu lassen, hat er verhindert, dass sie es benutzt. Stattdessen trägt sie es immer noch mit sich herum, eingewickelt in ein Taschentuch, damit die scharfen Zacken ihre zarte Haut nicht verletzen können.

Jetzt ist sie froh, dass sie es bei sich hat, zu ihrem eigenen Schutz, hier in diesem anonymen kleinen Park, in der Dunkelheit.

Ich höre mit allem auf, wenn du Jake zu mir bringst. Mit allem. Ich verspreche es. Ich habe alle verloren. Ich darf ihn nicht auch noch verlieren.

Sie weiß nicht, mit wem sie da verhandelt. Wenn Gott existiert, hat Sie Natalie schon vor langer Zeit im Stich gelassen, davon ist sie fest überzeugt.

Beide Hände auf ihren rebellierenden Magen gelegt, lässt sie den Kopf in den Nacken sinken und sucht auf der harten Bank eine halbwegs bequeme Position, während die allzu vertraute Beklommenheit wieder Besitz von ihr ergreift; Gefühle, denen sie nur beikommt, indem sie sich selbst kneift, sich ritzt, sich verbrennt oder sich eine Bisswunde zufügt. Aber sie hat ein Versprechen gegeben. Sie muss versuchen, es zu halten.

Bitte, Jake.

Ihr fallen die Augen zu. Sie legt sich auf die Bank, rollt sich in Fötushaltung zusammen, während ihre ruhelos zupfenden Finger endlich zur Ruhe kommen.

Sie schläft. Und träumt.

Sie träumt, ihre Mutter sei eine Meerjungfrau, die friedlich in den Tiefen des stillen Meeres lebt. Natalie empfindet Freude beim Anblick von Mallory, die im Ozeanblau lächelt, während ihr Haar in ungebändigten Wellen ihr hübsches Gesicht umfließt. Natalie schwimmt auf sie zu. Sie schauen einander an, Tochter und Mutter, unter Wasser, wo sie beide wie durch ein Wunder atmen können. Natalie streckt die Hand aus, um Mallorys Gesicht zu berühren.

Sie ist so tief in ihrem Traum versunken, dass sie im ersten Moment glaubt, es sei ihre Mutter, die ihr eine Muschel in die Tasche steckt. Doch etwas an den tastenden, forschenden Bewegungen der Hand fühlt sich falsch an, raubt dem Moment die Süße.

Natalie kämpft sich aus den Tiefen des Ozeans, weg von dem Frieden, von Mama.

Sie reißt die Augen auf. Nacht. Der Park. Ein verdreckter Mann undefinierten Alters steht über ihr. Bärtig, die Haare verfilzt, die Haut dunkel von Schmutz und Schweiß. Sein Gestank ist so ranzig, dass Natalie würgt.

Sie begreift, dass es *seine* schmutzige Hand auf ihrer Hüfte ist.

»Weg da, du Widerling!« Sie schlägt seine Hand weg.

Sie hat keine Ahnung, was er will, sie beklauen oder ihr etwas antun, aber fest steht, dass sie es nicht zulassen wird.

Er reißt seine Hand zurück, rührt sich aber nicht vom Fleck, sondern steht schwankend vor ihr, starrt sie aus blutunterlaufenen Augen an.

»Verschwinde, verdammt noch mal!« Natalie versucht zu schreien, doch ihre Stimme klingt erstickt.

Sie erinnert sich daran, dass man ihr im Selbstverteidigungskurs beigebracht hat, so laut wie möglich zu schreien, bloß hat sie keiner gewarnt, wie sehr die Angst einem die Kehle zuschnürt.

Ihr Blick schweift nach rechts und nach links. Wie kann sie sich an ihm vorbeidrängen?

Der Typ brabbelt unzusammenhängendes Zeug. Er stellt sich auf die Zehenspitzen und hebt die Arme, als ob er eine Beschwörung anstimmen will. Sie will gerade links an ihm vorbei, als er sich auf sie stürzt.

»Ich sagte, verschwinde!«, kreischt sie.

Du willst dich nicht mit Natalie Burrows anlegen.

Natalie verschränkt schützend die Arme über ihrer Brust und strafft die Schultern, bevor sie losläuft und ihm ihren Kopf mit aller Kraft in den Magen rammt.

Er taumelt rückwärts, verliert das Gleichgewicht und landet auf dem Boden, wobei er zu einer wütenden Schimpftirade anhebt.

Natalie schnappt ihre Tasche und rennt los, stürmt aus dem Park und auf die Straße, wobei sie sich noch einmal umdreht, um zu sehen, ob er ihr folgt.

Schließlich verlangsamt sie ihre Schritte. Sie ist völlig außer Atem, verschwitzt. Mit zitternden Fingern tastet sie in den Tiefen ihrer Tasche nach dem Messer. Die Füße fest in den Boden gestemmt, zieht sie es heraus, wickelt es aus dem Taschentuch und wiegt zufrieden sein Gewicht in ihrer Hand.

Sie lässt den Blick über die Straße schweifen. Offensichtlich ist sie allein, ihren Angreifer hat sie abgeschüttelt. Alles, was sie noch hört, ist das in der Ferne pulsierende Herz einer nächtlichen Großstadt. Die Straßen rings um sie sind leer. Verlassen.

Sie stößt mit dem Fuß gegen eine Limodose, die unnatürlich laut klappernd über den Asphalt rollt. Sie wirbelt herum, kommt zum Stehen. Scheiße. Wo zum Teufel ist sie? Wie spät ist es?

Ihr Handy vibriert. Ihre Nackenhaare stellen sich auf.

Sie zieht das Handy aus ihrer Tasche. 5 Uhr 23.

»Was?«, bellt sie ins Telefon. Bereits als das Wort über ihre Lippen kommt, ist ihr bewusst, dass sie angriffslustig und kindisch klingt.

»Ich bin’s. Hannah.«

»Das weiß ich. Rufnummernanzeige. Was wollen Sie?« Natalie weiß nicht, warum sie so fies zu Hannah ist. Sie weiß nur, dass sie alles leid ist. Den Verlust. Die Trauer. Die Angst, die sie aussteht. Dass sie ihren Bruder so sehr braucht. Dass sie überhaupt jemanden braucht.

Warum lässt mich nur jeder im Stich?

Und sie hat verdammt noch mal auf einer Parkbank übernachtet, wurde praktisch von einem obdachlosen Irren vergewaltigt, sie ist durstig und verängstigt und hilflos und wütend. Warum sollte sie da noch *nett* sein? Scheiß auf nett. Natalie ist es leid, immer die Tapfere spielen zu müssen, während sie innerlich blutet, diese abgrundtiefe Leere in ihrem Herzen.

Falls Hannah sich über Natalies Patzigkeit ärgert, lässt sie es sich zumindest nicht anmerken. Ruhig erklärt sie Natalie, dass sie Jake gefunden hat und dass es ihm gut geht. Er schläft jetzt, sonst hätte Hannah ihn ans Telefon geholt.

Sofort hat Natalie ein schlechtes Gewissen, weil sie so gemein war. »Wo sind Sie? Wieder in unserem Hotel?« Ihre Stimme bebt vor Erleichterung.

Jake sei bei ihr, erklärt Hannah Natalie. Aber Natalie solle zurück ins Hotel gehen. Ihr Onkel mache sich schreckliche Sorgen um sie. Sie selbst würde Jake zu ihnen bringen, sobald er aufwacht.

Der Gedanke, ins Hotel zurückzukehren, um in angespanntem Schweigen mit Onkel Frank herumsitzen zu müssen, ist unerträglich. Denn von Onkel Frank hat sie ebenfalls die Schnauze gestrichen voll. »Ich kann nicht«, stößt sie hervor. »Ich will nicht zurück. Nicht ohne Jake.«

»Wo bist du, Natalie?«, will Hannah wissen. »Willst du, dass ich dich hole?«

Natalie zögert. »Ich muss Schluss machen«, sagt sie fest.

»Warte! Natalie, ich habe Informationen über den Mann, der deinen Vater verfolgt hat.«

Natalie bleibt stumm.

»Natalie? Bist du noch dran?«

»Ja«, flüstert Natalie.

»Lass mich zu dir kommen. Ich hole dich ab. Ich erzähle dir alles, was ich weiß«, verspricht Hannah.

»Sagen Sie mir, was Sie wissen, und dann können Sie mich holen kommen«, erwidert Natalie.

Eine kurze Stille.

»Sein Name ist Victor Wyatt. Er wurde von einem Escort-Service namens Le Boy Bleu engagiert. Also, wo steckst du?«

Natalie legt auf.

Catherine

Gepackt!

In der Luft hängt noch der säuerliche Gestank des letzten Gelages – verschütteter Alkohol, Erbrochenes, Urin und Schweiß.

Aus meiner dunklen Ecke heraus beobachte ich die Straße. Die Morgendämmerung enthüllt die geschlossenen Bars und Restaurants, das feuchte, von Müll übersäte Kopfsteinpflaster: ein einzelner kobaltblauer Absatz, eine Handvoll Zigarettenstummel, verstreut wie Konfetti.

Es scheint wieder ein heißer Tag zu werden; schon jetzt rinnt mir ein Schweißtropfen unter meinem schwarzen Tanktop über den Rücken.

Der Gestank und die Hitze verschlimmern meine schlechte Laune noch. Als ich den gefesselten und betäubten Jake Burrows an der Backe hatte und gleichzeitig meinen Gegenangriff auf die Ungarn koordinieren musste, hatte ich das Gefühl, das Risiko, ihr von Wyatt zu erzählen, sei halbwegs überschaubar.

Ich werde Natalie nie wieder unterschätzen.

Als sie endlich auftaucht, eine winzige, unsichere Gestalt, die mir auf der ansteigenden Straße entgegenkommt, bin ich im ersten Moment erschüttert. Sie ist dünner denn je. Ihre Wangenknochen zeichnen sich scharf unter ihrer Haut ab, die Augen liegen tief in den Höhlen.

Was wird sie meiner Meinung nach tun? Den Escort-Service stürmen und nach Wyatt verlangen? Nun, da sie wieder da ist, amüsiert mich ihre fehlgeleitete Wut beinahe.

Sie überprüft das Klingelschild an einer Haustür, dann das nächste. Ich trete aus meinem Versteck auf die Straße. Die Gummisohlen meiner Sneakers geben keinerlei Geräusch von sich. Inzwischen steht sie vor dem richtigen Haus. Ihr Finger schwebt über dem Klingelknopf von Le Boy Bleu.

»Hallo, Natalie.«

Sie wirbelt herum. »Wie haben Sie mich gefunden?«, stößt sie wütend hervor.

»Ich verstehe dich«, sage ich leise. »Dass du unbedingt etwas tun willst. Aber du musst das der Polizei überlassen. Los, komm schon, ich bringe dich zurück ins Hotel. Außerdem willst du doch dort sein, wenn Jake zurückkommt, oder?«

»Er kann Daddy *unmöglich* umgebracht haben!« Ihre Stimme ist schrill.

»Nein, natürlich nicht«, beruhige ich sie.

Sie sieht mich an, erleichtert, weil ich ihr zustimme. »Warum ist Jake noch nicht wieder dort?«

»Als ich ihn gefunden habe, war er nicht gerade in Bestform. Er ist in eine üble Schlägerei geraten. Vielleicht auch mehrere.«

Natalie reißt entsetzt die Augen auf.

»Ich habe geholfen, ihn zu versorgen. Er schläft gerade. Aber es geht ihm gut, Natalie. Wirklich. Und dir auch. Und jetzt lass uns zurück ins Hotel gehen. Dort seid ihr am besten aufgehoben.«

Ich lege einen Arm um ihre schmalen Schultern. Sie lässt sich von mir wegführen.

Jake

Rostig

Er öffnet die Augen und sieht nur Schwärze. Er blinzelt. Immer noch ist alles stockdunkel. Er schnappt nach Luft. Stoff legt sich auf seine Lippen. Er hat Angst, gleich zu ersticken. Dann merkt er, dass er eine Kapuze aufhat.

Weg hier, sagt ihm sein Instinkt. Doch er kann sich kaum bewegen. Seine Gliedmaßen fühlen sich bleischwer an. Er stellt fest, dass seine Handgelenke gefesselt sind.

Was zum Teufel ist mit ihm passiert? Hank. O Gott. Die Frau auf der Straße. Hat *sie* ihn betäubt? Hat sie ihn entführt? Wo ist er?

Er leckt sich die Lippen, schmeckt Blut. Seine Zunge fühlt sich an, als wäre sie von Rost überzogen. Er versucht zu sprechen, doch lediglich ein ersticktes Krächzen kommt über seine Lippen.

Als die Woge der Schwärze wieder über ihm zusammenschlägt, ihn mit sich in die Bewusstlosigkeit reißt, spürt Jake nichts als Erleichterung.

Catherine

Aufwachen

Ich habe Natalie bei Frank abgeliefert. Beide schienen am Ende ihrer Kräfte zu sein.

Sie haben mir versprochen, sich eine Weile hinzulegen, während ich ihnen versprochen habe, Jake vorbeizubringen, sobald er wach ist und sich auf den Beinen halten kann.

Mein Atem beschleunigt sich, als ich um die Ecke in die Rue des Archives biege. In der Straße herrscht der gewohnte Trubel – einer der Gründe, weshalb ich mich entschieden habe, hier zu leben. Mein Apartment ist auf den Namen Mario Paone angemietet, einem Mailänder Hersteller besonders exklusiver Fliesen. Eigentlich kennt ihn kein einziger Nachbar im Haus. Er reist viel und vermietet sein Apartment in der Zwischenzeit immer wieder an junge Frauen.

In Wahrheit war natürlich immer ich diejenige. Aber bis auf Jumah und Akili kommt niemand nahe genug heran, um das zu wissen.

Hier kann ich anonym sein. Was ich auch war. Bis jetzt.

Hinter einem üppigen Blumenstrauß verborgen, damit sie mein Gesicht nicht erkennen, spaziere ich geradewegs an Arpad und seinem jungen Partner vorbei, die beide immer noch direkt neben meiner Haustür herumstehen und rauchen.

Das Herz schlägt mir bis zum Hals – diese Männer sind ganz üble Typen, die mich kaltmachen würden, ohne mit der Wimper zu zucken.

Abgesehen von einem flüchtigen Blick auf meinen Hintern wirken die beiden absolut desinteressiert. Diese Tatsache und die prüfenden Blicke, mit denen sie jeden vorbeikommenden Mann mustern, bestätigen meine Hoffnung, dass sie zwar meine Adresse kennen, ansonsten aber keine Ahnung haben, wer ich bin. Allzu oft gehen meine Feinde davon aus, ich sei ein Mann. Was ich allzu oft zu meinem Vorteil genutzt habe.

Ich verschwinde im Chacun à Son Gôut, dem Cabaret im Erdgeschoss des Hauses. Im grellen Licht des Tages ist es all seiner quirligen Lebendigkeit beraubt, und es herrscht eine Atmosphäre wie in einer Leichenhalle, alles wirkt schäbig und verlebt. Michelle, die Besitzerin, sitzt auf einem Barhocker, vor sich einen Stapel Rechnungen, wobei ihr die Brille immer wieder auf ihrer Adlernase nach unten rutscht.

»Für dich, meine Freundin«, sage ich auf Französisch und überreiche ihr das Bouquet.

»*Merci*«, antwortet Michelle überrascht und erfreut. »Was ist der Anlass?«

»Der Tag der Vermieter-Ladys«, rufe ich und eile durch das verräucherte, mit Samt und Seide ausgestattete Cabaret.

»Ach, Süße, du weißt doch, dass ich keine Lady bin«, gibt Michelle scherzhaft zurück. Ihre Stimme klingt auf einmal mehr nach Bariton als nach Sopran.

Leise lachend bahne ich mir meinen Weg durch den vollgestellten Bereich hinter der Bühne.

Ich finde Jake immer noch auf dem Dachboden liegend vor, wo ich ihn zurückgelassen habe, und überprüfe seine Atmung: flach, gleichmäßig, ruhig. Ich trete zu einem der Gaubenfenster und schiebe den Samtvorhang etwas beiseite.

Arpad und sein dürrer Begleiter stehen immer noch unten auf der Straße. Rauchen. Reden. Ich beobachte sie. Die Minuten verrinnen.

Vier Zivilfahrzeuge fahren langsam durch die Rue des Archives, ohne Sirenen oder Blaulicht. Die Straße ist voller Fußgänger, deshalb dauert es eine Weile, bis sie so stehen, dass sie die potenziellen Fluchtrouten der Ungarn blockieren.

Zwei Männer in Anzügen steigen aus, nähern sich Arpad und seinem Gefährten, bevor die beiden die Bedrohung auch nur registriert haben.

Augenblicke später klicken die Handschellen, und die beiden Ungarn werden in verschiedene Wagen verfrachtet und weggebracht. Das Ganze geht mit bewundernswerter Effizienz und Diskretion über die Bühne. Die Menschen auf der Straße bekommen kaum etwas davon mit. Eine Handvoll Beamte bleiben zurück, bis ein Abschleppwagen eintrifft und den Renault Talisman auf die Ladefläche hebt.

Vielleicht war gar nichts Illegales in dem Wagen, als Arpad damit hergefahren ist, aber jetzt befindet sich dank Juhmas Geschick eine Tasche voller Plastiksprengstoff darin.

Ein anonymer Hinweis zur rechten Zeit kann eine Menge bewirken.

Natalie

Der Flyer

Onkel Frank war absolut *schrecklich*, nachdem Hannah sie zurückgebracht hat. Sie solle sich auf ihren verdammten Hintern setzen, damit sie reden können, hat er gesagt, nur um dann die ganze Zeit über sich selbst zu quasseln, dieser verdammte Narzisst, als wäre er der einzige Mensch auf der Welt! *Seine* Ängste. *Seine* Scheidung. *Seine* Kinder. *Seine* Belastungen, Verpflichtungen und all die Opfer, die er für sie gebracht hat.

Natalie zog sich unterdessen in ihr Schneckenhaus zurück und ließ seinen Wortschwall auf sich einprasseln, während sie innerlich litt wie ein Hund. *Was ist mit mir?*

Wo blieb sein Mitgefühl? Seine Sorge um ihr Wohlergehen? Die Beteuerungen, die sie so dringend brauchte: Nein, Jake *kann* deinen Vater gar nicht umgebracht haben, natürlich nicht!

Warum war Onkel Frank so wütend? So völlig außer sich?

Nachdem die Tirade aufgebrandet, abgeklungen und schließlich vollends verstummt ist, haben sie sich in eisigem Schweigen eine Kanne Kamillentee geteilt, ehe Natalie sich in ihr Zimmer zurückgezogen hat.

Hier liegt sie nun und tut so, als würde sie schlafen (Onkel Frank macht vermutlich dasselbe – schlafen oder es zumindest vorgeben), wobei Natalies Gedanken einfach nicht zur Ruhe kommen wollen.

Sie haben einander stets ihre Geheimnisse anvertraut, Onkel Frank und sie, schon seit Natalie ein kleines Mädchen war. Seit er sie mit fünf Jahren dabei ertappt hat, wie sie die Finger in die Schokoladenglasur auf Jakes Geburtstagskuchen tauchte.

Onkel Frank hatte sich bloß den Zeigefinger auf die Lippen gelegt und Natalie bedeutet, sie solle still sein. Er hatte ihrer Mutter zugerufen, sie solle im Esszimmer bleiben, er würde den Kuchen gleich hereintragen. Zu Natalie hatte er gesagt, sie solle sich die Finger sauber lecken, dann hatte er ein Buttermesser aus der Schublade genommen, den Guss glatt gestrichen und zwinkernd angefangen, die Kerzen anzuzünden.

Danach gab es noch weitere »kleine Geheimnisse«: Onkel Frank steckte ihr zehn Mäuse zu oder ließ sie Limo trinken, wenn sie mittagessen gingen. Im Gegenzug erbot Natalie sich mit feierlichem Ernst, ihm »Ratschläge eines großen Mädchens« im Hinblick darauf zu erteilen, welche Geburtstagsgeschenke den Zwillingen gefallen könnten, wobei die Inspiration daher rührte, dass sie beiläufig ihre beiden Cousinen fragte und ihre Wünsche dann ihrem Onkel ins Ohr flüsterte.

Als Natalie dreizehn war, erwischte sie Onkel Frank dabei, wie er die Mutter ihrer Freundin Melissa bei der Silvesterparty der Familie küsste. »Der Mistelzweig ist schuld«, rief Frank fröhlich, während Sunny kichernd in die Küche floh. Dann beugte er sich zu Natalie und flüsterte: »Das ist unser kleines Geheimnis. Okay?«

Natalie war völlig aus dem Häuschen. Sie fühlte sich als Teil einer exotischen Erwachsenen-Intrige und konnte es kaum erwarten zu erfahren, wie die Geschichte weiterging. Sie gelangte zu dem edelmütigen Entschluss, dass es falsch, ja geradezu grausam wäre, Melissa zu erzählen, was sie gesehen hatte. Also hielt sie den Mund und wartete, was weiter geschah. Gleichzeitig schwor sie sich, verdammt noch mal die bestmögliche Freundin für Melissa zu sein, wenn die Ehe ihrer Eltern auf tragische Weise zerbrach und Sunny mit Onkel Frank durchbrannte. Außerdem wären sie dann gewissermaßen beste Freundinnen *und* Cousinen, was noch ein echter Pluspunkt an der ganzen Sache wäre.

Leider blieb Onkel Frank mit diesem Miststück Della zusammen… und Sunny blieb bei Benton, diesem alten Langweiler.

Aber Natalie lernte, dass es einem Macht verlieh, wenn man ein Geheimnis wahrte. Mit einem einzigen eindringlichen Blick und einer bedeutungsvoll erhobenen Braue konnte sie Sunny zum Erröten bringen – was Natalie genüsslich betrieb, bis es den Reiz des Neuen verloren hatte. Es war das Mindeste, was sie für ihr ritterliches Schweigen verdiente.

Allerdings hatte sie Geschmack daran gefunden, Macht über andere zu haben, deshalb perfektionierte Natalie diese Gabe und sammelte allerlei pikante Details über ihre Klassenkameradinnen oder Lehrer. Manchmal genoss sie schlicht die Macht des *Wissens* und behielt die Geheimnisse für sich. Dann wiederum setzte sie sie gnadenlos für ihre Zwecke ein.

Bis jetzt hatte Natalie geglaubt, dass diese *besonderen* Geheimnisse, die sie mit ihrem Onkel teilte, ein Fundament aus Vertrauen zwischen ihnen geschaffen hatten; schließlich waren sie in gewisser Weise miteinander *verbunden*. Manchmal war er eine Nervensäge, klar, aber war ihr Wohlergehen nicht miteinander verknüpft? Würde er sich nicht immer um sie kümmern? Hatte er das nicht bewiesen?

Würde er es auch weiterhin tun?

Oder wird er mich im Stich lassen, so wie alle anderen?

Natalies Gedanken schweifen zu dem Messer in ihrer Tasche.

Verbrennen. Ritzen. Reißen. Beißen. Darauf war letztlich immer Verlass. Im Gegensatz zu allem anderen in ihrem Leben.

Bald ist Jake wieder hier. Dann geht es mir bestimmt besser. Ich kann widerstehen, das verspreche ich. Ich werde für jeden einzelnen Tag dankbar sein.

Eine vage Erinnerung kommt ihr in den Sinn, doch sie kann sie nicht recht greifen.

Le Boy Bleu. Mithilfe des Internets war es ein Kinderspiel, die Adresse in Bastille zu finden, nachdem Hannah sie erwähnt hat. Aber Natalie hat schon einmal einen Flyer vom Le Boy Bleu gesehen, oder nicht? Oder war es eine Anzeige? Etwas in der Art jedenfalls.

Sie schließt die Augen und versucht sich zu erinnern. Ein weißer und roter Hintergrund, eine geschwungene blaue Schrift, das Foto von einem halb nackten Mann mit betonharter Brust und Sixpack, eine hautenge Hose, die nichts verbirgt. Der Kopf auf dem Foto war abgeschnitten, machte ihn gesichtslos – dieselbe Objektivierung, wie man sie von Frauen kennt. Natalie erinnert sich noch, wie ihr dieser Gedanke beim Anblick des Flyers kam.

Aber wo hat sie ihn gesehen?

Die Erinnerung wird klarer.

Ein Stapel Flyer in Jakes Reisetasche.

Stimmt das?

Sie öffnet die Augen.

Sie schleicht sich in den Wohnbereich. Da steht Jakes Reisetasche in der Ecke, die Klamotten quellen hervor, liegen auf dem Boden verstreut.

Sie beginnt zu wühlen, wobei sie automatisch beginnt, seine Sachen zu falten. Es ist fast, als würde sie plötzlich für ihn sorgen.

Da sind die Broschüren und Flyer. Natalie geht den Stapel durch. Genau, da ist es. Le Boy Bleu, wie sie es in Erinnerung hat.

Jake hatte sie gefragt, ob sie die Flyer in seine Tasche gelegt hätte. Sie hatte keine Ahnung, was er meinte. Aber wenn sie die Dinger nicht hineingelegt hat und Jake auch nicht, gibt es nur noch eine Möglichkeit.

Onkel Frank.

Catherine

Schweigen hilft

Ich schneide Jakes Fesseln durch und ziehe ihm die Kapuze herunter, stecke beides in eine meiner Taschen, ehe ich eine Spritze in die blassblaue Ader in seiner Ellbogenbeuge drücke. Schließlich setze ich mich mit einer Flasche Wasser auf einen Stuhl neben die Pritsche und blicke ihn an.

Langsam schlägt er die Augen auf und setzt sich auf. Er ist noch benommen.

»Wer sind Sie?«, krächzt er und sieht mich verängstigt an. »Was wollen Sie?«

»Hier.« Ich reiche ihm die Flasche. Er beäugt sie misstrauisch, dann schnappt er sie und untersucht eingehend das Siegel, um sicherzugehen, dass es nicht beschädigt ist, ehe er den Deckel abschraubt und dankbar trinkt, wenn auch ohne mich aus den Augen zu lassen.

»Haben Sie mich *betäubt*?«, stößt er hervor, sobald die Wasserflasche leer ist.

»Natürlich nicht. Du hast das Bewusstsein verloren. Ich habe dir *geholfen*.«

Er massiert sich die Handgelenke, um die Blutzirkulation wieder in Gang zu bringen. »Was ist mit meinen Handgelenken?«

»Was soll mit ihnen sein?«

»Ich war gefesselt.«

»Sei nicht albern«, erkläre ich mit aller Entschiedenheit. »Du musst auf ihnen gelegen haben.«

Der Junge war völlig am Ende, als ich ihn gefunden habe, ein körperliches und emotionales Wrack. Mit ein bisschen Geschick gelingt es mir bestimmt, ihm meine Version der Ereignisse zu verkaufen. Posttraumatische Belastungsstörung, das klingt immer gut.

Ich stelle mich knapp als Hannah Potter vor, zeige ihm den amerikanischen Pass, der die Lüge untermauert, tische ihm dieselbe Geschichte darüber auf, woher ich Brian kenne, die ich auch allen anderen erzählt habe. Ich bemerke, dass Jake kurz nickt, als ich die »Trauergruppe« erwähne.

Ich hätte ihn zufällig gefunden, als er nach seiner Schwester gesucht hätte, von der sein Onkel glaubte, sie sei ihrerseits auf der Suche nach ihm, behaupte ich.

Zumindest das ist wahr.

»Ich wollte gerade ins Mandarin zu Hank Scovell gehen, als du herausgekommen und auf der Straße zusammengebrochen bist.« Meine Stimme duldet keinen Widerspruch.

»Warum sollte Natalie denn zu *Hank* gehen?«, fragt Jake, wobei seine Stimme bricht. Irgendetwas bringt ihn aus dem Konzept.

»Keine Ahnung.« Ich zucke mit den Schultern. »Ich habe einfach alle Orte abgeklappert und mit allen geredet, die sie in Paris kennt. Dein Onkel war krank vor Sorge wegen euch beiden«, füge ich vorwurfsvoll hinzu.

»Warum tun Sie das für uns?«

Ist das nicht immer die Frage?

»Ich helfe gerne, wo ich nur kann«, antworte ich.

Auch das stimmt.

Danach verstummt Jake. Ich habe keine Ahnung, was er denkt, aber ich muss ihn an den Punkt bringen, an dem er mir abkauft, dass ich mit alldem nichts zu tun habe. Erst dann kann ich ihn ins Hotel zurückbringen, und das muss sein, weil ich nicht arbeiten kann, solange ich den Babysitter für ihn spielen muss.

Ich verfalle ebenfalls in Schweigen. Das ist oft die beste Methode, um jemanden dazu zu bringen, den Mund aufzumachen, ja sogar zu einem Geständnis zu bewegen. Die meisten Leute fühlen sich regelrecht verpflichtet, die Stille zu durchbrechen.

»Es wundert mich nicht, dass Dad zu so einer Gruppe gegangen ist. Ich wusste, dass irgendwas die Scheiße in ihm wieder aufgewühlt hat«, ergreift Jake endlich das Wort, womit bewiesen ist, dass auch er keine Ausnahme ist.

»Wie meinst du das?«

Sein Blick schweift durch den Dachboden, über die spärliche Möblierung, die ausgemusterten Kostüme, den Klapptisch mit meinem Laptop und der Notfallapotheke. »Wo sind wir?«

»Bei einer Freundin. Es hat sich angeboten.«

Erschöpfung und Verwirrung zeichnen sich auf seiner Miene ab. Nicht zum ersten Mal bin ich froh über meine Erscheinung, die keinerlei Bedrohung signalisiert. In meinem Outfit aus Tanktop, Jeans und knöchelhohen Turnschuhen könnte ich auch als Vorstadt-Kindergärtnerin auf Sommerurlaub durchgehen.

Und es ist bestimmt besser, wenn man denkt, man ist von einer netten jungen Frau gerettet worden, statt von einem unbekannten Feind betäubt und gefesselt worden zu sein, oder? Vielleicht, *ganz vielleicht* hat er sich die Kapuze nur eingebildet, das Plastik, das sich in seine Handgelenke geschnitten hat, das vage Gefühl einer Injektionsnadel in seinem Arm?

»Sie hätten es auch gesehen, wenn Sie gewusst hätten, wie Dad normalerweise war«, stößt er schließlich hervor.

»Was gesehen?«

»Wie aufgelöst er war. Seit meine Mutter gestorben ist, war es, als hätte er diesen Panzer um sich, und dann, kurz bevor wir nach Paris geflogen sind, ist er plötzlich aufgebrochen. Und als wir erst mal hier waren, wurde es immer schlimmer.«

Jake sieht mich herausfordernd an. »Er hatte vor irgendetwas Angst.«

Ich nicke, sorgsam darauf bedacht, neutral zu wirken. »Du bist nicht der Einzige, der das dachte, Jake. Einige seiner Kollegen haben dasselbe gesagt. Ich glaube dir.«

Jake holt tief Luft, steht auf und reckt sich. Dann geht er auf unsicheren Beinen herum, befingert ein

Stück paillettenbesetzten Stoff. Riskiert einen Blick aus dem Fenster.

Natalies gequälter Schrei hallt mir noch in den Ohren: »*Er kann Daddy unmöglich umgebracht haben.*« Ich will so gern glauben, dass sie recht hat. Ich muss mehr darüber erfahren, wo Jake in der Nacht gesteckt hat, als Brian die Kehle aufgeschlitzt wurde.

Ich tische auch ihm die Geschichte von Hannah Potter auf, die ihre Familie verloren hat, spreche mit drängender Ernsthaftigkeit über den grauenvollen Tod meines kleinen Jungen und meines Ehemanns. Ich bin nicht einmal zehn Jahre älter als Jake, aber vor mir sitzt ein Junge, der seine Mutter und seinen Vater verloren hat, und ich benutze schamlos seine abgrundtiefe Trauer.

Ganz allmählich öffnet er sich mir wie eine knospende Blüte in der warmen Frühlingssonne.

Er äußert seinen Verdacht, dass Will Crane der Täter ist. Natürlich erinnere ich mich an den Namen – der Mörder, der behauptet hat, er hätte seine Geliebte, Jakes Mutter, getötet, bevor er spurlos verschwunden ist. Der Mistkerl, den ich nicht rechtzeitig aufgehalten habe. Ich bemühe mich nach Kräften um eine neutrale Miene, um die komplexen und schmerzlichen Gefühle zu kaschieren, die allein die Erwähnung seines Namens in mir auslöst. »Erzähl mir mehr«, fordere ich Jake auf und denke an die klaffende Wunde in Brian Burrows' Kehle. Sie deutet darauf hin, dass Brian seinen Angreifer kannte; allem Anschein nach hat er seinem Mörder erlaubt, ihm so nahe zu kommen, dass er seinen Kopf von hinten packen und die Klinge ihr blutiges Werk verrichten lassen konnte.

Jake hat zwei Theorien: Erstens, dass Crane immer noch verbittert war über Mallorys Rückkehr zu ihrer Familie, Brian nach Paris gefolgt ist und ihn dort ermordet hat. Die zweite lautet, dass Brian Crane aufgestöbert hat. Vielleicht hat er sogar deshalb den Job in Paris angenommen, weil er wusste, dass Crane sich hier aufgehalten hat.

Jake könnte recht haben. Vielleicht ist Crane wieder aufgetaucht, wollte sich nicht länger verstecken, sondern Brian Burrows quälen und töten. Oder Brian hat Crane gejagt und sich freiwillig mit ihm getroffen, um die Sache zu Ende zu bringen. Oder um sich zu rächen. Bevor alles so gründlich schiefging.

Sichtlich aufgeregt führt Jake seine Überlegungen weiter aus. Er erklärt mir, wie er die Überwachungskameras rings um das frühere Apartment überprüft hat. Sein Eifer beeindruckt mich.

Jake gibt außerdem zu, dass er bezüglich des Zeitpunkts seiner Rückkehr nach Paris gelogen hatte. Dass die Polizei *ihn* verdächtigt, seinen Vater ermordet zu haben.

Trotzig blickt er mich an, während ich Schock und Überraschung mime, »das muss schwer für dich gewesen sein« und »aber natürlich ist es völlig absurd« murmle.

Die Erleichterung ist ihm ins Gesicht geschrieben. Er ist so dankbar, weil ihm jemand zuhört, ihm jemand glaubt, dass er jegliche Zurückhaltung aufgibt. Die Worte sprudeln nur so über seine Lippen.

Er erzählt mir, dass er versprochen hat, Stillschweigen darüber zu bewahren, wo er sich am Tag seiner Rückkehr nach Paris aufgehalten hat, um den Ruf eines anderen Mannes zu schützen. Wie zerrissen er sich fühlt, weil er dieses Geheimnis wahrt. Ich spüre, dass er Liebeskummer hat oder zumindest eine schmerzhafte Zurückweisung erfahren hat, die sich hinter der Geschichte verbirgt. Ich denke an Hank Scovell und seine sexuelle Aggression Frauen gegenüber, an Jakes aufgelösten Zustand, als er aus dem Hotel Mandarin kam. Ich frage mich, ob Scovell es war, der sich um Jakes Gesicht gekümmert hat.

Mir wird bewusst, dass ich Jake Burrows mag. Sogar sehr. Er ist klug, besitzt emotionale Intelligenz und weiß um seine Probleme, seine Wut im Zaum zu halten. Er gibt sich ehrlich Mühe, in einer Welt, die ihm immer wieder Schlimmes angetan hat, das Richtige zu tun. Ich erkenne mit leisem Entsetzen, dass unser Mitgefühl nicht gespielt ist.

Mir kommt dann der Gedanke, dass Jake das einzige Mitglied der Burrows-Familie ist, das ich noch nicht nach Victor Wyatt gefragt habe. Ich krame das Handy mit dem Foto des Schauspielers aus meinem Rucksack.

»Erkennst du diesen Mann?«

Jake betrachtet das Foto eingehend. »Nein, ich glaube nicht. Sollte ich?«

»Er heißt Victor Wyatt. Jemand hat ihn bezahlt, damit er deinen Vater in den Tagen vor seinem Tod verfolgt.«

»Ich kenne ihn nicht.«

»Bist du sicher? Er arbeitet für einen Escort-Service namens Le Boy Bleu.«

»Das ist allerdings seltsam.«

»Warum?«

»Ich habe einen Stapel Broschüren und Postkarten von Schwulenklubs und solches Zeug in meiner Reisetasche gefunden. Eine war vom Le Boy Bleu. Ich habe Natalie gefragt, aber sie hat gemeint, sie wüsste nichts darüber. Darum dachte ich, dass sie mein Onkel in meine Tasche gelegt haben muss. Ich dachte, er wollte, na ja, Sie wissen schon, einfach cool sein, aber …« Jake verstummt und zuckt mit den Schultern.

All meine Alarmglocken schrillen. Was er sagt, könnte nichts zu bedeuten haben. Aber aus irgendeinem Grund glaube ich es nicht.

Natalie

Türen

Auf Zehenspitzen schleicht Natalie aus ihrem Zimmer und klopft leise an Onkel Franks Tür. Keine Antwort. Sie klopft erneut, etwas lauter.

Ein ersticktes Stöhnen dringt heraus, das Natalie als ein »Ja« interpretiert. Sie öffnet die Tür und späht hinein.

Die Jalousien sind geschlossen, die Vorhänge zugezogen. Vage Umrisse zeichnen sich im Halbdunkel ab – Kleider auf dem Sessel, Unterlagen klemmen unter dem aufgeklappten Laptop auf dem Schreibtisch, Onkel Frank liegt im Bett, auf der Seite, mit dem Rücken zu Natalie.

Eisige Luft wird von der Klimaanlage unter dem Fenster in den Raum geblasen.

»Ich kann nicht schlafen«, gesteht sie leise. »Können wir reden?«

Frank hebt den Kopf und blickt Natalie verschlafen an. Sie hat die Hände auf dem Rücken verkrallt, versinkt förmlich in ihrer viel zu großen Jogginghose, das Haar hängt ihr in die auf den Boden gerichteten Augen. Ihr ist bewusst, dass sie einen erbärmlichen Anblick bietet.

Frank klopft einladend auf die Matratze. »Komm. Setz dich.«

Panik steigt in ihr auf, als sie seinem Blick begegnet. *Vielleicht ist das eine schlechte Idee.*

Frank setzt sich auf und winkt sie heran. Natalie bleibt in der Tür stehen.

»Komm schon, Nat, was hast du auf dem Herzen? Wir hatten uns ein bisschen in der Wolle vorhin, aber …«

»Hast du schon mal etwas vom Tür-Effekt gehört?«, unterbricht sie ihn.

»Was?«

»Vom Tür-Effekt. Das gibt es wirklich. Wenn man vergisst, weshalb man hereingekommen ist, sobald man durch die Tür tritt. Es hat etwas damit zu tun, dass sich der Verstand mit dem Eintritt in eine neue Umgebung irgendwie … selbst auf null setzt, um neue Informationen aufzunehmen.« Sie weiß, dass sie bloß daherplappert, aber sie kann nicht anders.

»Das ist ja hochinteressant, Natalie, trotzdem glaube ich nicht, dass du mich mitten in der Nacht geweckt hast, nur um mir das zu erzählen.« Frank lacht, schlägt die Decke zurück und steht auf. Er tritt auf sie zu.

Sie weicht zurück. Er kommt näher.

Natalies Herz schlägt ihr bis zum Hals.

»Und ich glaube auch nicht, dass du vergessen hast, warum du hereingekommen bist. Also, was ist los?«

Die Fragen wirbeln in ihrem Kopf umher, doch es ist, als wollten die Worte nicht über ihre Lippen kommen.

Franks Augen sind in Schatten getaucht, um seinen Mund liegt ein entschlossener Zug. Er tritt in das Rechteck aus Licht, das die offene Tür in den Raum wirft, und ihre Blicke begegnen sich.

Seine Augen sind blutunterlaufen, rot gerändert. Wut funkelt darin.

Und noch etwas anderes: eine kalte Verzweiflung, die Natalie das Blut in den Adern gefrieren lässt.

Catherine

Fliegende Hast

Ich stürme die kopfsteingepflasterte Straße entlang, suche hektisch den gestauten Verkehr in der Rue de Rivoli nach einem freien Taxi ab. Ich werfe einen Blick über die Schulter und sehe Jake, der rennen muss, um mit mir Schritt zu halten. Er schnappt nach Luft, hält eine Hand schützend auf seine geprellten Rippen gepresst. Sein Gesicht ist rot. Ich sehe seine Verwirrung.

»Was ist denn los?«, japst er.

»Wir müssen sofort in euer Hotel.«

Da. Ein freies Taxi. Ich reiße die Tür auf und schiebe Jake hinein. Dann lasse ich mich auf den rissigen Ledersitz fallen und nenne dem Fahrer die Adresse.

Irgendwas stimmt hier nicht. Ich spüre es ganz einfach.

Natalie

Bereit

Sie verdient es zu sterben.

Das weiß sie, mit absoluter, allumfassender Gewissheit. Punkte tanzen vor ihren geschlossenen Lidern, gelb und rot, drehen sich, hüpfen, auf und ab, hin und her. Werden sie das Letzte sein, was sie in ihrem Leben sieht?

Natalie sehnt sich nach Jake. Könnte sie ihn doch nur ein letztes Mal sehen, bevor sie geht.

Du dämliche Kuh. Glaubst du ernsthaft, dass er dich noch lieben würde, wenn er wüsste, wer du wirklich bist?

Vielleicht ist es besser so. Sie wird sterben, und er wird es nie erfahren.

Sie presst die Handflächen auf die blutende Wunde auf ihrem Bauch. Warme, klebrige Flüssigkeit sammelt sich um ihre Finger.

Ihr ist leicht schwindlig, benommen, gleichzeitig beinahe heiter. Und auch ihr Körper fühlt sich ganz leicht an, als ob Fleisch, Knochen, Blut und Organe, die so lange ihre Feinde waren, nun endlich Frieden mit ihr geschlossen haben, sie vom Joch der Unterdrückung befreien.

Das ist also der Tod, denkt sie. *Ich bin bereit.*

Catherine

Rettung

Jake ist einen Schritt hinter mir, als ich den Hotelkorridor entlang zur Suite der Burrows' eile.

»Hast du deine Schlüsselkarte?«

Jake zieht seine Geldbörse heraus und schiebt die Schlüsselkarte in den Schlitz.

Das laute Summen der Klimaanlage erfüllt den abgedunkelten Raum. Ich schalte das Licht an. Der Esstisch ist mit leeren Chipstüten und alten Zeitungen übersät. Der faulig süße Gestank einer überreifen Banane hängt in der Luft.

»Natalie?«, rufe ich. »Frank?«

Die Tür zu Natalies Zimmer steht offen. Ich schiebe sie weiter auf.

Leer. Die Bettlaken zerwühlt. Jake steht ganz dicht hinter mir, tritt mir in die Fersen.

»Sorry, sorry!«

Ich stürze zu Franks Zimmer. Auch seine Tür steht halb offen. Ich blicke hinein. Schalte das Licht an.

Blut. Zu viel Blut.

Mit einem Ruck ziehe ich die Tür zu. »Ruf einen Krankenwagen, Jake«, befehle ich. »Und bleib hier.«

»Ist es Natalie? Was ist passiert? Was ist los?«

»Ich weiß es noch nicht. Ruf einfach an!«

Ich stürme zurück in das andere Zimmer, verriegle die Tür hinter mir.

Zwei Gestalten liegen auf dem breiten Doppelbett. Blut fließt aus Frank Burrows' aufgeschlitzter Kehle – eine unheimliche und grauenvolle Parallele zu dem Tag vor ein paar Wochen, als ich die Leiche seines Bruders gefunden habe. Seine geöffneten Augen blicken ins Leere.

Natalie liegt neben ihm, inmitten einer roten klebrigen Lache, die sich um ihren Unterleib gebildet und ihre schlabberige Jogginghose durchnässt hat. Aber ihre Brust hebt und senkt sich noch, wenn auch kaum merklich. Ein Hoffnungsschimmer. Sie ist am Leben.

Ich prüfe ihren Puls. Schwach, aber regelmäßig. Ich presse die Hand auf die Wunde in ihrem Bauch, aus der das Blut quillt.

»Was ist? Was ist los?«, höre ich Jake von draußen rufen. Er hämmert an die Tür.

»Bleib, wo du bist!«, rufe ich. »Natalie braucht einen Rettungswagen, aber ich glaube, sie schafft es.«

Ich habe keine Ahnung, ob sie es schaffen wird. Aber ich muss Jake verdammt noch mal von diesem Blutbad fernhalten.

Natalies kalte Hand umklammert meine. Ich blicke auf sie herunter und sehe, dass sie versucht zu sprechen.

»Schhh. Es ist okay«, versichere ich ihr. »Wir haben einen Krankenwagen gerufen. Es geht dir bald wieder gut.«

Natalie keucht etwas, doch ihre Stimme ist zu leise. Ich beuge mich über sie.

»Ist er tot? Ich glaube, er ist tot«, flüstert sie. »Aber ich hatte … keine Wahl. Er hat Daddy getötet … Er hat auch mich getötet.«

Ich blicke in ihre flehenden Augen.

»Beschützen Sie Jake. Bitte.« Natalie fällt zurück in die Kissen.

Ich drücke weiterhin mit beiden Händen fest auf ihren Bauch.

In der Ferne heulen die Sirenen.

Jake

Spurlos

Seit einer halben Ewigkeit ist er bereits im Warteraum des Krankenhauses, während Aimee Martinet scheinbar völlig unbeteiligt auf einem Stuhl gegenüber von ihm sitzt. Jake erträgt es nicht einmal, sie anzusehen. Das Ganze ist der reinste Horror: der Rettungswagen, die Polizei, die Notaufnahme, Natalie, die in den OP gebracht wurde.

Jake bemüht sich nach Kräften, nicht an seinen Onkel zu denken. Das Blut. Die Leiche. Der Verrat.

Er schlingt sich die Arme um den Oberkörper, um zu verhindern, dass Martinet sein Zittern sieht. Noch immer versucht er zu begreifen, was passiert ist. Was genau hat Hannah Potter gesagt? Was hat Natalie ihr zugeflüstert? Dass Onkel Frank gestanden hat, ihren Vater ermordet zu haben, bevor er versucht hat, auch sie zu töten?

Aber warum? Das ist doch völlig verrückt.

Jake vermutet, dass er unter Schock steht. Das klingt einleuchtend, oder? Aber das ist jetzt völlig egal. Solange nur Natalie überlebt.

Bitte stirb nicht, Nat.

Jake steht auf und gießt sich einen Becher entkoffeinierten Kaffee aus der frisch aufgefüllten Kanne auf einem Beistelltisch ein und betrachtet die perfekt geformten Madeleines auf einem Tablett daneben, aber er hat keinen Appetit. Er nippt an dem schwarzen Kaffee, während er die anderen Leute ansieht, deren Tag von einer Tragödie überschattet wurde.

Sechs Kinder drängen sich um ihre kreidebleiche Mutter und murmeln Beschwichtigungen auf Französisch und Hebräisch: eine Familie orthodoxer Juden, die auf ihren Patriarchen wartet, der gerade operiert wird. Ein Herzinfarkt, den niemand kommen sah, gefolgt von einer Not-OP, bei der ihm ein vierfacher Bypass gelegt wird.

Die Eltern eines Kleinkinds, das sich eine Glasscherbe in den Mund geschoben hat, sitzen da, halten einander fest an den Händen, während die Mutter stumm betet.

Eine junge Franko-Asiatin in Radlerhose bricht in den Armen ihrer Schwester zusammen. Sie war mit ihrem Freund mit dem Fahrrad unterwegs, als ein Auto ihn erwischte.

Jake hat niemanden an seiner Seite, der ihn beruhigt. Stattdessen bereitet es ihm ein fast perverses Vergnügen, sich in seinem Leid zu suhlen. Seine Eltern sind tot, sein Onkel ist ein durchgeknallter Mörder, seine Schwester stirbt vermutlich gerade auf dem OP-Tisch … Er ist allein auf der Welt, abgesehen von dieser abscheulichen Aimee Martinet mit ihrem eindringlichen, abschätzigen Blick.

Ein Polizeibeamter, der Jake bereits im Gewusel am Tatort gesehen hat, nimmt Madame Martinet beiseite. Die beiden reden leise und hektisch.

Jake beobachtet sie mit argwöhnischem Interesse. Madame Martinet sieht zu Jake herüber. Wut flackert in ihrem Blick auf, dann bedankt sie sich bei ihrem Kollegen und begleitet ihn hinaus.

Kurz darauf tritt sie an den kleinen Tisch, schenkt sich ebenfalls einen Kaffee ein und rührt ein Tütchen Zucker hinein, ehe sie sich gegen die Wand lehnt und lässig daran nippt. Sofort ist Jake auf der Hut.

»Jake, wir müssen mit Ihnen über Hannah Potter reden. Wissen Sie, wo sie ist?«

»Nein, woher auch? Wir haben Natalie in einen Rettungswagen verfrachtet, und sie ist dortgeblieben, um mit Ihren Leuten zu reden.«

»Das hat sie gesagt? Dass sie im Hotel bleiben will?«

»Sie wollte ihre Aussage machen. Genau. Worum geht's hier?«

»Wie gut kennen Sie Madame Potter?«

»Das habe ich Ihnen doch schon gesagt. Ich habe sie erst gestern Abend kennengelernt.«

»Aber sie kannte Ihre Schwester und Ihren Onkel?«

»Flüchtig, glaube ich. Ehrlich gesagt, weiß ich nicht allzu viel über sie.« Jake kämpft gegen einen Anflug von Panik, als vor seinem inneren Auge eine Kapuze aufflackert, eine Spritze, Fesseln, all die Dinge und Vorkommnisse, von denen er sich erlaubt zu glauben – nein, die zu glauben er sich *eingeredet* hat –, dass sie pure Einbildung sind. »Was zum Teufel ist hier los? Warum fragen Sie mich?«

»Hannah Potter existiert nicht.«

»Was? Das ist doch Schwachsinn. Ich habe sie doch kennengelernt, mit ihr geredet.«

»Ich weiß nicht, mit wem Sie geredet haben, aber wer es auch immer war, ist aus dem Hotel verschwunden, während die Sanitäter sich um Ihre Schwester gekümmert haben. Sie hat keinem der Kollegen am Tatort ihren Namen genannt. Und jetzt ist sie allem Anschein nach spurlos verschwunden.«

»Ich verstehe das nicht.« Und das tut er tatsächlich nicht.

In Aimee Martinets Augen flackert sogar ein Anflug von Mitgefühl auf. »Die einzige Hannah Potter, die wir gefunden haben und deren Alter und Nationalität zumindest halbwegs zu dem passt, was Sie uns erzählt haben, starb vor dreiundzwanzig Jahren in einer Stadt namens Council Grove in Kansas. Sie war damals vier Jahre alt.«

Catherine

Vergangenheit

Ich habe diese Wohnung im Marais tatsächlich zu einem Zuhause gemacht.

Ich habe Möbel gekauft, skurrilen Krimskrams von meinen zahlreichen Ausflügen zum Flohmarkt Les Puces mitgebracht. Die Teppiche sind weich unter den Füßen, in den Schränken hängen Designerklamotten, stapeln sich Accessoires. Wenn man in Paris lebt, kann man sich einen gewissen Chic erlauben.

Auch meine Kommandozentrale war ein überaus gelungenes Werk. Vergangenheitsform. Ich habe alle digitalen Spuren verwischt, bevor ich meine Hardware in ein Säurebad getaucht habe. Die Wohnung riecht immer noch nach dem Zeug, das sich durch Metall, Plastik und Kabel gefressen hat.

Während ich ein letztes Mal durch die Zimmer gehe, schweift mein Blick über diese Version eines Lebens, brennt Erinnerungen in mein Gedächtnis, wie Blumen, die man in ein Album presst.

Ich wusste immer, dass dieser Tag irgendwann kommen würde. Obwohl es mir leidtut, dass es jetzt so schnell ging.

Jumah wird das meiste verkaufen, was ich zurücklasse, der Rest landet im Müll. Ich werde mit leichtem Gepäck reisen.

Ich setze eine dunkelbraune Perücke mit langen Stirnfransen auf, ziehe mir die Brauen ein bisschen nach, und schon bin ich eine völlig andere Frau. In Wahrheit bin ich das auch. Ich bin Sydney Fletcher aus Indianapolis in Indiana. Zumindest steht das in meinem Reisepass und auf meinen Kreditkarten.

Ich blicke mich ein letztes Mal in meiner hübschen Wohnung um, lege meine Schlüssel wie immer in die Schale neben der Tür, trete nach draußen in den spärlich beleuchteten Hausflur.

Adieu, Paris.

Ich habe nur noch ein, zwei Dinge zu erledigen, bevor ich gehe.

Natalie

Geräusche und Zeichen

Als Erstes kommen die Geräusche.

Natalies Lider sind zu schwer, um sie zu heben. Deshalb lässt sie sie geschlossen, taucht wieder in die tröstliche Schwärze ein, die sie ihr bieten. Ihre Gliedmaßen fühlen sich an, als wären sie von ihrem Körper losgelöst. Und ihrem Verstand.

Sie könnte sie nicht einmal bewegen, wenn sie es wollte.

Sie versucht es. Scheitert.

Aber sie kann *hören.*

Zischen und Pumpen und Piepen.

Gedämpfte Stimmen. *In einem anderen Raum*, denkt sie.

Das entfernte Quietschen von Gummirädern auf Linoleum.

Ihr Mund ist trocken.

Zischen und Pumpen und Piepen.

Der Schmerz ist überall. Alles tut weh. Ihre Arme. Ihr Bauch. Ihr Schädel dröhnt.

Aber die Schmerzen müssen doch bedeuten, dass sie lebt, oder? Man fühlt doch nichts, wenn man tot ist.

Natalies Lider öffnen sich flatternd, doch das grelle

Neonlicht fällt geradewegs in ihre geweiteten Pupillen. Eilig kneift sie die Augen wieder zu.

Krankenhaus. Sie hat genug gesehen, um zu wissen, dass sie im Krankenhaus ist.

Wieder nimmt sie Geräusche wahr: das Zischen einer sich öffnenden Tür.

Schritte. Gesundheitsschuhe mit Gummisohlen.

Natalie zwingt sich, die Augen wieder zu öffnen. Das Gesicht, das über ihr aufragt, ist tiefschwarz, mit großen dunklen Augen und einem hoffnungsvollen Lächeln, das sich ausbreitet.

»Sie sind wach! Wunderbar! Ich werde es dem Arzt sagen«, sagt die Frau auf Französisch, während ihr Lächeln breiter wird. Sie wiederholt ihre Worte auf Englisch und fügt hinzu: »Hier, *ma chère*, hier ist der Knopf, den Sie für das Morphin drücken müssen. Gegen den Schmerz, ja?« Sie schließt Natalies Finger um die Schmerzpumpe, bevor sie aus dem Raum eilt.

Natalie zögert. Der Schmerz ist unerträglich. Es ist so verlockend zu glauben, sie könnte ihn einfach nach ihren Wünschen lindern.

Aber *verdient* sie diesen Schmerz nicht auch? Sollte sie nicht jede einzelne Stelle spüren, wo sie sie aufgeschnitten und wieder zusammengeflickt haben? War es nicht immer so, ihr ganzes bisheriges Leben? Verbrechen und Strafe. Verbrechen und Strafe. All das hat sie sich selbst zugefügt. Zumindest das meiste.

Aber vielleicht ist es ja ein Zeichen, dass sie sich durch all diese Qualen hindurchgekämpft hat.

Vielleicht, ganz vielleicht wurde sie ja genug bestraft? Vielleicht wurden ihr die Sünden vergeben? Vielleicht hat sie genug Opfer gebracht, kann sie tatsächlich ganz von vorn anfangen, frei von jeder Schuld?

Je länger Natalie darüber nachdenkt, umso mehr nimmt der Gedanke Gestalt an, umso sicherer fühlt sie sich damit. Es ist, als würde sie einen ersten richtigen Schritt in eine neue Richtung machen. Ja, so muss es sein. Ein Neubeginn. Den hat sie doch verdient. Mehr als jeder andere, oder?

Sie hat einen größeren Daseinszweck, davon ist sie überzeugt. Und hier ist sie: ihre Chance, *jeden Tag aufrichtig dankbar zu sein.*

Die Bestrafung kann aufhören.

Der *Schmerz* kann aufhören.

Sie drückt auf den Knopf. Augenblicklich flutet eine Woge köstlicher Erleichterung durch ihren geschundenen Körper.

Catherine

Eitelkeit

In einem meiner Lieblingshotels habe ich ein Zimmer reserviert.

Ich schiebe mich durch die Massen, weiche Familien aus, die verschwitzt und klebrig von Zuckerwatte sind, kreischenden Teenagern und plärrenden Kindern, kichernden, eng umschlungenen Liebespaaren. Die Fête.

Sie erwacht jeden Sommer im Schatten des Louvre aufs Neue zum Leben, so auch in diesem. Ein Riesenrad, dessen mit weißer Neonfarbe gestrichene Streben weithin in der Dunkelheit leuchten. Fressstände reihen sich auf beiden Seiten der Avenue aneinander. Der Duft nach gegrilltem Fleisch und Frittiertem ist verlockend. Es gibt Buden mit Glücksspielen, einen Autoscooter, eine King-Kong-Bahn, eine Art Pendelschaukel, in der die kreischenden Fahrgäste hoch in die Luft gewirbelt werden, wo sich ihnen ein atemberaubender Blick auf die Stadt der Lichter bietet.

Ich liebe die altmodische Atmosphäre des Rummels und freue mich, dass ich ein letztes Mal die Gelegenheit bekomme, durchs Getümmel zu schlendern. Ich habe keine Ahnung, wann ich wieder in Paris sein werde.

Die kreischenden Schreie, das Gelächter und Stimmengewirr im Rücken, biege ich um die Ecke und betrete das Grand Hôtel du Palais Royal in der Rue de Valois.

Der elegante Eingangsbereich verströmt das Flair von dezentem, beruhigendem Luxus: Cremefarbene Wände mit schokoladenbraunen Vertäfelungen. Dicke Perserteppiche bedecken die geschmackvollen Marmorböden, überall stehen Kristallvasen voll üppiger hellgrüner Bouquets, die perfekt zu den Kissen auf den ecrufarben bezogenen Sofas passen.

Ich checke als Sydney Fletcher ein, händige meinen Pass und eine Kreditkarte aus, plaudere über das warme Wetter. Der Empfangsmitarbeiter schiebt mir ein Mäppchen mit zwei Schlüsselkarten zu. Ich nehme eine heraus und schiebe das Mäppchen zurück.

»Ein Gentleman wird in etwa einer Stunde nach mir fragen. Bitte geben Sie ihm den Schlüssel, und schicken Sie ihn auf mein Zimmer.«

Der Mitarbeiter zuckt mit keiner Wimper.

Mein Zimmer ist erlesen. Weiße Möbel. Ein duftiger Strauß Hortensien auf dem gläsernen Couchtisch. Der Raum wird von dem Bett dominiert: gestärkte weiße Laken und eine dicke, malvenfarbene Tagesdecke. Die beiden Fenster bieten Ausblick auf das atemberaubende Meer aus Dächern, Schornsteinen und Feuertreppen.

Ich setze mich in den malvenfarbenen Sessel.

Pünktlich auf die Minute geht die Zimmertür auf. Victor Wyatt betritt das Hotelzimmer. Überraschung zeichnet sich auf seinen attraktiven Zügen ab, als er feststellt, dass »Sydney Fletcher« eine Frau ist. Aus diesem Grund habe ich mich für »Sydney« entschieden. Doch er fängt sich rasch, als ich ihn hereinbitte.

Er kommt ohne Umschweife zum Geschäftlichen, versichert sich, dass ich seinen Stundensatz kenne, ehe er verstohlen eine kleine blaue Tablette einwirft, bei der es sich vermutlich um Viagra handelt. Das hätte er nicht machen müssen.

Ich halte ihm meinen täuschend echten Presseausweis für die internationale Ausgabe der *New York Times* vor die Nase, erkläre ihm, ich würde über den Mord an Brian Burrows berichten und wüsste, dass er etwas damit zu tun hätte. Wyatt fährt sich mit der Hand durch sein blond gesträhntes Haar, während sein Blick zur Tür schweift, als würde er am liebsten verschwinden.

»Ich sollte nicht mit Ihnen reden. Und eigentlich weiß ich auch gar nichts.«

Ich erinnere Wyatt daran, dass die Polizei schon sehr bald mit ihm reden wird. Aus zuverlässiger Quelle wüsste ich, dass sie sein Foto und seinen Namen kennen und herausgefunden haben, dass er Brian Burrows in den Tagen vor seinem Tod verfolgt hat.

Ich drücke ihm ein Bündel Geldscheine in die Hand, das Vierfache seines Stundenhonorars. Er zögert, doch die Verlockung ist zu groß. Er schnappt das Geld, steckt es ein und setzt sich auf die Bettkante.

»Wie gesagt, ich weiß nicht viel ...«

»Es sieht nicht gut aus für Sie, Victor. Sie haben

einen Mann verfolgt, der kurz darauf ermordet wurde. Aber ich biete Ihnen eine Chance. Sie können dafür sorgen, dass die Medien Ihre Geschichte schon vorher aufgreifen, bevor die Polizei Sie zum Verhör holt.«

Wyatt fängt an zu jammern. Anders kann man es nicht bezeichnen. Es ist ekelhaft, wenn ein erwachsener Mann so etwas tut. Er hätte nichts mit dem Mord an Brian Burrows zu tun, sondern sei bloß engagiert worden, damit er dem Mann ein paar Tage lang folgt und Bericht erstattet. Das sei alles!

»Bericht erstatten? Worüber?«

»Seinen Tagesablauf. Wann er jeden Tag nach der Arbeit nach Hause kommt. Seine Gewohnheiten. Solche Sachen.«

»Und an wen gingen die Informationen?«

»Ich weiß es nicht.« Er ist ein miserabler Lügner. »Ich hatte nur eine Mailadresse.«

»Schwachsinn. Okay, Wyatt, Sie haben die Wahl. Ich kann die Geschichte so aussehen lassen, dass Sie unschuldig sind und der Mörder Sie bloß für seine Zwecke benutzt hat. Ich kann aber auch dafür sorgen, dass Sie wie ein mutiger Bürger dastehen, der zur Aufklärung eines Verbrechens beigetragen hat. Diese Darstellung können Sie für sich nutzen, auch jenseits der Ermittlung, wenn Sie es schlau anstellen. Aber das geht nur, wenn Sie mir gegenüber aufrichtig sind.«

Ich sehe, wie die Idee, sich gänzlich neu zu erfinden, in seinem Kopf bereits Gestalt annimmt.

Ich erfahre also, wie Wyatt von jemandem angeheuert und bezahlt wurde, der sich Larry Finley nannte. Doch selbst auf mein Drängen beharrt Wyatt darauf, er hätte erst von Frank Burrows gehört, als die Nachrichten über den Mord an ihm berichtet hätten.

Und dass er bloß auf Brian angesetzt worden sei, weil ihm jemand zum Geburtstag einen Streich spielen wollte. Es war leicht verdientes Geld; nie im Leben hätte er gedacht, dass *so etwas* passieren könnte.

Angst, Feigheit und Gier verzerren Wyatts attraktives Gesicht zu einer hässlichen Fratze.

»Sie helfen mir doch, oder? Wie Sie es versprochen haben? Ich habe nichts Verbotenes getan. Ich hatte keine Ahnung.«

Ich sichere Wyatt meine Unterstützung zu, verspreche, mich wieder bei ihm zu melden, bevor mein Artikel erscheint, um die »Fakten zu prüfen«. Die Formulierung gefällt mir; sie verleiht meinen Lügen etwas Authentisches.

Ich sage Wyatt, er kann so lange im Zimmer bleiben, wie er mag; es sei bereits für die Nacht bezahlt. Ich lasse ihn zurück – zusammengesunken auf dem Bett, den Kopf zwischen den Händen, darauf hoffend, dass Sydney Fletcher seine Rettung ist. Ich kann mir vorstellen, wie enttäuscht er sein wird, wenn er feststellt, dass der Artikel niemals gedruckt wird.

Aber wer zum Teufel ist Larry Finley?

Die Teile passen einfach nicht zusammen. Also muss ich weiter Fragen stellen, und zwar so lange, bis sie es tun.

Jake

Offenbarung

Natalie liegt in ihrem Krankenhausbett, zerbrechlich und schwach. Überall in ihren Händen und Armen stecken Infusionsnadeln, aber sie lebt, sie atmet und kann sogar sprechen. Pure Erleichterung durchströmt ihn, gepaart mit neu gewonnenem Respekt vor seiner kleinen Schwester.

»Ich kenne niemanden, der härter im Nehmen ist als du, Nat.« Er grinst sie an, und sie erwidert sein Lächeln.

Hätte er sie doch bloß nicht mit Frank allein gelassen. Es ist ein Wunder, dass sie noch lebt. Und wie konnte ich ihn nicht verdächtigen? Wie konnte ich nicht spüren, dass er ein Mörder ist? Bin ich zu egoistisch? Zu dumm?

Obwohl Jake klar ist, dass es nichts bringt, sich mit diesen Fragen zu quälen, kann er nicht anders.

»Was ist mit Onkel Frank passiert?«, fragt Natalie.

Jakes Blick schweift durch das in Mint- und Pfirsichtönen gehaltene Krankenhauszimmer. *Wer um alles in der Welt konnte so eine grauenvolle Farbkombination aussuchen?*

»Er hat es nicht geschafft«, antwortet er schließlich.

Natalie nickt stumm. Sie ist sehr blass. Sie deutet

auf die Plastiktasse auf dem Nachttisch neben ihr. Jake nimmt sie und reicht sie ihr, damit sie durch den Strohhalm trinken kann.

»Wir müssen nicht darüber reden, Nat.« *Ich wäre heilfroh, wenn ich nie wieder auch nur daran denken müsste.*

Sie zupft ihn am Ärmel. »Ich will, dass du verstehst, was passiert ist«, drängt sie.

Jake spürt, wie sich die Atmosphäre plötzlich verändert, ahnt, was gleich passieren wird, doch er ist nicht sicher, ob er es hören will. Der Krankenhausgeruch, diese Mischung aus Desinfektionsmittel, Urin, Blut und Leid, steigt ihm in die Nase, und ihm wird schwindelig. Aber ist er ihr nicht wenigstens das schuldig? Unbehaglich verlagert er das Gewicht auf dem harten Krankenhausstuhl.

»Okay«, sagt er schließlich.

Mit leiser Stimme schildert Natalie den Gedankengang, der sie zu ihrem Verdacht geführt hat.

»Ich konnte es einfach nicht glauben, verstehst du? Aber ich wusste, dass *du* Dad unmöglich getötet haben kannst. Und die Theorie, dass es ein willkürlicher Raubüberfall war, habe ich sowieso nie geglaubt. Also habe ich Onkel Frank unter Druck gesetzt …« Natalies große graue Augen füllen sich mit Tränen. »Ich wollte mehr wissen über Le Boy Bleu, über den Mann, der angeheuert wurde, damit er Daddy *stalkt* …«

Jake nimmt ihre Hand.

»Und da ist er auf einmal völlig durchgedreht. Eigentlich hatte ich nicht einmal Angst vor ihm, zumindest am Anfang nicht. Es war so erbärmlich, wie er mir die Ohren vollgejammert hat, Daddy hätte doch nie zu schätzen gewusst, was er für ihn getan hat.« Natalies Finger schließen sich fester um Jakes Arm. »Und dann… dann… hat er gestanden, dass er Will Crane ermordet hat! Das sei noch etwas, das Daddy nicht verstanden hätte, hat er gesagt.«

Für einen Moment übertönt das Rauschen seines Bluts in Jakes Ohren alle anderen Geräusche. Er war so sicher gewesen, dass Crane ihren Vater ermordet hat. So sicher, dass der Mann, der ihnen die Mutter weggenommen hat, als freier Mann herumspazierte und sich über sie lustig machte.

»Was? Wann?«, bringt er schließlich hervor.

»Damals. Direkt nachdem Mom…«

»Aber warum? Weshalb hätte Onkel Frank Crane umbringen sollen?«

»Er sagte, er sei zu ihm gegangen, um ihn wegen Mom zur Rede zu stellen. Und Crane hätte gestanden, dass er sie getötet hat! Aber er hat ihn verhöhnt und gemeint, sie würden ihn nie im Leben kriegen. Onkel Frank sagte… er hätte einfach die Beherrschung verloren. Er hätte ihn getötet und seine Leiche beseitigt. Aber er hätte es getan, um unserer Familie ›Gerechtigkeit widerfahren‹ zu lassen. Und dass ich ihm dankbar sein sollte… wir alle.«

Jake weiß nicht, wo ihm der Kopf steht. »Aber der Brief, den Crane…«

»Onkel Frank hat ihn geschrieben. Um seine Spuren zu verwischen. Es war, als hätte ich einen Fremden vor mir ... dieser Irrsinn in seinen Augen.«

Jake muss den Blick von ihr abwenden. »Aber warum hat er Dad ermordet?«

»Er hat Daddy gestanden, dass er Crane getötet hat. Er wollte, dass er wusste, wie viel er für ihn getan hat. Er war *stolz* darauf. Aber Daddy wollte ihn anzeigen. Natürlich. Daddy wollte das *Richtige* tun. Deshalb hat Onkel Frank ihn ermordet!« Natalies Stimme bricht. »Als er anfing, über Dad zu reden, habe ich geweint, Jake. Und Onkel Frank wurde so wütend! Er sagte immer wieder, ich solle *dankbar* sein. Ihm. Dass Dad auch dankbar hätte sein müssen.«

Sie bedeutet Jake, ihr noch einmal die Tasse zu reichen. Jake gehorcht.

»Ich hatte das Messer in meiner Tasche. Du weißt schon, das Messer, das ich neulich beim Essen eingesteckt habe.«

Jake nickt. Er erinnert sich nur allzu genau daran.

»Eigentlich wollte ich es ja nicht *benutzen.*« Natalie sieht ihn forschend an. »Ich dachte nur, ich fühle mich damit sicherer ... aber er hat mich immer wieder angebrüllt, ich soll *die Klappe halten*! Er hat mich gepackt und festgehalten, und ich wollte ihn wegschieben, aber dann hat er das Messer gegriffen und ...«

Natalie ist in Tränen aufgelöst. Jake steht auf und legt die Arme um ihren mageren Körper, blickt auf ihre bandagierten Unterarme.

Abwehrverletzungen, hat der Arzt gesagt. Sie hat sich die Schnitte zugezogen, als sie sich gegen ihren Onkel gewehrt hat. Bevor dieser elende Mistkerl es geschafft hat, ihr die Klinge in den Bauch zu rammen und dabei ihre Leber zu durchstoßen.

Es war ein Wunder, dass sie die Kraft fand, das Messer herauszuziehen und zurückzuschlagen, und riesiges Glück (wenn man es so bezeichnen möchte), dass sie eine Arterie in Franks Hals erwischte, bevor er ihr das Messer entwinden und ein weiteres Mal auf sie einstechen konnte.

»Es ist okay, Nat«, beruhigt er sie. »Es ist vorbei. Du wirst wieder gesund.«

»Ich habe ihn umgebracht, Jake. Ich bin *eine Mörderin.*« Natalie starrt ihn an, suchend, hoffend, dass er sie auch weiterhin liebt.

Schuldgefühle und Dankbarkeit widerstreiten in ihm. Er hat zugelassen, dass sie das Messer einsteckt.

Das Messer, das ihr Leben gerettet hat.

Das Messer, das sie zur Mörderin gemacht hat.

Teil 6

Ursprung

Es gibt immer etwas Verborgenes.

Schichten, die wir nicht sehen.

Ist das nicht der Grund, weshalb wir Geschichten spinnen?

Um die Lücken zu füllen?

Um die Fragen zu beantworten?

Und doch verspüren wir im Herzen Angst.

Gehen wir in der Zeit zurück, und sei es nur ein bisschen.

Mallory

Verpasste Chancen

Sie war sauer. Stocksauer. Ihre Hände zitterten, als sie den Schlüssel ins Zündschloss steckte. Sie konnte keinem sagen, wie wütend es sie machte, von Brian wie ein Kind behandelt zu werden. Abgewiesen. Ignoriert.

Ich muss weg hier!

Heiße Tränen liefen ihr über die Wangen; ein pochender Schmerz machte sich hinter ihrer Stirn bemerkbar, schien sich über ihren gesamten Kopf auszubreiten. Sie schüttelte ihr Tablettenfläschchen aus der Tasche auf den Beifahrersitz, schraubte den Deckel ab und schluckte eine Pille trocken hinunter.

Sie konnte es nicht erwarten, Will wiederzusehen. Seine Hände auf ihrem Körper zu spüren, seinen Mund auf dem ihren, seine Arme, die sie umschlossen. Erst dann würde sie sich sicher und geborgen fühlen. Sie hatte nie gedacht, dass sie sich noch einmal verlieben würde. Und doch war es passiert.

Ein Flirt, der zu einer Unterhaltung führte, eine Unterhaltung zum verstohlenen Kuss, zu Berührungen, Liebkosungen, beinahe feierlich, und dann – pure, unverbrämte Freude, Gelächter, Lust, das Gefühl von Seelenverbundenheit und: unfassbarer Sex. Doch das alles hatte seinen Preis. Welches Vergnügen hatte das nicht? Sie betrog ihren Ehemann, hatte Geheimnisse vor ihm. All das fiel ihr nicht leicht. Obwohl sie beide zweifelsohne übereinkommen würden, dass ihre Ehe schon seit Jahren vorbei war.

Aber in Wahrheit waren sie vermutlich quitt, nicht? Sie war überzeugt, dass auch Brian auf einer seiner vielen Reisen ebenfalls irgendwann einmal fremdgegangen war. Natürlich war er das. Aber darum ging es ihr nicht, sondern um die Tatsache, dass sie durch Jake und Natalie für immer miteinander verbunden sein würden. Daher wäre es besser, wenn sie Freunde bleiben könnten. Die Verliebtheit ließ sie großzügig werden; schließlich gab es genug Liebe für alle auf der Welt.

Es stellte sich nur noch die Frage nach dem richtigen Zeitpunkt.

Jake war bereits aus dem Haus, studierte an der NYU, hatte sein eigenes Leben. Mallory machte sich mehr Sorgen um Natalie, die noch auf die Highschool ging und immer schon die sensiblere von beiden gewesen war. Die Frage, wann sie ihre Beziehung *offiziell* machten, hatte bereits häufiger zu hitzigen Diskussionen zwischen Will und ihr geführt.

Aber es war ja nicht so, als würde sie Natalie oder Jake deswegen weniger lieben.

Liebe bringt Liebe hervor. Und es war genug Liebe für alle da, davon war sie felsenfest überzeugt.

Ohne Vorwarnung erfassten die Lichtkegel der Scheinwerfer etwas Breiiges, Blutiges im Lichtkegel.

Mallory riss das Lenkrad herum. Für ein Eichhörnchen war es zu groß gewesen. Sie hoffte nur, dass es keine Katze gewesen war.

Es war genug Liebe für alle da, aber jemand war wütend auf Mallory. Zumindest hatte es den Anschein. Erst war da der Strauß verwelkter Rosen, den ihr jemand auf die Windschutzscheibe gelegt hatte – das hatte sie noch als Zufall abtun können. Doch als Nächstes zerkratzte ihr jemand übel mit einem Schlüssel den Wagen, während sie im Kino war. Sechs Tage später lief sie morgens barfuß vor die Tür, um die Zeitung hereinzuholen. Auf der Vordertreppe befand sich eine Lache, die wie Blut aussah, und das Wort *Schlampe* war in dicken, klebrig roten Großbuchstaben an die Hauswand geschmiert. Mallory entsorgte die blutgetränkte Zeitung und wusch das Blut mit wütenden Bewegungen mit dem Gartenschlauch ab, bevor Natalie wach wurde.

Die Vorfälle wiesen auf jemanden, der ihre Tagesabläufe kannte, der sich an der Peripherie ihres Lebens herumdrückte, wartete. Sie beobachtete.

Sie war regelrecht krank vor Angst, fühlte sich schlapp, verspürte eine leichte Übelkeit, die nicht mehr aufhören wollte.

Nach dem Vorfall mit der blutigen Vordertreppe hatte sie sich ihren Freundinnen im Frauenhaus anvertraut, die das Ganze zu ihrer Besorgnis ziemlich ernst nahmen. Mallory wurde bewusst, dass sie insgeheim gehofft hatte, sie würden die Vorfälle kleinreden und damit ihre Ängste nichtig machen.

Stattdessen gab Ivy ihr die Kontaktdaten von jemandem im Darknet, der ihr helfen könnte. Zum ersten Mal vertraute sie ihr an, wie die Organisation gewisse dunkle Kanäle nutzte, um Frauen und Kindern dabei zu helfen, ein neues Leben zu beginnen.

Mallory hatte sich dort gemeldet und bekam wenig später eine kurze anonyme Antwort, dass ihr Fall geprüft werde. Gestern war die zweite E-Mail gekommen, in der man sie anwies, in den Souvenirshop des Geschichtsvereins in Westport zu kommen. Morgen zur Mittagszeit; ihre Kontaktperson würde dort zu ihr stoßen.

Seit dem Vorfall mit dem Blut war über eine Woche vergangen. Seitdem war nichts geschehen. Vielleicht war es vorbei. Vielleicht bestand ja gar kein Zusammenhang zwischen dem Blut, den verwelkten Rosen und dem zerkratzten Wagen, und Mallory konnte ihre wilden Spekulationen über den potenziellen Übeltäter getrost vergessen. Ehrlich gesagt, kam sie sich ein bisschen albern vor, die ganze Angelegenheit überhaupt ins Rollen gebracht zu haben.

Sie konnte ja immer noch entscheiden, ob sie morgen hingehen wollte. In wenigen Minuten würde sie bei Will sein. Ihr Herz klopfte vor Vorfreude.

Und sie war nicht nur verliebt; auch ihre ehrenamtliche Arbeit im Frauenhaus hatte etwas in ihr in Gang gesetzt. Sie würde noch einmal studieren und so lange Teilzeit arbeiten. Jake und Natalie waren praktisch erwachsen, und sie hatte sie mehr oder weniger im Alleingang großgezogen. War jetzt nicht zur Abwechslung einmal sie an der Reihe?

Neue Liebe. Neue Karriere. Neue Chancen. Das verdiente sie doch, oder nicht?

Ich bin wieder zu Hause, bevor die Kinder aufwachen. Zum Frühstück bin ich da, versprach sie sich. *Ich werde in Ruhe mit Brian reden und alles klären.*

Genug Liebe für alle.

Teil 7

Zusammenführung

Das Problem ist, dass ich weder eine Heilige noch eine Retterin bin.

Ich wollte nur mich selbst retten.

Catherine

Verkündung

Sydney Fletcher traf in New York ein, nur um direkt wieder in der Versenkung zu verschwinden. Ich verwische alle Spuren, die mich mit Paris in Verbindung bringen könnten. Dort suchen zu viele Leute nach mir.

Ich bin froh, wieder in Manhattan zu sein. Ich mag diese mühelose Anonymität. Aber mir fällt auf, wie ich auf Französisch denke und mich anstrengen muss, englisch zu sprechen. Es gibt mir das Gefühl, immer einen halben Schritt zu langsam zu sein, ein echter Nachteil, bis auf eine Ausnahme: Als ich meinen »*Pariser* Charme« bei dem schlecht gelaunten Israeli einsetze, bei dem ich heute Morgen zwei nicht registrierte Laptops gekauft habe.

Ich kann allerdings nicht allzu lange in New York bleiben – noch ein Ort mit zu vielen losen Enden. Andererseits kann ich erst weg, wenn ich es *weiß*. Von meinem Hotel in Midtown sind es gerade einmal anderthalb Autostunden bis Westport, Connecticut.

In der kühlen Stille meines klimatisierten Hotelzimmers durchsuche ich das Internet nach allem, was ich über die Burrows-Morde finden kann.

Natürlich haben die internationalen Medien die

Story aufgegriffen. Wie hätten sie auch widerstehen können? Eine Familientragödie wie diese gibt selbst den abgestumpftesten unter uns noch das Gefühl, dass es in unserem Leben zumindest halbwegs rundläuft.

Sowohl der Mord an Brian Burrows wird in aller Ausführlichkeit beschrieben als auch seine Karriere als Architekt (weiterhin gibt es eine gesonderte Spalte über das »heikle« Renovierungsprojekt am Canal Saint-Martin, in der auch seine düstere Vergangenheit dargelegt wird, die ich ja bereits aus Liljas Schilderung kenne).

Ich stoße auf ein Interview mit Victor Wyatt, der endlich seine fünfzehn Minuten Ruhm bekommt, indem er sich als der »Gelackmeierte« darstellt, der Frank Burrows unwissentlich in seinem Mordplan noch unterstützt hat.

Auch Della, Franks selbstgerechte Exfrau, kommt zu Wort: Sie bedauert zutiefst, dass ihre Töchter von nun an durch die »abscheulichen Taten dieses grauenvollen Mannes« gebrandmarkt sein werden (ist sich aber nicht zu schade, sich von einem Fernsehsender für ihre Version der Geschichte ein hübsches Sümmchen bezahlen zu lassen).

Natürlich wird auch Mallory Burrows' Verschwinden wieder ausgegraben und im Kontext der anderen Tragöden gnadenlos auseinandergenommen, beleuchtet und ausgeschlachtet.

Ich habe alles gelesen, was man nur finden kann. Nachrichten. Lobeshymnen und Nachrufe von Brian Burrows' Kollegen und Freunden. Die Meinungen von

Experten und Psychologen. Die Ausführungen von Spezialisten zu Gewalt in der Familie. Die Erläuterungen der Experten in internationalem Recht.

Jake und Natalie haben jegliche Interviews abgelehnt, nachdem sie eine vorbereitete Stellungnahme durch einen Anwalt veröffentlichen ließen, was die wilden Spekulationen über den Einfluss dieser tragische Serie von Ereignissen auf diese zwei jungen Menschen, die vergiftete Frucht eines toten Familienstammbaums, natürlich nicht verhindern konnte.

Es war leicht herauszufinden, dass ein gewisser Lawrence Finley, ein Kollege von Frank Burrows bei Good Hair!!, ebenfalls die Messe in London besucht hat.

Ein alter Freund von mir in New York, Paco Rodriguez, hat netterweise ein bisschen Laufarbeit für mich erledigt: Seit die Geschichte ans Licht kam, sonnt Finley sich im zweifelhaften Ruf seines einstigen Kollegen und erzählt mit Freuden jedem, der ihm einen Scotch spendiert, die Geschichte, wie er unwissentlich in einen Mordfall hineingezogen wurde.

Ich betrete eine Sportsbar in der 47. Straße West, direkt um die Ecke der Büroräume von Good Hair!!, wo Larry Finley gewissermaßen Stammgast ist, seit bekannt wurde, dass er Seite an Seite mit einem brutalen Mörder gearbeitet hat. Die Bar ist so, wie ich es erwartet habe: Fernseher an den Wänden, Neonleuchtschilder mit Werbung diverser Bier- und Schnapssorten, Trikots und Wimpel mit den Wappen der New Yorker Sportmannschaften. Ich mache Finley auf Anhieb aus. Sein Gesicht ist geröteter und aufgedunsener als auf den Fotos, die ich online gefunden habe – offensichtlich fordern das viele Trinken und Prahlen ihren Tribut.

Ich schlendere zu einem Barhocker. Finley nimmt seine Sonnenbrille mit dem dicken schwarzen Gestell ab und mustert mich anerkennend.

Ich habe mein Haar blond gefärbt – Finley steht auf Blondinen, das weiß ich (aber ich war auch aus einigen anderen Gründen bereit für einen Wechsel) –, trage enge Jeans und eine tief ausgeschnittene Bluse, eine Opalkette mit einem kunstvollen Anhänger, der sich aufreizend in mein Dekolleté schmiegt.

Sofort wirft Finley sich in die Brust. Er wusste ja schon immer, dass irgendwas mit Frank Burrows nicht stimmte, erklärt er mit der großspurigen späten Einsicht eines Mannes, der in tausend Jahren nicht auf einen solchen Gedanken gekommen wäre. Er habe ja nie den Verdacht gehegt, dass Frank ein *Mörder* sein könnte, das nun nicht, aber *seltsam*, ja, seltsam sei er ihm schon immer vorgekommen.

Es stellt sich heraus, dass Frank nicht nur Finleys Kreditkarte und Namen benutzt hat, um Victor Wyatt zu engagieren. Er hat sich auch Finleys Reisepass unter den Nagel gerissen, um an dem Tag, an dem er seinen Bruder getötet hat, von London nach Paris und zurück zu reisen. Finley hatte natürlich von alldem keine Ahnung! Frank hat den Pass in Finleys Hotelzimmer zurückgebracht, ohne dass er es gemerkt hatte. Aber natürlich habe er sofort gewusst, was Sache ist, als die ganze Geschichte herausgekommen sei!

Finleys Geschichte scheint Natalies Aussage zu bestätigen: Frank Burrows hat seinen Bruder in einem vorsätzlichen Akt der Gewalt ermordet; zudem hat er gestanden, auch Mallorys Liebhaber Will Crane drei Jahre zuvor ermordet zu haben, um ihren Tod zu rächen – durchaus möglich, dass der gute Frank hoffnungslos in die arme Mallory verliebt gewesen war.

Trotzdem stimmt irgendetwas an der Geschichte nicht. Es fühlt sich alles so *passend* an, das Geständnis eines Toten, das dieses ganze grässliche Kapitel so fein säuberlich beendet.

Meiner Erfahrung nach sind die Dinge selten so sauber und ordentlich.

Natalie

Geheimnis

Das Gestern ist Geschichte. Das Morgen ein Geheimnis. Wir haben nur den Augenblick.

Amara, Natalies Tagespflegerin, hat ihr diese Affirmation jeden Tag in ihrem süßen westafrikanischen Singsang vorgebetet und sie damit ermutigt, sich auf ihre Genesung zu konzentrieren.

Amara ist eine sehr nette Frau. Sie hat Natalie gewaschen und ihre Verbände gewechselt, hat ihr geholfen, zur Toilette zu gehen, und leckere Sachen zu essen und etwas zu lesen gebracht. Natalie empfindet große Zuneigung für sie.

Das Gestern ist Geschichte.

Wenn das Schlimmste passiert ist, kann es nur besser werden, richtig?

Genau.

Das Morgen ist ein Geheimnis.

Als Natalie Amara anvertraut hat, sie fühle sich, als würde sie gerade zu einem ganz neuen Menschen werden, hat Amara verständnisvoll genickt und ihr am nächsten Tag einen Stapel englischsprachiger Biografien über Mata Hari, Coco Chanel und Marie Curie mitgebracht.

Das Buch über Mata Hari hat Natalie geradezu verschlungen. *Das nenne ich mal eine Art, sich neu zu erfinden,* denkt sie. Verhätschelte Tochter, ungeliebte Ehefrau, herzlose Mutter mit gebrochenem Herzen, exotische Tänzerin, Geliebte, Berühmtheit und wahrscheinlich sogar noch Spionin! Die Widersprüchlichkeit ihrer Person zieht Natalie völlig in ihren Bann. War Mata Hari eine gerissene Verführerin, die ihren Charme gezielt eingesetzt hat, um Verrat zu begehen? Oder hat die Regierung sie vorschnell verurteilt, um Betrug und Korruption auf höherer Ebene zu vertuschen?

Auch von Coco Chanels Biografie fühlte sie sich durchaus angesprochen. Fasziniert verschlang Natalie die Geschichte einer Frau von eiserner Entschlossenheit und mit allerhöchsten Maßstäben, die ihrer Zeit weit voraus und überaus umstritten war. Zahlreiche Liebhaber. Nazi-Kollaborateurin. Beinharte Geschäftsfrau. Künstlerin, so wie Natalie. Und jemand, der genau wusste, wie man es anstellen musste, um zu überleben. Koste es, was es wolle.

In der Grundschule hat Natalie bereits einiges über Marie Curie gelernt, aber erst diese Biografie öffnete ihr die Augen. Nach dem Tod von Maries erstem Ehemann gewann Marie nicht nur ihren zweiten Nobelpreis, sondern ließ sich zudem auf eine Affäre mit einem verheirateten Physiker ein, über die sich alle das Maul zerrissen.

All diese Frauen haben Geschichte geschrieben. Ihre

Leben waren voller Skandale. Natalie ist dankbar. Amara hat die Biografien durchaus mit Bedacht gewählt.

Natalie klappt ihren Koffer zu und lässt die Verschlüsse zuschnappen, ehe sie sich noch einmal in dem pfirsich- und mintfarben gestrichenen Raum umsieht, der in den vergangenen Wochen ihr Zuhause war.

Sie hat überlebt. Dafür muss es einen Grund geben.

Sie ist bereit, ihre eigene Geschichte neu zu schreiben.

Catherine

Unterschlupf

Wenn man nicht nach Haven sucht, findet man es nicht.

In Wahrheit ist es so angelegt, dass man es auch dann nicht findet, *wenn* man danach sucht.

Es gibt kein Schild an der Tür, keinen Eintrag im Telefonbuch. Alle Rechnungen über Grundstückskosten gehen an eine externe Firma namens A-One Detail Work. Der Name Haven taucht nirgendwo auf. Auch die Gehälter werden auf ähnlichen Kanälen beglichen.

Für das Personal ist Diskretion oberstes Gebot. Die Empfehlungen werden von missbrauchten Ehefrauen, die nichts miteinander zu tun haben, unter dem Siegel der Verschwiegenheit weitergereicht. Und die Geheimhaltung ist unerlässlich, denn allzu oft kann sie den Unterschied zwischen Leben und Tod bedeuten.

Haven ist eine Durchgangsstation, eine kurzfristige Lösung für Frauen und Kinder, die verschwinden müssen. Ich habe im Voraus bei der Leiterin des Frauenhauses angerufen, Ivy Phillips. Ich weiß nur zu gut, welche Auswirkungen es auf die dort untergebrachten Frauen und Kinder haben kann, wenn jemand Wildfremdes auftaucht. Wenn man sein Leben lang in Angst gelebt hat, lässt einen schon der geringste Anlass argwöhnisch werden.

Ivy ist eine Frau mit breiten Schultern und noch breiteren Hüften, die bodenständig und tröstlich wirkt, wie jemand, dem keiner ein X für ein U vormacht. Sie führt mich in ihr vollgeräumtes Büro, wo sie einen Korb mit Strickzeug vom Besucherstuhl nimmt, sich suchend nach einem freien Platz dafür umsieht und ihn schließlich resigniert auf einen Berg Unterlagen auf ihrem Schreibtisch stellt. Sie bedeutet mir, mich auf den freien Stuhl zu setzen, ehe sie sich auf ihren gefährlich nach hinten geneigten Drehstuhl hinter ihrem Schreibtisch fallen lässt und den Strickkorb beiseiteschiebt, damit sie mich besser sehen kann.

»Ich habe noch nie jemanden kennengelernt von … Sie wissen schon …«, beginnt sie. Angesichts ihres stämmigen Körperbaus klingt ihre Stimme überraschend dünn und zögerlich.

»Na ja, der Boss sagt, es ist das Beste so. Je weniger wir wissen, umso weniger können wir verraten.«

»Wer genau *ist* der Boss?«, platzt sie heraus, und ich sehe ihr an, dass sie stolz, aber auch ein klein wenig erschrocken über ihren Wagemut ist.

Ich zucke mit den Schultern. »Man hat mir einen Auftrag erteilt, und jetzt bin ich hier, um ihn zu erfüllen. Mehr weiß ich nicht. Ich bin also auch nicht schlauer als Sie.«

Ihr massiger Körper sinkt auf dem Stuhl zusammen, und ihr kurzer Anfall von Kühnheit verfliegt so schnell, wie er aufgeflackert ist. »Ich hoffe nur, Sie geben weiter, dass wir hier in Haven überaus dankbar für all die Gelegenheiten sind, bei denen die Begräbnisgesellschaft helfen konnte. Es wäre schön, wenn Sie das weiterleiten könnten … an wen auch immer.«

Ich versichere ihr, dass ich das tun werde. Und ehrlich gesagt freue ich mich sogar über das Kompliment. Die Unsichtbarkeit ist so sehr zu meinem Markenzeichen geworden, dass ich nur selten Worte der Dankbarkeit aus dem Mund von jemandem höre.

Ich komme auf die Familie Burrows zu sprechen. Ivys Gesicht bleibt ausdruckslos, bis auf ein kurzes Zucken ihres rechten Auges. Sie blinzelt dagegen an. Die jahrelange Arbeit mit Frauen mit einer schlimmen Vergangenheit und bestenfalls einer ungewissen Zukunft haben sie gelehrt, zuzuhören und dabei stets neutral zu wirken.

»Kennen Sie jemanden aus dieser Familie?«, fragt sie mich. »Den Burrows', meine ich?«

Ich schüttle den Kopf.

Sie stößt einen tiefen Seufzer aus. »Mallory kannte ich am besten. Logischerweise. Sie hat sich hier ehrenamtlich engagiert und ist förmlich aufgeblüht. Eine wundervolle, reizende Frau. Ich glaube, die Arbeit bei uns hat ihr genauso viel Kraft gespendet, wie wir davon profitiert haben. Vielleicht sogar mehr. Sie hat davon gesprochen, noch einmal zu studieren, um ihren Social-Work-Abschluss nachzuholen.«

Mir blutet das Herz. Ich habe Mallory diese Möglichkeit genommen, habe ihr die Chance verwehrt, und auch all den anderen Frauen, denen sie im Zuge ihrer Tätigkeit hätte helfen können. Mein Versagen reicht tiefer, als mir bewusst war. Ich zwinge mich, meine Aufmerksamkeit wieder auf Ivy zu richten.

»Brian habe ich nur einmal gesehen, nachdem sie verschwand. Es war ein Beileidsbesuch. Ihren Kindern bin ich ein paarmal begegnet, dem Onkel allerdings nie.« Ivy erschaudert; auch sie hat offensichtlich all die Artikel gelesen. Sie zieht ihr Strickzeug aus hellblauer Wolle heraus und beginnt zu stricken.

»Es wirkte alles so normal, verstehen Sie?«, fährt sie fort. »Nein, nicht mal normal, sondern *perfekt*. Sie waren alle kerngesund, attraktiv, erfolgreich, hatten keine Geldsorgen. Die Kinder waren groß, fingen an, ihr eigenes Leben zu leben ... Das ist alles so entsetzlich. Man sieht es nie kommen, richtig?«

Nein, das tun wir nie.

Ich frage Ivy, was sie über Will Crane wusste.

»Das war der erste Schock. Dass Mallory mit ihm eine Affäre hatte, meine ich. Ich will das gar nicht verurteilen, aber es hat eben dieses hübsche Bild einer intakten Familie zerstört. Aber ich habe nie geglaubt, dass Crane sie ermordet hat, so viel steht fest.«

Ich beuge mich vor. »Und warum nicht?«

»Ich habe die beiden zusammen gesehen. Eines Abends bin ich ihnen in einem Restaurant begegnet. Sie waren schon dort, als meine Freundin und ich reinkamen, deshalb haben sie uns erst nicht gesehen. Wie die beiden einander angesehen haben … ich bin bei Gott keine Romantikerin, aber das sah für mich eindeutig nach wahrer Liebe aus.«

Oder Leidenschaft. Oder Vernarrtheit, denke ich zynisch.

»Aber es war mehr als das«, fährt Ivy fort. »Wissen Sie über die unheimlichen Dinge Bescheid, die Mallory passiert sind?«

Natürlich weiß ich Bescheid, trotzdem bitte ich sie, mir davon zu erzählen.

Es habe mit einem Strauß verwelkter Rosen angefangen, die jemand auf die Windschutzscheibe ihres Wagens gelegt hatte. Kurz danach fand Mallory ihren Wagen zerkratzt vor, als sie nach einem Kinobesuch auf den Parkplatz kam. Mallory habe das Gefühl gehabt, als würde jemand sie beobachten, als sie den Schaden begutachtete. Sie habe es nicht genau sagen können, und da sei auch niemand gewesen, trotzdem habe sie so ein mulmiges Gefühl gehabt, das sie nicht mehr losgelassen habe.

Was das Fass endgültig zum Überlaufen brachte, war das Blut auf der Treppe vor dem Haus, das hingeschmierte Wort *Schlampe*. Das war der Moment gewesen, als Mallory sich Ivy anvertraute.

»Wir haben beschlossen, sie mit der Begräbnisgesellschaft zusammenzubringen«, erklärt Ivy. »Als dieser kranke Schwachsinn anfing aus dem Ruder zu laufen.«

»Hat Mallory diese Vorfälle der Polizei gemeldet?«

»Keine Ahnung. Geraten habe ich es ihr jedenfalls. Ich weiß allerdings, dass sie Crane davon erzählt hat.«

»Woher wissen Sie das?«

»Wir achten streng darauf, dass niemand diese Adresse hier erfährt.«

Ich nicke.

»Er wollte, dass sie sich mit ihm trifft, und hat verlangt, dass sie ihm den Namen einer Querstraße in der Nähe nennt. Sie kam zu mir, weil sie sichergehen wollte, dass ich nichts dagegen habe, wenn er dadurch einen groben Hinweis bekommt, wo wir unsere Räume haben. Sie haben sich jeden Tag irgendwo anders getroffen. Ich habe Mallory hinbegleitet, und Crane ist ihr von dort nach Hause gefolgt, um sicher sein zu können, dass ihr nichts passiert. Jeden Tag hat er das gemacht. Der Mann liebte sie, davon bin ich überzeugt.«

»Trotzdem tun viele von uns genau dem Menschen weh, den sie lieben.«

Ivys Stricknadeln verharren in der Luft. »Das ist nur zu wahr.«

Das Weinen eines Babys dringt durch die dünnen Wände, gefolgt von einem leisen Schlaflied. Das Weinen wird lauter.

»Aber nach so vielen Jahren hier«, sagt Ivy und deutet mit den Stricknadeln um sich, »vertraue ich meinem Instinkt. Und der sagt mir, dass Will Crane der armen Mallory niemals ein Härchen gekrümmt hätte.«

»Sie müssen jemand anders im Verdacht gehabt haben, als Mallory verschwand«, dränge ich.

Ivy schweigt einen Moment. »Ich dachte immer, es sei irgendein Verrückter gewesen, der einfach zufällig auf sie fixiert war. Ich wusste, dass ihr Mann nicht da war, als das mit den verwelkten Rosen und diesem ganzen anderen Blödsinn anfing. Deshalb habe ich nie geglaubt, dass er es war, auch wenn einige es dachten.«

»Warum sind Sie so überzeugt davon, dass ihr Verschwinden und der ›kranke Schwachsinn‹ auf das Konto von ein und derselben Person gehen?«

»Na ja, es klingt doch irgendwie logisch, oder? Wäre alles andere nicht ein zu großer Zufall?« Versonnen blickt Ivy ins Leere. »Sie war eine wunderschöne Frau. Und charismatisch, auf eine Art, die über ihr Aussehen hinausging.«

Ivy legt ihr Strickzeug weg und blickt mich aus ihren warmen braunen Augen fest an.

»Und dann verschwand Crane und schickte dieses Geständnis.« Ivy zuckt mit den Schultern. »Ich habe es ihm nicht abgekauft, aber die Bullen haben mir eindringlich geraten, es für bare Münze zu nehmen. Also habe ich es getan.«

Jake

Leichen

Eine internationale Agentur für die Überführung von Leichen. Jake sitzt der Frau gegenüber und denkt: *Wie zum Teufel kommt jemand zu so einem Job?* Sie hat krisseliges graues Haar und trägt eine Brille mit eckigem grauem Gestell. Am Revers ihres gepflegten dunkelgrauen Blazers steckt eine altmodische Emaille-Brosche, die wie eine Vase voller Blumen aussieht.

Ihr Name ist Maria O'Donahue-Keyes (*wie um alles in der Welt kann jemand so heißen?*), der Jake beim besten Willen nicht über die Zunge kommen will.

Ihr Büro in dem Bestattungsinstitut ist angemessen nüchtern. Nichtssagende, massive Möbel in neutralen Farben, Bilderrahmen mit ermutigenden Sinnsprüchen an den Wänden, eine große Vase mit Lilien. *Was für ein Klischee,* denkt Jake. *Lilien.*

Sie haben entschieden, Brian hier in Westport zu bestatten, jener Stadt, die für Natalie und ihn immer noch ein Zuhause ist.

Maria O'Donahue-Keyes quasselt ununterbrochen, während Jake so tut, als würde er ihr zuhören. Doch in Wahrheit kreisen seine Gedanken die ganze Zeit nur um Miss Marias ungewöhnliche Berufswahl, die Surrealität der vor ihnen liegenden Aufgabe und um Natalie, die zusammengesunken auf dem Stuhl neben ihm sitzt.

Er hört zwar die Worte, *acte de décès* (Sterbeurkunde) und *permis d'inhumer* (Bestattungserlaubnis), all die anderen Anforderungen, die erfüllt sein müssen, um einen Leichnam nach Hause zu überführen, doch sie verflüchtigen sich, noch bevor er ihren Sinn erfassen kann.

Aber haben wir die gute alte Miss Maria nicht genau deswegen engagiert? Damit sie sich um diese ganze Scheiße kümmert?

Er blickt zu Natalie. Sie wirkt wie betäubt, als wäre auch sie überwältigt von der Wortflut, die auf sie einströmt. Sie kaut sich die Seite ihres Daumens blutig, und am liebsten würde er die Hand ausstrecken und sie daran hindern.

Weil es aus irgendeinem Grund ein zu intimer Akt ist, um ihn vor den Augen einer Fremden zu vollziehen.

Jakes Blick fällt auf eines der Fotos an der Wand – ein glatter Sandstrand, in den goldenen Schein des Sonnenuntergangs getaucht. Die Silhouette einer Frau, deren langes schwarzes Haar in der Brise weht, während sie zum Horizont blickt. Und der Spruch darunter:

Wer glaubt, Trauer sei zeitlich begrenzt, der hat nie ein Stück seines Herzens verloren. Nimm dir alle Zeit, die du brauchst.

Klar. Ein toller Ratschlag. Aber was, wenn neue Trauer immer wieder auf die alte gehäuft, das ersterbende Feuer immer wieder neu angefacht wird?

Was, wenn meine Trauer niemals endet?

Jake blickt wieder zu Maria O'Donahue-Keyes, die ihn erwartungsvoll ansieht. Ihm dämmert, dass sie ihm eine Frage gestellt hat.

»Was? Tut mir leid«, murmelt er. Seine Wangen röten sich.

»Ich habe gefragt, ob Sie auch Vorkehrungen treffen möchten, um die Leiche Ihres Onkels nach Hause zu überführen.«

Natalie nimmt den Daumen aus dem Mund und blickt Jake mit weit aufgerissenen Augen panisch an.

»Nein. Ich denke, das tun wir nicht.«

Er nimmt Natalies Hand und fährt mit dem Zeigefinger über ihren Daumen. Blutige Schlieren ziehen sich über ihrer beider Hände.

Catherine

Der Ehemann

Das Polizeirevier von Westport ist ein schlichter, einstöckiger Ziegelbau, vor dem sich ein Parkplatz mit weißen Markierungen befindet. Es sieht genauso aus, wie man sich eine Polizeiwache in einem soliden, wohlhabenden amerikanischen Vorort vorstellt.

Ich biege mit dem geliehenen Ford Escort in eine freie Parklücke ein und werfe einen letzten prüfenden Blick in den Rückspiegel: Mein dunkles Haar mit den vereinzelten grauen Strähnen ist zu einem Knoten im Nacken frisiert. Ich runzle paarmal probeweise die Stirn und stelle zufrieden fest, dass ich ernst, fast ein bisschen streng aussehe.

Ich steige aus, ziehe meinen schmal geschnittenen marineblauen Rock zurecht und streiche den gestärkten weißen Kragen meiner Bluse glatt. Mit meinen schwarzen Zehn-Zentimeter-Pumps und der schwarzen Ledermappe unter dem Arm verströme ich die Aura modischer französischer Effizienz.

Aimee Martinet aus dem 8. Arrondissement, Annexe Madeleine, ist hergekommen, um ein zwangloses Gespräch mit den Detectives zu führen, die im Fall der verschwundenen Mallory Burrows ermittelt haben:

Amtshilfe zwischen den Ermittlungsbehörden auf beiden Seiten des Atlantiks.

An Ivy Philipps' Überzeugung im Hinblick auf Will Cranes Unschuld kann ich nicht rütteln. Ivy ist eine Frau, die von Berufs wegen nur das Schlimmste von den Menschen erwarten muss. Trotzdem war sie überzeugt, dass Crane Mallory niemals etwas hätte antun können. Aber wenn Crane Mallory *nicht* ermordet hat, wer dann? Könnte Brian doch der Täter gewesen sein? Oder jemand ganz anders? Und wenn Crane Mallory nicht getötet hat, warum hätte Frank dann Crane ermorden sollen?

Ich halte mir vor Augen, dass ich lediglich von Franks Geständnis weiß, weil Natalie es mir gesagt hat. Das Mädchen wurde angegriffen, hat um sein Leben gekämpft. Könnte sie etwas falsch verstanden haben? Könnte es sein, dass Frank zuerst Mallory und dann jeden anderen Mann getötet hat, den sie geliebt hat? War Frank in sie verliebt? Ist das der Punkt, an dem diese ganze verkorkste Geschichte begonnen hat?

Je mehr Fragen ich mir stelle, umso mehr scheinen sich aufzutun.

Detective Benson ist zwar einigermaßen freundlich, aber betont abweisend, während Detective Karen Cooke schweigend neben ihm sitzt. Soweit es Benson betrifft, gilt ihr Fall nur deshalb nach wie vor als ungelöst, weil William Crane ihr Hauptverdächtiger ist und er sich offiziell immer noch auf freiem Fuß befindet. Er sieht keine Verbindung zwischen dem, was in Paris passiert ist, und dem alten Fall von damals, Schnee von gestern. Die Burrows' mögen ja eine vom Schicksal gebeutelte Familie sein, trotzdem versteht er nicht, warum ich sie überhaupt mit meinen Fragen behellige. Es wurde keine Leiche gefunden, keine neuen Beweise zutage gefördert, denen man nachgehen könnte. Er mustert mich durchdringend mit seinen schwarzen Augen.

Ich tue seinen Argwohn mit einem Lachen und einer wegwerfenden Handbewegung ab. Mir ist klar, dass ich von ihm nichts kriegen werde. Mit französischem Akzent mache ich einen kollegialen Scherz über uns »Polizisten, die selbst im Urlaub immer im Dienst« sind, danke den beiden für die Zeit, die sie sich genommen haben, und bitte Detective Cooke, mir den Weg zu den Waschräumen zu zeigen, bevor ich zurück nach New York fahre. Ich habe Karten für eine Show am Broadway, erzähle ich Benson munter, bevor ich Cooke auf den Korridor folge.

Kaum haben wir den Raum verlassen, packe ich sie am Ellbogen und ziehe sie in Richtung Haupteingang. Sie wehrt sich nicht, scheint aber auch nicht sonderlich überrascht zu sein. Zwar hat sie die ganze Zeit nichts gesagt, aber ihre aufeinandergepressten Lippen und ihre Ruhelosigkeit haben mir verraten, dass sie noch etwas zu sagen hat. Als wir nach draußen treten, bedauere ich mit einem Mal die Wahl meiner Schuhe. Ich überrage die zierliche Ermittlerin in ihren flachen Schuhen, die den Kopf in den Nacken legen und gegen die Sonne blinzeln muss, um mit mir zu reden.

»Ich merke doch, dass Ihr Partner den offiziellen Standpunkt vertritt. Aber sehen Sie das Ganze vielleicht ein bisschen anders?«

Detective Cooke verlagert das Gewicht wie ein Boxer, der zu einer Finte ansetzt, während ihr Blick zum Revier schweift. »Sie verstehen sicher, dass man in einer wohlhabenden Gemeinde wie dieser so ein ungeklärtes Verschwinden gar nicht gern sieht«, sagt sie leise. »Aber es gab immer Faktoren in diesem Fall, die ich infrage gestellt habe. Erstens: Warum ist Crane so lange nach Mallorys Verschwinden noch hiergeblieben? In den ersten drei Wochen haben wir nicht in seine Richtung ermittelt, weil wir noch nicht einmal von ihrer Affäre wussten. Warum hat er sich nicht da schon aus dem Staub gemacht?«

Ich nicke ihr ermutigend zu.

»Und als wir von den beiden erfuhren ... war ich diejenige, die ihn befragt hat. Er hat ihre Beziehung sofort bestätigt ... sogar, dass er sie am Abend ihres Verschwindens gesehen hat. Und der Mann war *am Boden zerstört*. Auf mich wirkte seine Sorge absolut aufrichtig. Außerdem hat er umfassend mit uns kooperiert. Mein Bauchgefühl hat mir eindeutig gesagt, dass er es nicht war.«

Damit sind es schon zwei Personen, die glauben, Will Crane könne unmöglich seiner Geliebten Mallory Burrows etwas angetan haben.

»Dann war da noch der Brief mit dem Geständnis. Es gab keine Entwürfe davon, weder in Cranes Büro noch auf seinem Computer zu Hause.«

»Vielleicht hat er einen anderen Computer verwendet?«

»Möglich, aber warum, wenn er sogar zwei zur Verfügung hatte? Und warum soll er einen anderen Computer benutzen, wenn er doch die Verantwortung für die Tat übernimmt? Außerdem gab es auf dem Brief keine Fingerabdrücke. Warum soll man ein Geständnis ablegen, dabei aber so vorsichtig sein und keine Fingerabdrücke hinterlassen?«

»Abgesehen davon«, fährt Detective Cooke fort und beugt sich zu mir herüber, »hat Crane all seine Konten bestehen lassen, hat seine Kreditkarten kein einziges Mal benutzt. Der Mann ist einfach verschwunden.«

Sie sieht mir in die Augen, um sich zu vergewissern, dass mir die Bedeutung dessen, was sie da gerade sagt, bewusst ist. Ist es.

»Wir haben natürlich zu dem Zeitpunkt die ganze Familie überprüft«, fährt die Ermittlerin fort. »Zwei von Jakes Freunden bestätigten, dass er mit ihnen zusammen war. Natalie war bei ihrer Freundin Melissa Masterson. Wir haben auch Frank überprüft, aber er war bei einer Benefizveranstaltung an der Schule seiner Kinder und wurde von Dutzenden Leuten gesehen. Aber Brian hatte kein Alibi für den Abend von Mallorys Ermordung. Stattdessen gab er an, er sei zu Hause gewesen. Allein. Und Sie wissen ja, die Affäre…« Sie zuckt mit den Schultern. »Normalerweise ist es doch immer der Ehemann, stimmt's? Wenn Sie es genau wissen wollen, dachte ich immer, Brian hätte sie beide ermordet. Aus Eifersucht.«

»Was ist mit Cranes Verschwinden? Hatte Brian dafür auch ein Alibi?«

»Das ist es ja. Wir wissen nicht genau, wann Crane verschwunden ist. Oder ermordet, falls das der Fall ist. Dienstags wurde er noch auf einem Markt gesehen, allerdings hatte er seinen Mitarbeitern gesagt, er wolle sich den Mittwoch und Donnerstag freinehmen. Deshalb hat erst am Freitag jemand nach ihm gesehen, als er nicht aufgetaucht ist.«

Ich sehe Cooke mitfühlend an. »Und all das haben Sie selbst nach all den Jahren immer noch ... wie sagt man im Englischen? *Prêt?*«

Sie lächelt schwach. »Parat. Ja. Nun, Sie wissen ja, wie das ist. Manche Fälle lassen einen nicht mehr los.«

Dieses Phänomen kenne ich allerdings, ja.

»Und was denken Sie jetzt? Nach dem, was mit Frank Burrows passiert ist?«

»Ich weiß es nicht. Ich frage mich die ganze Zeit, was genau in Paris vorgefallen ist.« Sie zuckt mit den Schultern. »Etwas daran lässt mir keine Ruhe.«

Eine Schwester im Geiste.

Als Aimee teile ich ihr meine eigenen Bedenken bezüglich der Pariser Ereignisse mit. Wir bedauern, dass niemand auf unser Bauchgefühl hört, beklagen den Sexismus in den Behörden unserer Heimatländer und den Druck der Verwaltung, die Fälle möglichst zügig abzuschließen oder sie zumindest nicht wieder aus der Versenkung zu holen.

Bevor ich wieder in meinen Ford Escort steige, ringe ich Detective Cooke das Versprechen ab, mir ihre Fallnotizen zu Mallory Burrows zuzumailen.

Jake

Der Wendepunkt

Jake hat die Nase voll.

Die Vorbereitungen für das Begräbnis, Anwälte, Steuern, Testamente und Treuhandfonds, Gesellschafterverträge, Abfindungen und offene Rechnungen. Für die Begleichung von Natalies Studiengebühren und dergleichen hat er gesorgt, hat einen Entschluss gefasst, was aus der Wohnung an der Upper West Side wird. Auch um das Chaos mit Onkel Frank hat er sich gekümmert, dessen Leichnam sich immer noch in Frankreich befindet, weil niemand bereit ist, ihn nach Hause zu holen. Und dann sind da noch seine eigenen Probleme, komplex, verworren, ungelöst.

Nach dem Telefonat mit Tante Della, diesem durchgeknallten Miststück, fühlt er sich, als würde er jeden Moment aus der Haut fahren.

Seine Vorstellung davon, wie sein Leben nach der Rückkehr aus Paris aussehen würde, war völlig anders. Nachdem der Mietvertrag für seine neue Wohnung in Brooklyn unterschrieben war und er einen Job als Barkeeper in einem nahe gelegenen Restaurant gefunden hatte, wollte er nachts arbeiten und die Tage damit zubringen, seine nächsten Schritte zu planen. Er wusste zwar nicht unbedingt, was er mit seinem Leben anfangen sollte, konnte aber zumindest für sich selbst sorgen, während er es herausfand. Das genügte ihm.

Er stand an einem Wendepunkt, an dem alles anders werden sollte.

Aber der Tod lauert überall. Er will sich nicht selbst bemitleiden, doch er kann nicht anders. Wie viele seiner Studienkollegen, die gerade ihren Abschluss gemacht haben, müssen sich mit Scheiße wie dieser herumschlagen? Wohl kaum einer. Stattdessen kehren sie von ihren Rucksackreisen nach Europa oder den Trips quer durchs Land zurück. Sie haben den Sommer damit verbracht, ein letztes Mal die Freiheit zu genießen, bevor sie sich ihren neuen Aufgaben stellen. Keiner von denen hat einen Elternteil beerdigt, einen Onkel verloren und ist jetzt für eine kleine Schwester verantwortlich. Vermutlich musste auch keiner von ihnen lernen, wie es war, in Rekordzeit erwachsen zu werden, verdammt noch mal!

Jake überlegt, Rami anzurufen, um zu sehen, ob er Lust hat, auf die Piste zu gehen. Sich volllaufen zu lassen. Aber Natalie ist zu Hause. Sie hat sich in ihr Zimmer verkrochen, und er will sie nur ungern alleine lassen.

Großer Gott, er kann es gar nicht erwarten, dass sie aufs College geht. Es wird erheblich einfacher sein, sich aus der Ferne um sie zu kümmern, statt sie ständig zu beobachten, immer in der Sorge, dass sie sich wieder selbst verletzt.

Er nimmt sich vor, Natalie zu fragen, ob sie sich bereits um einen Therapeuten in Providence gekümmert hat. Sie braucht jemanden mit der entsprechenden Ausbildung und Erfahrung, um sich um sie zu kümmern.

Vielleicht, denkt Jake, *beginnt ja das Leben, wenn Natalie erst aufs College geht.*

Catherine

Beste Freundinnen

Die Häuser in Westport sind beeindruckend: Großzügige Heime aus massivem Stein inmitten weitläufiger Grundstücke mit smaragdgrünen Rasenflächen, sorgfältig gestutzten Hecken und blühenden Bäumen – der Inbegriff von Reichtum, Privilegien, Sicherheit und Geborgenheit.

Hier hat die ganze Geschichte begonnen. Und es ist immer ratsam, am Anfang zu beginnen.

Ich bin einige Male um das gesamte Wohnviertel herumgefahren, vorbei an dem Grundstück, auf dem einst das Haus der Burrows' stand (das vom Käufer dem Erdboden gleichgemacht und neu aufgebaut worden ist), und auch an Cranes hübschem kleinem Heim im Kolonialstil im weniger wohlhabenden Teil der Stadt. Auch an Natalies und Jakes Highschool bin ich vorbeigekommen. Da es noch ein paar Wochen dauert, bis die Schule wieder anfängt, ist das Schulgebäude verlassen, der Parkplatz leer.

Das Haus, in dem Melissa Masterson aufgewachsen ist, gehört zu den feudalsten in der Ansammlung wahrhafter Paläste der Gegend. Es liegt in einer exklusiven Enklave direkt am Ufer des Flusses, wo er sich zum

Long Island Sound verbreitert. Das Haus ist so gestaltet, dass es raffiniert mit seiner Umgebung verschmilzt, mit hohen Fenstern, die eine perfekte Harmonie aus Licht und Natur im Einklang mit traditioneller Naturstamm-Fachwerkbauweise schaffen – zumindest laut der vollmundigen Beschreibung des Architekten.

Ich stelle den Wagen in der geschwungenen Auffahrt ab. Ich weiß bereits, dass sich hinter dem mit sieben Schlaf- und acht Badezimmern ausgestatteten Wohnhaus ein Bootshaus und eine Anlegestelle befinden, außerdem eine voll ausgestattete Outdoorküche und ein Projektionssystem mit vierzehn wie im Theater angeordneten Sitzen, wo im Sommer Filme gezeigt werden.

Dem Catering-Transporter und der Horde weiß gekleideter Mitarbeiter nach zu urteilen, die Rollcontainer mit fertig vorbereiteten Speisen entladen, vermute ich, dass genau das auch für heute Abend geplant ist.

Das kommt mir durchaus gelegen. Ich habe Melissa Masterson bewusst nicht gebeten, ihren Eltern zu verschweigen, dass ich komme, aber ich verlasse mich einfach darauf, dass der Hang einer Achtzehnjährigen zum Drama und zur Geheimniskrämerei genau diesen Effekt hat.

Ich schlüpfe unbemerkt hinter das Haus und steuere die Cabana neben dem Pool an. Es handelt sich um eine Miniaturausgabe des großen Hauses, wie das Spielzeug eines Riesenkinds, das sechs Personen Übernachtungsmöglichkeit bietet. Die Mitarbeiter der Cateringfirma wuseln überall im üppig bewachsenen Garten herum, lassen Schwimmkerzen im Pool zu Wasser, entzünden Tiki-Fackeln, errichten Bars. Die Tür zum Poolhaus steht offen. Ich schlüpfe hinein.

Wie vereinbart wartet Melissa dort auf mich. Sie sitzt in einer Ecke eines mit Karostoff bezogenen Sofas, hat die nackten sommersprossigen Beine unter ihr fließendes zitronengelbes Kleid gezogen und zwirbelt eine Locke ihres rotblonden Haars. Sie ist perfekt gestylt und verströmt jene typische Eleganz der Tochter aus gutem Hause, die in krassem Gegensatz zu Natalies Dauertrübseligkeit und Einheitslook aus ausgebeulter Jogginghose und zerzaustem Haar steht. »Meine Abschiedsparty«, erklärt sie mit einer Geste auf den Trubel draußen. »Ich gehe weg, nach Vassar.«

»Meinen Glückwunsch«, erwidere ich im französischen Singsang von Aimee Martinet – der Einfachheit halber habe ich beschlossen, meine Story in Westport beizubehalten.

»Ja, ja. Aber eigentlich sind die meisten Gäste sowieso Freunde meiner Eltern, deshalb die ganze Angeberei. Ich dagegen kann es kaum erwarten, verdammt noch mal endlich von hier abzuhauen.« Sie schenkt mir ein strahlendes Lächeln, das wohl dazu dienen soll, ihren Worten die Schärfe zu nehmen. »Also. Wie kann ich Ihnen helfen?«

»Sie waren Natalie Burrows' beste Freundin?«

»Ja. Bis … na ja, Sie wissen schon, das mit ihrer Mom passierte. Und dann sind sie weggezogen, deshalb …« Melissa zuckt mit den Schultern.

»Könnten Sie mir etwas mehr von diesem Abend erzählen? Als ihre *maman* verschwand?«

Melissas Blick schweift durch den Raum, auf der Suche nach irgendetwas, woran sie sich festhalten kann.

»Haben Sie denn nicht mit der hiesigen Polizei geredet? Dort habe ich eine Aussage gemacht, sogar mehrmals.«

»Doch. Und genau deshalb wollte ich Sie etwas fragen, Mademoiselle, denn ich bin in den Protokollen auf eine Unstimmigkeit gestoßen. Bei Ihrer ersten Befragung sagten Sie, Natalie sei bereits vor zehn Uhr von hier weggegangen. Aber später haben Sie angegeben, es sei schon fast Mitternacht gewesen.«

Ich lasse die Worte einen Moment lang zwischen uns hängen.

Melissa steht abrupt auf. Sie hat lange, geschmeidige Arme und Beine, die sie, so meine Vermutung, ihr Leben lang beim Segeln, bei Tennisstunden, auf dem Pferderücken und beim Pilates geformt hat. Auf einmal wirkt sie rastlos und erregt.

»Aber inwiefern ist das wichtig? Das ist doch hundert Jahre her. Und dieser gruselige Typ mit der Baumschule hat doch gestanden, richtig? Ich meine, ich bin mit Natalie nicht mal mehr *befreundet*. Und morgen gehe ich weg, aufs College.«

»Und das werden Sie auch, Melissa«, versichere ich ihr. »Offiziell bin ich gar nicht hier. Das bleibt unter uns, versprochen. Ich versuche nur zu begreifen, was vorgefallen ist, aus rein persönlichem Interesse.«

Ich beteuere noch einmal meine Verschwiegenheit. Sie hätte sich niemals zu diesem Gespräch bereit erklärt, wenn sie sich nicht etwas von der Seele reden wollte.

»Okay. Also, die Wahrheit ist, dass sie gegen halb zehn von hier verschwunden ist.« Sie sieht mich trotzig an, als würde sie nur darauf warten, dass ich sie der Lüge bezichtige. Ich sage kein Wort.

»Sie war irgendwie seltsam. Schon eine ganze Weile. Es machte keinen Spaß mehr, mit ihr zusammen zu sein. Sie war nicht mal mehr nett. Und an dem Abend ... na ja, wir hatten einen dummen Streit. Aber damals haben wir uns ständig gestritten, deshalb war es für mich okay, als sie mich gebeten hat zu sagen, sie sei erst gegen zwölf losgegangen. Sie hat sich mit Adam Nash getroffen und wollte nicht, dass ihr Dad etwas davon mitbekommt. Ich meine, wo ist das Problem?«

»Ich verstehe. Das ist die Art harmlose Lüge, die jeder für einen Freund erzählen würde.«

Melissa nickt nachdrücklich. »Genau. Es war keine große Sache, wie gesagt. Vor allem nicht, wenn man bedenkt, was sonst abgegangen ist.«

»Warum haben Sie die Freundschaft beendet, Melissa? Gab es noch einen anderen Grund außer der Tatsache, dass die Burrows' weggezogen sind?«

Melissas Blick schweift zu den Einbauschränken mit dem 60-Zoll-Flachbildfernseher. Dieses Mädchen sollte möglichst niemals pokern; sie ist so durchschaubar wie Frischhaltefolie.

»Gibt es etwas, das Sie mir zeigen möchten?«, frage ich.

Melissa zögert, aber nur kurz. »Okay. Ja. Das könnte ich machen.«

Sie tritt zu einem Schrank und öffnet ihn. Sie schiebt einen Stapel Brettspiele beiseite: Monopoly, Cluedo, Candyland, Boggle, ein Leiterspiel und Dr. Bibber. »Die gehören meinem kleinen Bruder«, erklärt sie verächtlich.

Schließlich zieht sie einen verschlossenen braunen Umschlag hervor.

»Hier. Darum sind wir nicht länger Freundinnen. Ich habe die an mich genommen, weil ich gesehen habe, dass sie Hilfe brauchte, und sie haben zum großen Teil dazu beigetragen, ihren Dad zu überzeugen, damit er sie, Sie wissen schon, in Therapie geschickt hat. Aber um ehrlich zu sein… haben sie mir eine Scheißangst eingejagt.«

Melissa schüttelt sich, als wollte sie eine Erinnerung loswerden, die wie Spinnweben an ihr klebt. »Ich hätte die schon vor langer Zeit loswerden müssen. Hier, nehmen Sie sie. Machen Sie damit, was Sie wollen.«

Sie reicht mir den Umschlag. Ich nehme ihn entgegen.

Mit einem Mal verwandelt sie sich vor meinen Augen in einen grazilen, selbstsicheren Schwan, hält mir ihre schlanke, elegante Hand hin, damit ich sie schüttle. Ich habe den dumpfen Verdacht, dass sie ihre Mutter nachahmt.

»Und jetzt«, sagt sie, »muss ich mich auf meine Gäste vorbereiten.«

Ich bin entlassen.

Natalie

Nie ein Zuhause

In ihrem Apartment gibt es nichts als Staub und Gespenster.

Ist es tatsächlich erst ein paar Wochen her, dass sie zu ihrem Familienabenteuer in Paris aufgebrochen sind? Es erscheint unmöglich.

Es hat sich nie wie ein richtiges Zuhause angefühlt, denkt Natalie. Mom hat hier nie gewohnt, und auch Jake war nur sehr selten hier. Obwohl Dad sich redlich bemüht hat, war es niemals ein *Zuhause.*

Seit ihrer großen Offenbarung im Krankenhaus hat sie sich ein paarmal dabei ertappt, wie sie in alte Verhaltensmuster zurückgefallen ist – beispielsweise als sie im Bestattungsunternehmen an ihrem Daumen herumgekaut hat –, aber die meiste Zeit schafft sie es, ihren *Neuanfang* zu leben.

Sie betrachtet sich im Spiegel auf der Innenseite ihrer Kleiderschranktür. Der Bob, den sie sich heute Morgen hat schneiden lassen, passt zu ihren scharfen Gesichtszügen und betont ihre Augen. Sie trägt ein schlichtes schwarzes Etuikleid und klobige schwarze Stiefel dazu. Ihr gefällt ihr neuer Look – es ist, als hätte ein bisschen französischer Glamour in diesem Sommer auf sie abgefärbt. Wärme durchströmt sie, als sie erkennt, dass sie nett zu sich selbst ist – das ist bestimmt ein weiteres Zeichen für ihre Erlösung. Hat Dr. Bloom nicht genau das immer gesagt: *Mitgefühl beginnt damit, mit sich selbst mitzufühlen.*

Natalie zieht die Kiste mit ihren Schätzen aus dem Versteck im hinteren Teil des Wandschranks. Jake hat sie gefragt, ob sie nicht vielleicht etwas schreiben möchte, das sie bei Dads Beerdigung vorlesen kann. Sie wünscht sich – nein, sie *braucht* – den Trost der Talismane in der Kiste, die Erinnerungsstücke an bessere Zeiten. Sie hebt den Deckel an.

Und weiß sofort, dass irgendwas nicht stimmt.

Die Schachtel ist halb leer. All ihre Skizzenbücher sind verschwunden; so viel sieht sie auf den ersten Blick. Rasch wühlt sie in den anderen Sachen. Ihre Menehune-Puppe ist noch da. Mallorys rosa Lippenstift. Ticketabschnitte und die Skizze von Jake, die sie auf einer Papierserviette gemacht hat. Ihr herzförmiger Lapislazuli. Das Programmheft vom Kabarettabend ist ebenfalls noch da, aber der halbe Joint fehlt.

Natalie hockt sich auf die Fersen. Ihr Herz hämmert. Wer war in ihrem Zimmer? Wer hat in ihren Sachen *gewühlt?* Jake? *Daddy?*

Sie hört Jake im anderen Zimmer telefonieren. Er benutzt diese »erwachsene« Stimme, wie immer, wenn er sich mit den schrecklichen *Formalitäten* herumschlägt. So nennt er die ganze Verantwortung, die nun auf seinen Schultern lastet – *Formalitäten.* Unwillkürlich muss Natalie an Geschäftsleute in Smoking mit Fliege denken, die sich vor Jake verbeugen und katzbuckeln, während er sich auf dem glatten Parkett ihrer höflichen Heimtücke bewegt.

Sie schleicht aus ihrem Zimmer den Flur entlang. Jakes Stimme kommt aus der Küche. Okay. Sie wird sich zuerst in Brians Arbeitszimmer umsehen.

Daddys Arbeitszimmer riecht noch nach ihm, nach dieser Mischung aus seinem Lieblings-Aftershave, Pfeffer, der leichten Zitrus-Kopfnote der Holzpolitur und einem Hauch Kaffee. Tränen steigen ihr in die Augen, doch sie wischt sie ungeduldig weg.

Sie beginnt zu suchen, gleichzeitig fühlt es sich falsch an, in seinen privaten Unterlagen zu wühlen. Er ist zwar tot, trotzdem fühlt es sich verboten an, so als würde sie in seine Privatsphäre eindringen.

Dasselbe, was auch er getan hat, wenn er *ihr* Zimmer durchwühlt und *ihre* Sachen genommen hat, denkt sie wütend.

Falls Jake hereinkommt, wird sie einfach behaupten, sie suche nach Erinnerungsstücken, die sie in Sicherheit bringen wollte, bevor sie Daddys Sachen einpacken, um sie der Wohlfahrt zu spenden. Das wird ihm gefallen. Es klingt plausibel. Vollkommen vernünftig.

Sie findet die Skizzenbücher in einer braunen Papiertüte im obersten Regal des Wandschranks, versteckt unter einem Stapel alter *Architectural Digest*-Ausgaben. Sie setzt sich auf Brians Bürostuhl und blättert durch die Seiten des obersten Buches.

Ihre Finger ertasten die rauen Kanten der Handvoll Zeichnungen, die vor drei Jahren aus der Mitte dieses Skizzenbuchs herausgerissen worden waren. Selbst jetzt noch, nach all der Zeit, kann sie die Missachtung und den Verrat, den diese herausgerissenen und zur Schau gestellten Seiten für sie bedeuten, regelrecht körperlich spüren.

Sie blättert durch das nächste Buch, dann im nächsten.

Das Gefühl der Entblößung ist überwältigend. Das hier sind ihre *privaten* Skizzenbücher. Daddy hatte kein Recht dazu! Was hat er gedacht, als er sie gesehen hat? Oh Gott, was muss er gedacht haben? Warum hat er mit ihr nicht darüber geredet? Sie hätte es ihm doch *erklären* können. Sie hätte *alles* erklären können.

Natalie nimmt den Stapel Bücher an sich und schiebt sie zurück in die braune Papiertüte.

Sie gehören ihr. Niemand sonst braucht sie zu sehen.

Natalie trifft eine Entscheidung.

Sie wird sie alle zerstören, bei der ersten Gelegenheit, die sich ihr bietet.

Catherine

Frisch

Zurück in meinem Hotelzimmer in Manhattan, lasse ich den braunen Umschlag, den Melissa Masterson mir gegeben hat, ungeöffnet aufs Bett fallen.

Ich streife die Aimee-Martinet-Verkleidung ab und gehe unter die Dusche, befreie mich vom parfümierten, kühlen Westport-Wohlstand ebenso wie von der klebrigen Hitze Manhattans.

In einen flauschigen Hotelbademantel gehüllt, schraube ich die Chardonnay-Flasche aus der Minibar auf und leere sie zur Hälfte, bevor ich mich auf das blütenweiß bezogene Bett setze und einen Fingernagel unter das Siegel des braunen Umschlags schiebe.

Ich ziehe einen Stapel Zeichnungen heraus.

Ganz obenauf ist ein Porträt von Natalie, die mit konzentrierter Miene einen dünnen Streifen Fleisch von ihrem Oberkörper schält. Sie ist nackt.

Die zweite Zeichnung ist noch verstörender. Natalie hockt auf den Fersen und säbelt sich mit boshaftem Lächeln den kleinen Zeh ab, während das Blut in übertriebenen Fontänen umherspritzt.

Beide Skizzen sind mit Natalies schwungvoller Signatur in der unteren rechten Ecke versehen.

Ich blättere durch die anderen Seiten im Stapel. Mir wird übel. Jetzt verstehe ich, warum Melissa froh war, sie loszuwerden. Aber auch, warum sie daran festgehalten hat.

Ich lege die Zeichnungen beiseite, fahre einen der Computer hoch, die ich gestern gekauft habe, und logge mich in das WLAN des Hotels ein.

Ich überprüfe rasch Elena, die nun mit der Identität ihrer toten Doppelgängerin Irina Sherkov (geboren und gestorben 1989 in Kiew) unterwegs ist. Irina befindet sich bereits auf dem Weg nach Sydney, allerdings sieht sie mit den kurzen gefärbten Haaren und den weiten Sachen überhaupt nicht aus wie das elegante internationale Model, das sie einst war, sondern eher wie eine unterernährte Putzfrau.

Ein Apartment wurde für sie in Sydney gekauft; eine luxuriöse Dreizimmerwohnung in der beliebten Gloucester Street. Bankkonten wurden für sie eröffnet und mit einem stattlichen Anteil von Boris' illegalem Verdienst gefüllt. Sie wird dort das ruhige Leben führen, nach dem sie sich sehnt.

Was ihr Schwein von Ehemann angeht, habe ich inzwischen die meisten seiner Konten leer geräumt. Ein Teil seines Vermögens ging an Elena, ein Teil an mich. Ich habe genug zurückgelassen, um den Behörden eine solide Spur aus Geld, Waffen und Blut zu liefern. Aber bevor ich ihn ausliefere, habe ich mir noch einen kleinen Spaß erlaubt.

Eine heiße Blondine, der ich hundert Euro bezahlt

habe, damit sie hinter ihm herflaniert, eine rasch in sein Fleisch gerammte Spritze, und er gehörte mir. Jumah fuhr in seinem kleinen weißen Van vor, und im nächsten Augenblick waren wir auch schon unterwegs. Boris wurde am nächsten Tag ausgeliefert, splitternackt, mitten in Saint-Germain-des-Prés mit Frischhaltefolie an einen Laternenpfahl gefesselt. Sein Kopf war geschoren, befreit von der Mähne, auf die er immer so stolz war, und über seiner einen Brustwarze klebte ein USB-Stick mit den Details seiner Machenschaften und Beweisen, dass er irgendwelche finsteren Typen bezahlt hatte, damit sie seine Frau entführten.

Ich saß zu dem Zeitpunkt bereits sicher in einem Flugzeug über dem Atlantik.

Vielleicht war das kindisch von mir, aber ich habe nie eine richtige Kindheit gehabt. Ich hole mir meinen Spaß, wo ich nur kann.

Nun, da die Sache mit Elena ein glückliches Ende genommen hat, bin ich frei und kann mich auf die Burrows' konzentrieren.

Ich habe vielleicht immer mehr Fragen, aber ich habe auch eine Ahnung, wo ich Antworten bekomme.

Natalie

Die Bestattung

Die Zeremonie in der Kirche war schlicht unerträglich. Als Erstes sprach der Pfarrer. Dann Jake. Natalie brachte ihre eigene Rede hinter sich und weinte dabei nur ein Mal. Jake legte den Arm um sie, als sie in die Bank zurückkehrte, und sie schmiegte sich eng an ihn.

Aber dann all die tränenüberströmten Gesichter, die endlosen Beileidsbekundungen.

Nicht dass irgendwas daran verkehrt war, wenn die Leute nette Dinge über Brian sagten. Natürlich nicht. Das Problem war, dass sie Haltung bewahren musste, mit stoischer Miene dastehen, während all die wildfremden Leute endlos über Daddy schwadronierten.

Natalie hat die Organisation Jake überlassen, doch jetzt wünscht sie, sie hätte zumindest einen Blick auf die Liste der Redner geworfen, auf ein paar Änderungen bestanden.

Sie ist dankbar, dass ihnen nicht ganz so viele Gäste zum Friedhof gefolgt sind, wodurch sich die Zahl der früheren Freunde und Bekannten reduziert hat, die ihre Sensationslust an ihnen befriedigen wollten.

Natalie hasst sie alle. Sie weiß, dass sie das Leid ihrer Familie als eine Art schützenden Talisman benutzen, nach dem Motto: *Es ist so grauenvoll, was mit den Burrows' passiert ist, aber zum Glück schlägt der Blitz normalerweise nicht zweimal ins selbe Haus ein, deshalb trifft es uns wohl nicht.* Sie ist sicher, dass sie genau das denken, während sie die Finger kreuzen und ihre albernen Gebete sprechen.

Hier, zwischen den üppig grünen, sanften Hügeln des Friedhofs, hat sich eine Handvoll Kollegen aus Dads Büro versammelt, unter ihnen auch Hank Scovell. Mr und Mrs Masterson sind gekommen (Melissa ist bereits unterwegs nach Vassar, wie Sunny ihr stolz erzählt hat, als sie ihr im Namen ihrer Tochter kondoliert hat) und ein paar von Jakes Uni-Freunden.

Auch Grandma Su ist natürlich gekommen, mit einem Pfleger, der ihren Rollstuhl fährt, aber Natalie will nicht beschwören, dass sie auch nur den Hauch einer Ahnung hat, was hier los ist.

Vielleicht ist es so besser.

Natalie wendet den Blick ab, als der Sarg in das Grab hinuntergelassen wird. Sie will nicht an das weiche Erdreich denken, an Würmer, Maden und Verwesung, daran, wie Daddys Leichnam zu stinkendem Aas verfällt. Wenn sie stirbt, wird sie sich verbrennen lassen, beschließt sie. Zu Asche und Staub. Vielleicht wird sie eine dieser Urnen kaufen, die sie in der Werbung gesehen hat; darin werden die kremierten Überreste aufbewahrt, aus denen dann ein Baum wächst. Sie wäre gerne ein Baum.

Aus dem Augenwinkel nimmt sie eine Gestalt wahr,

die ihr vage bekannt vorkommt, gleichzeitig jedoch seltsam deplatziert wirkt. Sie steht hinter der großen Eiche verborgen am Ende des Wegs. Es ist eine Frau. Ihr Gesicht ist hinter einer riesigen Sonnenbrille verborgen, und ihr Haar wird von einem grau gemusterten Kopftuch verdeckt. Sie trägt eine elegante schwarze Hose und eine stahlgraue Seidenbluse.

Natalie blickt zu Jake. Er steht neben ihr, starrt völlig gebannt auf Brians Sarg, der im weichen Erdreich versinkt.

Wer ist sie?

In diesem Moment kommt die Erkenntnis.

Es ist die geheimnisvolle Hannah Potter. Die Frau, die gar nicht existiert.

Die gekommen ist, um den Lebenden und den Toten ihren Respekt zu zollen.

Catherine

Der Lagerraum

Natalie sieht anders aus. Ihr langes Haar trägt sie inzwischen in einem akkuraten Bob. Es steht ihr. Mit ihrem schlichten schwarzen Wickelkleid, das sich eng um ihre schmale Gestalt schmiegt, und den hochhackigen Riemchensandalen sieht sie richtig schick aus. Und älter. Was keine Überraschung ist. Die Tragödie fordert ihren Tribut.

Aber da ist noch etwas an ihr, das ich jedoch nicht recht benennen kann. Eine *Leichtigkeit*, die im krassen Gegensatz zu der ernsten Trauerfeier steht.

Jake Burrows sieht fürchterlich aus. Ausgezehrt. Tiefe dunkle Ringe liegen unter seinen Augen. Er nimmt die Beileidsbekundungen mit einer erschöpften Gleichgültigkeit entgegen. Hank Scovell legt den Arm um Jakes eingesunkene Schultern und flüstert ihm etwas ins Ohr, bevor er geht.

Ein Paar nähert sich den Geschwistern; die Frau sieht wie eine gebräuntere, hagerere Version von Melissa Masterson aus. Sie beugt sich vor und küsst Natalie, die zurückweicht.

Endlich entfernen sich die Trauergäste, während Brians Kinder am offenen Grab zurückbleiben. Jake geht in die Hocke, Natalie legt ihm die Hand auf den Kopf. Er schüttelt sie ab, dann wirft er ihr ein entschuldigendes Lächeln zu.

Natalie blickt zu mir. Ich trete hinter dem Baum hervor. Natalie lässt Jake zurück und kommt zu mir herüber.

»Hallo.«

»Warum sind Sie hier?«, faucht sie. »Und wer zum Teufel sind Sie *wirklich*, *Hannah Potter*?« Sie ist sehr blass.

Statt einer Antwort ziehe ich den Umschlag hervor, den Melissa mir gegeben hat, und reiche ihn Natalie. Sie öffnet ihn und blättert den Inhalt durch.

Ganz oben liegen die Zeichnungen, auf denen Natalie sich selbst verletzt.

Darunter ist eine weitere Serie mit einem anderen Hauptdarsteller: Will Crane.

Will Crane erstochen. Will Crane erhängt. Will Crane auf einem Spieß gepfählt. Will Crane auf dem Scheiterhaufen brennend. Will Crane lebendig begraben, während eine klauengleiche Hand aus dem Erdhügel über ihm ins Leere ragt.

Neben den grotesken Zeichnungen von Crane stehen Notizen. Natalie hat Crane offensichtlich gestalkt, denn die Notizen enthalten auch detaillierte Informationen wie Adressen und An- und Abfahrtszeiten, Namen von Leuten, die er getroffen, Mahlzeiten, die er gegessen hat.

Natalie blickt mich aus kalten Augen an. »Sie haben ein paar meiner alten Zeichnungen. Und?«

»Ich habe Fragen …«

»Sie haben uns Ihre *Hilfe* angeboten«, unterbricht sie mich. »Ich dachte, ich bin Ihnen scheißegal. Aber alles, was Sie mir erzählt haben, war eine Lüge, und ich würde gerne wissen, warum. Wer sind Sie? Warum mischen Sie sich in unsere Angelegenheiten?«

Ich blicke zu Jake hinüber, der am Grab seines Vaters kniet und nichts von dem mitbekommt, worüber wir reden.

»Erzähl mir von den Zeichnungen, Natalie. Hast du Will Crane verfolgt?«

»Und was, wenn es so gewesen wäre?«

»Was wolltest du damit erreichen?«

»Er hat mir meine Mutter weggenommen! Ich hatte das Recht dazu!«

»Das Recht wozu, Natalie?«

Sie verschränkt die Arme vor der Brust und reckt das Kinn. »Ich bin mit Ihnen fertig, wie auch immer Sie heißen. Ich *trauere*. Ich muss mir das nicht bieten lassen.« Sie wendet sich ab und marschiert davon.

»Ich habe den Lagerraum deines Onkels gefunden«, rufe ich hinterher.

Sie bleibt abrupt stehen. Dreht sich zu mir um. »Wovon reden Sie?«

»Dein Onkel hatte einen Lagerraum in Trumbull angemietet. Den Mietvertrag hat er in der Woche unterschrieben, in der Will Crane verschwand. Ein ziemlich seltsamer Zufall, nicht? Ich bin hingefahren. Dort liegt eine Leiche. Ich glaube, es ist Cranes.«

Natalie blinzelt nicht einmal.

»Ich werde das der Polizei melden, Natalie. Anonym. Willst du mir vorher noch irgendetwas sagen?«

»Ich weiß nicht, wovon Sie reden. Also nehmen Sie Ihren falschen Namen und Ihre ganze Scheiße und hauen Sie einfach ab, verdammt noch mal.«

Na, das lief ja prima.

Jake

Privatsphäre

Manche Dinge sollten privat bleiben. Jake zum Beispiel hat noch nie zu denen gehört, die jedes Fitzelchen ihres Leben in den sozialen Medien teilen. Er ist diskret, was seine sexuellen Beziehungen angeht, auf der Hut, wenn echte Gefühle ins Spiel kommen. Er respektiert auch das Recht anderer auf Privatsphäre. Er ist nie neugierig (obwohl er gerne glauben möchte, dass er ein guter, aufmerksamer und intelligenter Zuhörer ist). Er lästert nicht über andere. Er mischt sich nicht ein.

Deshalb ist es ein seltsames Gefühl, in den intimsten Details des Privatlebens seines Vaters zu wühlen, ja sogar mit dieser Aufgabe *betraut* zu sein. Anfangs ging es lediglich darum, sich einen ersten Überblick zu verschaffen: das Testament, seinen eigenen und Natalies Treuhandfonds, den Kaufvertrag für die Wohnung zu finden, Zugang zu den Bankkonten zu bekommen, sich der Flut an Juristenjargon aus den Mündern angemessen gefasst, traurig und ernst wirkender Menschen zu stellen.

Inzwischen hat er zwar vorläufig genug Geld zur Verfügung, um für sich und Natalie zu sorgen und ihr Schulgeld zu bezahlen, doch nun muss er tiefer in Brian

Burrows' Leben wühlen. Es fühlt sich unnatürlich an. Unangenehm. Unwirklich.

Jake zieht die oberste Schublade im Nachttisch seines Vaters auf.

Ganz oben liegen Kondome. Okay, das wollte er definitiv nicht wissen. Er wirft sie beiseite. Eine Taschenlampe. Eine Creme gegen trockene Haut. Eine Nagelfeile. Ein Schweizer Armeemesser. Haftnotizen und mehrere Stifte. Ein Schlüsselring mit kleinen Schlüsseln, die aussehen, als würden sie eher in Vorhängeschlösser oder Bankschließfächer als in Türen oder einen Wagen passen. Er steckt sie ein.

Unter all dem Krimskrams liegt eine verschlossene Mappe.

Er zieht sie heraus und legt sie vor sich aufs Bett. Öffnet sie.

Darin ist ein Stapel Kinderzeichnungen: ein stolz signiertes Werk von Jake und Natalie pro Jahr, chronologisch sortiert vom Kindergarten bis zur achten Klasse. Jake breitet sie vor sich aus und betrachtet sie. Schon im Kindergarten war Natalies künstlerisches Talent erkennbar. Eine der Skizzen besitzt sogar bereits eine Tiefe, bei deren Anblick sich Jakes Herz zusammenzieht, als ihn eine plötzliche, schmerzliche Sehnsucht nach seiner Mutter durchzuckt, die die Kunstwerke vermutlich all die Jahre gesammelt und aufbewahrt hat.

Jake schiebt den Stapel zurück in die Mappe und zieht den Reißverschluss zu.

In der Schublade darunter findet er ein Paar fellbesetzter Handschellen. Igitt. Noch mehr Scheiße, die er gar nicht wissen will. Er knallt die Schublade zu.

Er hat gesehen, wie Natalie auf dem Friedhof mit Hannah Potter geredet hat. Er hätte schwören können, dass sie es war, aber Natalie hat abgestritten, dass es sich um ihre auf geheimnisvolle Weise verschwundene Freundin handelte, weshalb Jake das Thema wieder fallen ließ – vor allem, weil er glaubte, Hannah seit ihrer Rückkehr nach Hause bereits mehrmals hier gesehen zu haben. Vielleicht verliert er ja den Verstand.

Nicht zum ersten Mal fragt er sich, wer diese Hannah Potter wirklich ist und weshalb sie ihn auf offener Straße in Paris entführt hat. Je länger er darüber nachdenkt, umso überzeugter ist er davon, dass sie ihn betäubt, gefesselt, geknebelt hat. Gleichzeitig hat sie Natalie das Leben gerettet, indem sie Erste Hilfe geleistet hat, bevor der Rettungswagen eintraf. Wer ist diese Frau? Was will sie von ihnen? In Gedanken hat er bereits tausend verschiedene Erklärungen formuliert.

Aber nicht nur die Frage nach Hannahs Identität beschäftigt ihn, sondern auch all die Morde und deren Motive, die für immer Teil seines Lebens sein werden.

Seine Mutter wurde von ihrem Liebhaber ermordet, der ihre Leiche versteckt hat. Warum? Nun wird Jake es vielleicht nie erfahren. Er will lieber weiter die Version glauben, dass Mallory sich am Ende für Brian, Jake und Natalie entschieden hat. So ist zumindest die offizielle Version, wie er sie all die Jahre kannte.

Onkel Franks Taten hingegen verstören ihn auf eine ganz andere Art. Jake teilt die DNA mit einem Mann, der krank und skrupellos genug war, um mindestens zwei Männer kaltblütig zu ermorden, einer davon sogar sein eigener Bruder.

Und aus welchen Motiven! Jake erinnert sich, wie Onkel Frank nach Moms Verschwinden regelrecht aufgeblüht, in seiner Rolle als Säule der Stabilität in dem sich auflösenden Geflecht ihrer Familie aufgegangen ist. Frank hat Crane wegen seines eigenen verletzten Egos ermordet, mehr oder weniger, so erklärt es sich Jake zumindest. Um etwas zu beweisen. Um eine beschissene klaffende Lücke in seinem Innern zu stopfen. Und dann hat er Brian ermordet, aus Angst, er könnte wegen seiner ersten Tat zur Rechenschaft gezogen werden. Was für ein Feigling. Was für ein ekelhaftes Schwein. Ein kranker Psychopath.

Die Vorstellung, dass er um ein Haar Natalie verloren hätte, jagt ihm einen Schauder über den Rücken, unmittelbar gefolgt von tiefen Schuldgefühlen, weil er es kaum erwarten kann, dass sie endlich aufs College geht und er die Verantwortung für sie los ist. Es ist ihm einfach zu viel. Ist es schlimm, wenn er so denkt? Ja, ist es.

Jake tritt auf die andere Seite des Betts und öffnet dort die oberste Nachttischschublade. Bündelweise Briefe.

Richtige Briefe, ist Jakes erster Gedanke, als er die Handschrift seiner Mutter erkennt. Behutsam streicht er mit der Spitze des Zeigefingers über die krakelige Schrift, ehe er den obersten Brief öffnet. Er beginnt zu lesen und spürt, wie ihm die Röte durch Kehle und Wangen aufsteigt.

Liebesbriefe von Mallory an Brian. Noch mehr Intimität, die Jake gar nicht sehen sollte. Hastig stopft er den Brief zurück in den Umschlag und lässt den Stapel wieder in die Schublade fallen, als wäre er radioaktiv verseucht.

Er späht tiefer hinein in die Schublade. Weitere Briefe. Einer weckt sein besonderes Interesse. Er stammt von Dr. Bloom, Natalies Psychiaterin aus dem Behandlungszentrum, und ist an Dad adressiert.

Insbesondere der Poststempel sticht ihm ins Auge. Der Brief stammt vom April dieses Jahres. Jake wusste gar nicht, dass Natalie noch etwas mit der Ärztin zu tun hatte; vor allem da sie bereits vor über zweieinhalb Jahren entlassen wurde. Nicht dass es Jake etwas anginge, aber trotzdem.

Jake zieht den Brief aus dem Umschlag. Fängt an zu lesen. Die Worte verschwimmen vor seinen Augen.

Vielleicht werde ich ja tatsächlich verrückt. Schließlich liegt es in der Familie, oder?

Catherine

Am Haken

Ich treffe mitten in der Nacht ein. Parke meinen Mietwagen, mache die Scheinwerfer auf, sinke tief in den Sitz, ziehe mir die Mütze tief ins Gesicht. Der Parkplatz ist fast leer; lediglich zwei weiße Vans mit dem Logo der Lagerhausfirma und ein rostiger alter Dodge Dart, der aussieht, als würde er immer dort stehen.

Die scharfen Lichtkegel eines Scheinwerferpaars schneiden sich durch die Dunkelheit, hell genug, dass ich die schmale Gestalt erkenne, die aus dem Auto steigt und den Kofferraum öffnet.

Leise laufe ich über den Asphalt. Die Gestalt versucht, einen schweren Kanister hochzuheben. Als ich näher komme, steigt mir der Geruch in die Nase: Benzin.

»Wo brennt's denn, Natalie?«

Der Kanister landet mit einem dumpfen Aufprall auf dem Asphalt.

»Oh, stimmt ja«, fahre ich fort, »du wolltest den Brand ja erst noch legen, oder? Dafür brauchst du das Benzin, hab ich recht?«

Sie dreht sich zu mir um.

»Gibt es einen Grund, weshalb du Cranes Leiche verbrennen willst, Natalie?«

»Wer sind Sie?«, stößt sie mit mühsam beherrschter Stimme hervor. »Was wollen Sie wirklich?«

»Ich bin jemand, der dir helfen will, Natalie. Rede mit mir.«

Schlagartig verwandelt sich die souveräne junge Frau von der Beerdigung wieder in das verängstigte Mädchen, das ich kenne.

»Warum sollte ich Ihnen vertrauen? Ich weiß ja nicht mal, wer Sie sind.«

»Habe ich dir bisher nicht geholfen? Ich habe deinen Bruder gefunden, als du es nicht geschafft hast. Ich habe den Stalker deines Dads gefunden. Und ich habe dir das Leben gerettet.«

Sie reißt mit den Zähnen einen Hautfetzen von ihrem Daumen. »Aber warum?«

»Das spielt keine Rolle. Vertrau mir einfach. Ich bin auf deiner Seite.«

»Okay.« Ihre Stimme nur ein heiseres Wispern. »Ich war an jenem Abend dort. Als Crane starb.«

Mit gesenktem Blick beginnt sie zu erzählen, während sie immer wieder das Blut von ihrem verletzten Daumen nuckelt.

Will Crane bat sie in seine Küche, als sie unangekündigt vor seiner Tür stand. Sie wollte die Wahrheit wissen! Antworten! Wollte ihn zur Rede stellen. Er wirkte überrascht, aber erfreut über ihr Auftauchen. Was eine perverse Wut in ihr heraufbeschwor, ebenso wie sein Angebot von Tee und Keksen.

Crane goss Tee in zwei zueinanderpassende blaue

Steingutbecher. Natalie fragte sich, ob Crane und ihre Mutter auch immer daraus tranken.

Sie setzten sich auf die Hocker vor der Kücheninsel.

Crane war freundlich. Er wusste einiges über sie. Dinge, die er nur von ihrer Mutter erfahren haben konnte. Je netter er war, umso verwirrter wurde Natalie. Und wütender.

Schließlich gestand er, Mallory ermordet zu haben. Es war ein Streit unter den Liebenden, der völlig aus dem Ruder gelaufen war. Er liebte Mallory, hatte gewollt, dass sie bei ihm blieb. Er hatte ihr doch nie wehtun wollen. All das schilderte er so nüchtern, so sachlich. Das war es, was ihr die größte Angst einjagte.

Natalie hebt ihren Blick und begegnet meinem, während sie weitererzählt.

»Ich habe zugesehen, wie er den Becher an die Lippen hob, habe weitergeredet… ihm Fragen gestellt. Ich habe versucht, ruhig zu bleiben, obwohl ich völlig durcheinander war… nicht nur wegen seines Geständnisses.«

Natalie richtet den Blick wieder auf den Asphalt und spricht weiter, zögernd, so leise, dass ich sie kaum verstehe.

Sie hatte mitbekommen, wie er etwas in ihren Tee gab. Aber sie war geistesgegenwärtig genug, um die Becher auszutauschen, als er in die Vorratskammer ging, um Zucker für sie zu holen.

Blanke Panik stieg in Cranes Augen auf, als der Schmerz einsetzte, die Lähmung. Er japste wie ein

Fisch auf dem Trockenen, griff sich an die Kehle. Voller Angst und Ekel sah Natalie seinem Todeskampf zu, bis er auf der Edelstahlfläche des Küchentresens zusammenbrach.

Es hätte sie treffen sollen. Er hatte versucht, sie zu ermorden.

Ein lautes Klopfen an der Küchentür ließ sie zusammenzucken.

Sie hatte keine Ahnung, wie Onkel Frank dorthin kam, aber sie erkannte seine Silhouette durch die Milchglasscheibe, hörte ihn ihren Namen rufen. Sie rannte zur Tür und ließ ihn herein.

Er hatte ihr Skizzenbuch gefunden, erklärte er. Mit den Zeichnungen und ihren Notizen. Und hätte daraus geschlossen, wo sie war.

Beim Anblick von Cranes leblosem Körper blieb er abrupt stehen.

Natalies Stimme bricht. »Ich habe ihm alles erzählt – von dem Tee, den getauschten Bechern. Ich wollte die Polizei rufen. Aber Onkel Frank war dagegen. Er sagte, er wollte mir das ersparen … uns allen. Den Prozess, die Berichterstattung. Wir hätten schon genug durchgemacht, meinte er. Und Crane hätte verdient, was er bekommen hat. Es sei nur *gerecht*. Er würde sich um alles Weitere kümmern.«

Natalie birgt ihr Gesicht in den Händen. »Ich kann immer noch nicht glauben, dass Onkel Frank Dad deswegen getötet hat!«, schluchzt sie. »Verstehen Sie jetzt, warum ich gesagt habe, Onkel Frank hätte den Mord an Crane gestanden? Wer würde mir denn glauben? Onkel Frank ist der Einzige, der an dem Abend dort war und alles bestätigen könnte. Und jetzt ist er tot. *Ich habe ihn getötet.*«

Pure Qual klingt aus ihrer Stimme. »Und genau genommen, habe ich Crane tatsächlich getötet. Was ist, wenn auf dem Leichnam meine DNA ist?«

Sie deutet auf das Lagerhaus. »Bitte! Wenn Sie wirklich helfen wollen, lassen Sie mich dieses Gebäude niederbrennen.«

Sie wird ernst. »Sie müssen das verstehen. Ich habe noch einmal ganz von vorn angefangen. Alles wird anders, mein ganzes Leben. Das Gestern ist *Geschichte.*«

»Aber dort drin ist keine Leiche, Natalie«, sage ich. »Ich habe keine Ahnung, wo Will Cranes Leiche ist. Ich musste es nur wissen.«

Etwas in ihrem Gesicht verändert sich. »Dann wissen Sie es jetzt«, sagt sie zögernd. »Was werden Sie jetzt tun?«

Ihre großen Augen sind voller Angst, und sie hebt in einer flehenden Geste die Hände.

»Geh nach Hause, Natalie«, sage ich. »Fang dein neues Leben an. Nicht jeder bekommt eine zweite Chance. Verdirb dir die deine nicht.«

Sie nickt. »Danke«, flüstert sie schüchtern.

Sekunden später ist sie verschwunden. Zurück bleibt nur der stinkende Benzinkanister.

Natalie

Providence

Für Natalie gibt es nichts Schöneres, als an der Rhode Island School of Design zu sein. Sie liebt die Architektur von Neuengland, die scharfe Herbstluft, liebt es, Teil einer Gemeinschaft von Künstlern zu sein. Sie hat die traurige Berühmtheit ihrer Familie ausgeschlachtet, zwei Tote und eine spurlos verschwundene Mutter, und sich damit die typisch bange Frage aller Erstsemester erspart, wo sie ihren Platz unter all den Studenten finden wird. Mit einer tragischen und heldenhaften Vergangenheit, über die sie nur gelegentlich ein pikantes Detail preisgibt, und mit den Taschen voller Geld war sie praktisch vom ersten Tag an beliebt. Es war albern, sich darüber überhaupt Gedanken zu machen.

Natalie fühlt sich gesünder und besser als seit Jahren.

Gedankenverloren stapft sie in einen Hügel aus totem Laub, lässt es übermütig aufwirbeln und lacht, als sich zwei alte Damen beim Versuch, ihr auszuweichen, fast gegenseitig über die Füße fallen.

Das alles liegt jetzt hinter mir.

Vielleicht kann sie Jake eines Tages alles erklären. Wie es für sie war, nachdem er ausgezogen und aufs

College gegangen ist. Wie einsam sie sich gefühlt hat, lediglich mit Mallory zu Hause. Mom wurde immer depressiver und zog sich zurück, hockte die ganze Zeit nur in ihrem Zimmer und sah sich dämliche Polizeiserien und Vorher-Nachher-Shows im Fernsehen an. Natalie musste die Rolle der Mutter übernehmen, kochen, Einkäufe erledigen, sich um die Wäsche kümmern.

Und dann lebte Mom plötzlich auf. Anders konnte man es nicht beschreiben. Natalie freute sich. Sie vermutete, dass es mit der ehrenamtlichen Arbeit im Frauenhaus zusammenhing, doch in Wahrheit interessierte sie das *Warum* nicht, sondern sie war bloß froh, ihre Mom zurückzuhaben.

Natürlich war ihr das *Warum* nicht länger gleichgültig, als sie begriff, dass der Grund dieser schmierige Mr Crane mit seinem vollen Haar und dem lauten, herzhaften Lachen war. Natalie begann, sich an die Fersen ihrer Mutter zu heften, war völlig besessen von ihren Kinobesuchen, den intimen Abendessen, den schnellen Dates zum Kaffee und den langen, ausführlichen Gesprächen in Cranes Baumschule. Da kam ihr die Idee, eine Prise Insektenschutzmittel in Mallorys Essen zu geben – gerade so viel, damit sie krank wurde und zu Hause blieb.

Natalie hatte nie vorgehabt, ihre Mutter *umzubringen*. Natürlich nicht.

Der Abend, an dem sie es tat, war tragisch, doch die Umstände ließen ihr ja keine andere Wahl.

Sie kam gerade von Melissa nach Hause, als Mallory

aus der Einfahrt zurücksetzte und Natalie fast vom Fahrrad riss. Mom hat sie nicht mal gesehen! Natalie hätte tot sein können! Wo zum Teufel wollte sie schon wieder hin? Dad und Jake waren gerade erst wieder zurück, deshalb würde Mom doch wohl kaum ausgehen. Es sei denn …

Natalie folgte ihrer Mutter zu Will Cranes Haus. Über zwei Stunden wartete sie auf sie. Als Mallory wieder herauskam, stand Natalie vor ihr. Mit einem Mal waren Mallorys Schritte nicht mehr so unbeschwert und leichtfüßig. Natalie stellte sie zur Rede. Es wurde laut. Im Nachbarhaus ging das Licht an. Mom schlug vor, ihr Gespräch im Auto fortzusetzen, worauf Natalie trotzig erwiderte, sie könnten auch zu ihrem Boot fahren, der *Happy Daze*.

»Unser *Familien*boot. Erinnerst du dich? An deine Familie?«

Auf der Fahrt zum Jachtklub wechselten sie kein Wort miteinander. Sie gingen an Bord, und Mom versuchte, ihre *Gefühle* für Crane zu erklären. Es war so erbärmlich. Sie dachte allen Ernstes, sie hätte das Sagen, aber diesen Zahn zog Natalie ihr kurzerhand. Mallory fragte sie nach den verwelkten Rosen, dem zerkratzten Wagen, der blutigen Botschaft auf der Veranda. Natalie zuckte bloß mit den Schultern. Schließlich musste sie ja irgendetwas tun, damit Mallory zu Hause blieb. Mallory warf Natalie einen Blick zu, den sie nie vergessen wird. Als würde sie sie nicht wiedererkennen. Als hätte Natalie sich in ein *Monster* verwandelt.

Mom drohte damit, Natalie einweisen zu lassen. Aber Natalie war nicht *verrückt.* Mom wollte sie bloß aus dem Weg haben, damit sie mit ihrem Liebhaber durchbrennen konnte. Aber dazu würde es nicht kommen.

Natalie brüstete sich mit dem Gift, das sie ihrer Mutter ins Essen gemischt hatte ... und in das Glas mit Limonade, das Natalie ihr gerade eingegossen hatte.

Mallory starrte entsetzt auf ihr leeres Glas.

Der Rest war ein Kinderspiel. Natalie war schon ihr ganzes Leben auf der *Happy Daze* herumgeschippert. Sie wusste genau, wie weit von der Küste entfernt sie den mit Gewichten versehenen Leichnam ihrer Mutter abladen musste.

Und mal ganz ehrlich ... Mom war doch selbst schuld. An allem. *Sie hätte niemals drohen dürfen, dass sie uns verlassen will. Sie hätte mich niemals so ansehen dürfen.*

Und auch Crane hatte es verdient zu sterben. Das alles war seine Schuld.

An dem Abend, als sie bei ihm zu Hause auftauchte, war sie zwar vorbereitet, aber nicht entschlossen, irgendetwas zu tun.

Er hätte jederzeit den Verlauf der Ereignisse ändern können, obwohl er derjenige war, der die Schuld an alldem trug.

Doch der Mistkerl freute sich sogar noch, sie zu sehen, und tat so, als bestünde zwischen ihnen eine Art

Verbindung. Weil sie beide ihre Mutter liebten? Nur unter Aufbietung all ihrer Willenskraft gelang es ihr, ihm nicht vor die Füße zu kotzen.

Schüchtern erbot sie sich, Tee für sie beide zu kochen, und zeigte ihm sogar die Dose mit Mallorys Lieblingssorte, die sie mitgebracht hatte. Sie setzte Wasser auf und gab den Tee in die beiden blauen Steingutbecher, die er ihr reichte.

Der Teekessel begann zu singen, ein anschwellendes Pfeifen. Natalie schaltete den Herd aus, woraufhin er mit einem Seufzer zur Ruhe kam. Natalie goss das kochende Wasser in die Becher.

Ungerührt sah sie dem sterbenden Mann zu, der keuchte und sich vor Schmerzen wand.

Oleander. Aus seiner eigenen Gärtnerei. Wie passend.

Er hat mir meine Mutter weggenommen. Er verdient den Tod.

Er hat gestanden, meine Mutter getötet zu haben. Dann habe ich gesehen, wie er etwas in meinen Tee gab. Ich habe die Becher vertauscht, ohne dass er es bemerkt hat, nur um zu sehen, was passiert. Ich war mir überhaupt nicht sicher. Und dann ist er einfach nach vorn gekippt! Es hätte mich treffen können. Er wollte, dass es mich trifft.

Sie malt sich aus, wie sie im Befragungsraum der Polizei sitzt, im Zeugenstand aussagt, stellt sich vor, wie sich die Worte in der Zeitung lesen. Eine tragische Heldin, Tochter einer ermordeten Mutter, selbst nur knapp dem Tod durch die Hand desselben hinterlistigen Mörders entronnen.

Ein Lapislazuli-Herz lag auf Cranes Anrichte. Natalie war zusammen mit ihrer Mutter in dem Laden, wo Mallory es gekauft hat. »Ein Geburtstagsgeschenk für eine Freundin«, hatte Mallory gesagt, als die Verkäuferin ihn als Geschenk einpackte. Es machte Natalie ganz krank, es dort zu sehen, stolz präsentiert. Sie steckte es in die Tasche.

Und dann tauchte auf einmal Onkel Frank auf. Natalie tischte ihm probeweise ihre Story auf und freute sich, weil sie so gut funktionierte, bis Onkel Frank beschloss, den Helden zu spielen und die Leiche zu beseitigen. Er schickte sie nach Hause. Natalie fügte sich, auch wenn sie bedauerte, um die Gelegenheit gekommen zu sein, einem größeren Publikum die tragische Geschichte zu schildern, wie sie nur knapp dem Tod entronnen war. Wenigstens *jetzt ist alles wieder beim Alten*, denkt sie zufrieden.

Onkel Frank war so cool, zumindest bis zu diesem Sommer. In gewisser Weise hat Natalie ihn bewundert, vor allem wegen seines brillanten Einfalls mit dem Geständnisbrief »von Crane«. *Weil Mom sich für uns entschieden hat.* Dad und Jake glaubten die Erklärung nur allzu bereitwillig. Natalie war die Einzige, die die Wahrheit kannte. *Nichts von alledem wäre passiert, wenn sie sich wirklich für uns entschieden hätte.*

Wer hätte vorhersehen können, dass Onkel Frank so dermaßen die Nerven verlieren würde? Dabei hat

Dad Onkel Frank bloß von Natalies Skizzenbüchern und seinem Briefwechsel mit dieser blöden Schlampe Dr. Bloom erzählt, und Onkel Frank ist komplett ausgeflippt. Dachte, er würde am Ende doch noch auffliegen, weil er Cranes Leiche beseitigt hat. Erbärmlich. Aber zu versuchen, den Mord an Dad Jake in die Schuhe zu schieben? Allein dafür hatte Onkel Frank den Tod verdient.

Ein Blick in seine Augen hat genügt. Zuerst brachte sie ihn dazu, den Mord an Brian zu gestehen, hörte sich sein Gejammer an – *»Es ist das Beste* für dich, *Natalie. Wir müssen unsere Geheimnisse wahren«* –, bevor sie ihm die Kehle durchschnitt. So wie er es mit Dad getan hatte. Wie passend. Natalie hatte ein Faible für Symmetrie.

Sie hatte es genossen, das Messer gegen sich selbst zu richten. Erst schlitzte sie sich die Unterarme auf, um die Notwehr-Geschichte möglichst plausibel aussehen zu lassen. Als Nächstes trieb sie sich das Messer tief in die Eingeweide. Ein kalkuliertes Risiko.

Zu diesem Zeitpunkt war sie eigentlich bereit zu sterben, doch es gibt einen *Grund*, weshalb sie es nicht getan hat – ihre göttliche Bestimmung. Sie ist fest davon überzeugt, dass ihr Dasein einen tieferen Sinn hat.

Jedenfalls ist die Story, die sie Hannah Potter (oder wer zum Teufel diese Frau auch sein mag) aufgetischt hat, dicht genug an der Wahrheit. Wieder fragt sich Natalie, wer diese Schlampe ist und was sie will. Aber dann schiebt sie den Gedanken weit weg, denn er behindert sie in ihrem Vorhaben, *für jeden Tag dankbar* zu sein.

Mal ganz ehrlich, man muss sich doch nur einmal vor Augen führen, wie gut sich alles gefügt hat. Natalie ist berühmt und wird dank dieser zweiten Chance Großes erreichen. Sie wird jetzt vor allem nach vorne blicken, nicht zurück.

Natalie schaut auf die Uhr und beschleunigt ihre Schritte, um nicht zu spät zu ihrem Glasbläserei-Kurs zu kommen.

Sie liebt es, den langen Stab in den orange glühenden Ofen zu halten, einen geschmolzenen Klecks Glas, weich und formbar wie Toffee, herauszunehmen und auf dem Stahltisch hin und her zu drehen, genießt dieses Gefühl absoluter Kontrolle, wenn sie mithilfe ihres Atems eine zarte gläserne Form daraus erschafft.

Es ist fast ein bisschen, als würde man Feuer atmen. Als wäre man ein Drache.

Als wäre man Gott.

Catherine

Treiben lassen

Spar dir deine Gebete für die Lebenden auf, denn die Toten sind bereits tot.

Wer hat das immer gesagt? Daddy? Father Karl?

Ich bete nicht mehr. Aber ich kann es mir nicht verkneifen, die Toten zu betrauern, kann nicht aufhören, mich um die Lebenden zu sorgen.

»Lass los, Cathy. Lass los.«

Jake

Höhen

Jake versucht abzuschätzen, ob er in der Mitte der Brücke steht. Genau hier will er hin.

Er hat den Fußgängerweg auf der Manhattan Bridge viele Male überquert, aber an diesem Abend betrachtet er die funkelnde Skyline mit besonderer Wehmut.

Erleuchtete Gebäude, verschwommene Bänder aus gelben und roten Lichtern auf der Straße, das tintenschwarze Wasser unter ihm. Jake atmet tief ein, genießt die Kälte, die sich nach einem anstrengenden Indian Summer über die Stadt gelegt hat.

Früher hat er den Herbst in der Stadt immer sehr gemocht. Er hat viele Dinge gemocht. Aber in letzter Zeit hat er geradezu manisch versucht, die Kruste seiner Erinnerung an frühere Zeiten abzuknibbeln.

Ihr Familienurlaub in Kauai zum Beispiel, die glücklichste Zeit seines ganzen Lebens. Alles schien perfekt zu sein. Das dachte er zumindest. Doch in der Rückschau traten plötzlich Details zutage, die sich wie scharfkantige Scherben in seine Erinnerung bohren. Der Tag auf dem Boot zum Beispiel. Nachdem ihre Tränen getrocknet waren, hatte Natalie Jake zugeflüstert, dass sie »*absichtlich* in den Quallenschwarm geschwommen« sei.

»Der Typ von der Crew hat mit Mom geflirtet. Das war *ekelhaft.*«

Andere Erinnerungen keimen auf. So viele werfen Fragen im Hinblick auf seine Schwester auf. So viele, die er nicht ertragen kann.

Er klettert über den Maschendrahtzaun, setzt sich auf den Sims, blickt über den East River.

Nur noch ein Moment.

Er fragt sich, ob er auf der anderen Seite mit seinen Eltern wiedervereint sein wird. Falls es eine andere Seite gibt.

Er schickt ein Gebet für Natalie ans Universum. »Bitte, richte nicht noch mehr Schaden an.«

Er breitet die Arme aus. Tritt einen Schritt nach vorne. Fällt.

Eine grobe Hand packt ihn am Kragen seines Sweatshirts, reißt ihn zurück. Jake wirbelt herum, Steine fallen aus seinen Taschen und fallen ins Wasser unter ihm.

Zu seiner Verblüffung steht Hannah Potter vor ihm, die ihn festhält, als hänge ihr Leben davon ab.

Catherine

Besser hinter sich lassen

War es pures Glück, dass ich rechtzeitig auf der Brücke war? Oder göttliche Einmischung?

Ich weiß nur eins: Jake Burrows wollte mir nicht aus dem Sinn gehen. Ich folgte ihm bis in sein Apartment in Brooklyn. Fand dort seinen Abschiedsbrief. Den Rest können Sie sich denken.

Jetzt sitzen wir in der Nische eines Cafés, das die ganze Nacht geöffnet hat. Neonlicht summt über unseren Köpfen, und eine Fliege surrt müßig um mein Truthahnsandwich auf Roggenbrot, das unberührt vor mir auf dem Teller liegt. Ich kriege keinen Bissen hinunter, obwohl ich am Verhungern war, als wir uns hinsetzten.

Jake hat zugegeben, dass er die Korrespondenz von Natalies Ärztin mit ihrem Vater gefunden hat. Darin diagnostiziert Dr. Bloom eine Borderline-Störung, die mit einer schweren Form von Narzissmus einhergeht. Die Ärztin glaubt, Natalie sei eine Gefahr für sich selbst und andere.

Stockend fügt Jake hinzu, er habe den Verdacht, Natalie könnte sogar Dr. Bloom ermordet haben, die kurz nach ihrer letzten Sitzung bei einem Autounfall ums Leben kam. Er erklärt mir, wie ihn diese Spekulation dazu gebracht hat, alles infrage zu stellen, was Natalie ihm erzählt hatte.

Ist es da ein Wunder, dass es mir den Appetit verschlagen hat? Ich bin entsetzt, weil ich mich von Natalie so derart habe manipulieren lassen … vor allem, weil mir die ganze Zeit bewusst war, wie sehr ich mich in dem Mädchen wiedererkannt habe. Ich werde noch einmal überdenken müssen, was ich über sie zu wissen glaubte. Und über mich selbst.

Jake hat nur schwarzen Kaffee bestellt. Er nippt daran, aber vermutlich bloß, um seine Hände zu beschäftigen. Schuldgefühle und Erleichterung, weil er seine Schwester verraten hat, stehen ihm gleichermaßen ins Gesicht geschrieben, als er sich gegen das rote Kunstlederpolster sinken lässt.

»Du glaubst also, deine Befürchtungen wegen Natalie haben dich zu der Brücke gehen lassen?«

»Mehr oder weniger.« Jake starrt in seinen Kaffee.

Ich erzähle meine Geschichte nicht oft, aber jetzt tue ich es. In einfachen, klaren Worten. Ich lasse ein paar Kapitel aus; manche Dinge sollte man wohl erst preisgeben, wenn man sich einem Menschen wirklich nahe fühlt, andere sollten für immer unausgesprochen bleiben.

Jake sieht auf. Verblüffung, Ungläubigkeit, Mitgefühl und Angst zeichnen sich abwechselnd auf seiner Miene ab.

»Manche Dinge lässt man besser hinter sich, Jake. Das hat mich das Leben gelehrt. Es bedeutet nicht, dass wir sie nicht überleben, nicht weitermachen und eine Gegenwart finden können, die uns mit unserer Vergangenheit versöhnt. Du bist nicht deine Eltern. Oder dein Onkel. Du bist nicht deine Schwester.«

»Wie können Sie so sicher sein?«

»Ich habe dich ausgewählt, weil ich etwas in dir gesehen habe.«

»Aber was soll das sein?«, stößt er bitter hervor.

»Mitgefühl. Initiative. Beschützerinstinkt. Intelligenz.«

»Und diesen Eindruck habe ich jetzt auch noch versaut, stimmt's? Der Mann, für den Sie mich gehalten haben, entpuppt sich als Irrer mit Selbstmordabsichten. Aus einer Familie von Irren, hab ich recht?«

»Du kannst auf eigenen Füßen stehen, Jake. Finde deinen eigenen Weg. Er mag vielleicht unkonventionell sein und auch nicht so, wie du es geplant hast. Aber du kannst es schaffen, darüber hinwegzukommen, versprochen.«

»Ich würde Ihnen ja gern glauben.«

»Wir alle machen Fehler. Stecken Rückschläge ein. Aber was zählt, ist das, was wir danach tun. Stecken wir den Kopf in den Sand? Geben wir auf? Springen von einer Brücke?«

Unsere Blicke treffen sich, und für den Bruchteil einer Sekunde lächeln wir beide.

»Nein«, fahre ich fort. »Wir lernen. Wir machen es beim nächsten Mal besser. Wir versuchen, unsere früheren Fehler wiedergutzumachen. Also, wie geht es weiter, Jake?«

»Scheiße, keine Ahnung. Nach dem heutigen Tag habe ich meinen Kalender leer gelassen.«

Ich zögere. Nach allem, was ich jetzt über Natalie weiß, könnte das hier problematischer werden, als ich erwartet habe.

Aber vielleicht auch nützlicher.

»Ich habe einen Vorschlag, den ich dir gern machen würde.«

Und dann biete ich ihm einen Job an.

Wenn ich die Geschichte anders erzählen könnte …

Tja, wer weiß? Nächstes Mal mache ich das vielleicht.

Es gibt immer zahllose Versionen.

Manche sind sogar die Wahrheit.

Dank

Ich bin empfinde große Dankbarkeit für all die Ereignisse und Umstände in meinem Leben, die dazu geführt haben, dass ich dieses Buch schreiben konnte. Indem ich eine Heldin schuf, die sich entschließt, Wiedergutmachung zu leisten, während sie ihre eigenen Dämonen bekämpft, habe ich mir selbst Stärke verliehen.

An dieser Stelle muss ich diejenigen erwähnen, die das Manuskript in einem frühen Stadium gelesen haben: Kingsley Smith, Hannah Phenicie, Sean Smith und Janet Cooke, die mir nicht nur mit ihrer Freundschaft, sondern auch mit hilfreichen Tipps zur Seite gestanden haben.

Ich danke auch den vielen Lesern meines Erstlings, *Be my Girl*, die mir Feedback gegeben haben. Zu schreiben bedeutet, viel Zeit in einer Blase der Einsamkeit zu verbringen. Deshalb ist es ein besonders wertvolles Geschenk, wenn man erfährt, dass man mit seinen Worten und Gedanken andere angeregt und bereichert hat.

Wie immer möchte ich meinen Freunden und meiner Familie danken; nur mit ihrer Unterstützung ist es mir gelungen, bei klarem Verstand zu bleiben und dem Rest der Welt mit Heiterkeit zu begegnen (und meine düstersten Gedanken auf meine Schreiberei zu beschränken). Ich danke: Ed Sadowsky, Jonathan Sadowsky, Laura Steinberg, Richard Sadowsky, Mary Clancy, Robin Sax, Carolyn Manetti, Michelle Raimo, Deb Aquila, Betsy Stahl, Debbie Liebling, Thom Bishops, Matthew Mizel, Sukee Chew, Brenda Goodman, Suzanne Sadowsky, Heather Richardson, Robin Swicord, Pam Falk, Wendy Leitman, Marcy Morris, Lisa Kislak, Shandiz Zandi, Ruth Vitale, Jeff Stanzler, Kathy Boluch, Linda Bower, Debbie Huffmann, Judy Bloom, Alexandra Seros, Ted Sullivan, Andrew Wood und all den Frauen bei Woolfpack. Mein besonderer Dank geht an die einzigartige Laina Cohn dafür, dass sie mich durch die privaten und auch beruflichen Herausforderungen während des vergangenen Jahres begleitet hat. Ich bin unbeschreiblich dankbar für die »Bonus-Kinder« in meinem Leben, Arielle und Daniel, Darius und Analia, Ivan und Julia, und auch für meine USC-Studenten, die mir genauso viel beibringen wie ich ihnen. Meine ganze Liebe und Anerkennung gilt meinem Ehemann Gary Hakman (der klug genug ist, um zu wissen, dass er mir tunlichst aus dem Weg gehen sollte, wenn ich schreibe). Ich möchte auch allen bei Atmosphere danken: Mark Canton, Dorothy Canton, David Hopwood, Michael Dwyer und Frazier.

Eine gute Lektorin ist das A und O, und mit der meinen habe ich das große Los gezogen. Ich danke Kate Miciak, die mich während des Schreibens begleitet hat und deren beständiger Input mich anspornt, eine bessere Autorin zu werden. Und dafür, dass sie immer noch ein weiteres Glas Wein bestellt.

Mein Dank geht auch an das gesamte Team bei Ballantines für ihre Unterstützung, vor allem aber Kara Welsh, Kim Hovey, Sharon Propson, Quinne Rogers, Denise Cronin (und ihrer Crew), Loren Noveck und Julia Maguire. Mein tief empfundener Dank gilt auch meiner wunderbaren Agentin Emma Sweeney für ihren unermüdlichen Einsatz und meinen Film- und TV-Agenten bei The Gersh Agency, Roy Ashton und Lynn Fimberg.

Und ich danke meiner Mom, Jean Thelma Sadowsky, die am 17. September 2016 verstorben ist. Ich liebe dich und weiß, dass du irgendwo bist und voller Stolz zusiehst, wie mein zweiter Roman erscheint (während du bereits fragst: »Und wann kommt Nummer drei?«)

Ich arbeite dran.

Du triffst sie. Du vertraust ihr.
Du gehst ihr in die Falle.

Claire finanziert ihr Schauspielstudium mit einem lukrativen Nebenjob: Für Geld flirtet sie mit verheirateten Männern, deren Ehefrauen wissen wollen, ob sie ihnen wirklich treu sind. Doch die Frau von Patrick Fogler ist nicht nur misstrauisch – in ihren Augen liest Claire Angst. Und am Morgen nach Patricks und Claires Begegnung ist sie tot. Die Polizei verdächtigt den Witwer, und Claire soll helfen ihn zu überführen – wenn sie nicht will, dass die Polizei herausfindet, was sie selbst in der Mordnacht getan hat. Doch Patrick wirkt nicht nur beängstigend und undurchschaubar, er fasziniert Claire. Und sie ahnt: Sie muss die Rolle ihres Lebens spielen …

PENGUIN VERLAG

Jetzt reinlesen auf www.penguin-verlag.de